点点滴滴
都是爱

二小 著

中国青年出版社

目录

自序

2020 年春节，一场新型冠状病毒疫情在武汉暴发，并迅速向全国扩散，党中央作出及时、正确部署，全国人民上下一心，齐心协力抗击这场疫情。其间正常的工作被打乱了，正常的生活也被打乱了，门诊病人少了，学生在家里待着，工作基本停顿下来。没有工作很不适应，整天心烦意乱的，我坐也不是，站也不是，就自己给自己找点事干吧。于是先后为眼科同道修改了几份国家自然科学基金的申请书，给学生改了几篇英文文章，还萌动了写一本文学著作的心思，这个打算本来前几年就有，但一直抽不出时间来，故没能下笔。刚好有这么大块的时间，那就写吧。信马由缰，想到哪里就写到哪里，其间得到周春江、王瑶两位同事和杜芳护士长的大力支持、帮助和鼓励，她们加班加点帮着打字、校对，对文稿的顺利完成起到了重要作用。在两个月时间内，我除了完成医院下达的各项任务和后来逐渐恢复的临床工作以外，还真写出一些东西来，不由得沾沾自喜，结集成册，也算了却一桩心事。

2014年我出版了《我是你的眼》一书，本来开始时书名定的是《点点滴滴都是爱》，后来经鲁迅文学奖和茅盾文学奖得主、湖北省文联主席、《芳草》杂志主编刘醒龙先生的点拨，改成了"我是你的眼"这个名字，显得更加切合书中内容。这本新书的完成，使我又想起了"点点滴滴都是爱"这个名字，为什么自己一直钟情于这个名字？我自己也说不清楚，可能因为是"爱"的含义、自己所做的点点滴滴小事和自己从事的专业吧。

什么是爱？你在网络上去查一下，有很多种答案，诸如，爱是生活中的必需品，爱是责任、爱是陪伴、爱是缘分、爱是习惯、爱是宽容、爱是感动、爱是温暖……如果问不同的人你会得到不同的答案：对孩子而言，爱是爸妈整天的唠叨；对老伴来说，那是在夕阳下互相搀扶的背影；对夫妻来说，那是一方生病后，另一方的悉心照料；对朋友来说，那是跌倒后那一声"兄弟没什么事的，有我在"；对病人来说，那是医生把暖热的听诊器放在胸膛；对学生来说，那是考试成绩不理想时，老师把温暖的手放在肩上；对军人来说，那是天塌下来用双手顶着；对医生来说，那是冲向疫区渐渐远去的背影；对工人来说，那是打造出过硬的产品；对农民来说，那是种出颗粒饱满的稻谷、小麦；对科研人员来说，那是让嫦娥飞天、蛟龙入海、高铁飞驰在祖国大地上。

在这个世界上，每天都上演着一幕幕爱的故事。

有一位同学因为患白血病进行化疗，化疗后头发全部脱光，为了使这位同学没有自卑感，全班其他同学都主动剃成了光头。

我的一位老师在治疗一位年轻的晚期癌症病人时对他悉心照顾，深得病人的喜欢，但无情的病魔还是将他带至死亡边缘，临走前这位病人鼓足了勇气给她提出了一个请求，他说他这一生没有得到过一个人的爱，希望我这位老师能在他额头上吻一下，老师最终满足了他的请求。最后病人眼睛里流出一串泪珠，没有遗憾地闭上了眼睛。

武汉一位 55 岁的母亲陈玉蓉，有一个患有先天性肝功能不全的儿子，需要进行肝移植，但这位妈妈有重度脂肪肝，不符合供肝的要求，为了尽快达到供肝的条件，7 个月中她坚持每天暴走 10 公里，总计走了两千多公里，走破了 4 双鞋，最后消除了脂肪肝，将肝脏移植给儿子。

这些故事令人感动，也令天地动容，把我们这个世界点缀得无比美好，给人们温暖和鼓舞，也催人奋发向上。

我从小学到大学，再到博士生，后来成为医生、硕士生及博士生导师，一路走来感受到父母的大爱，感受到老师、领导、同事、同道们的关爱，感受到病人的信任和理解，还赶上了祖国改革开放这个火红的年代，深感幸运的同时也时时提醒着自己，要努力回报父母的养育之恩，回报党和祖国的培养，回报所有人的支持和帮助。数十年来将点点滴滴的爱融进了生活和工作之中，爱苍生、爱病人、爱工作、爱学生成了自觉的行动，也就有了一些感悟和思考，也就有了这本《点点滴滴都是爱》。

爱苍生起源于刚懂事的时候，记得那时我在一块约两平方米的土地上种了十多棵玉米，我每天都前去观察它们。它们长得特别快，一天一个样，宽大的叶子，青翠欲滴，真是令人开心，使人感到生命之苗壮和美好。突然有一天暴风雨将大部分玉米秆折断，看到一片狼藉的玉米将要失去生命，确实令人心痛和惋惜，我就用一些小木棒、绳子把这些尚未完全折断的玉米秆捆绑起来（就像骨折后所用的夹板一样）。但很可惜，到后来这些玉米仍未能存活下来，望着这些日渐枯萎的玉米叶和秆，心中不免充满了惆怅和失落。

　　我在《我养的羊》一文中提到了三件事。第一件是我小时候养的羊和猪我都不让杀，因为它们是生命，也不让卖，我知道猪羊被卖掉后肯定会被杀掉。有一次，一位邻居偷偷帮着我们家把我养的羊杀掉了，被我骂了好多天。第二件是一只流浪老猫在我家生了小猫以后，将它们弃之不管了，我担当起了"妈妈"的责任，每天喂小猫。第三件是我攻读博士期间为了进行葡萄膜炎研究而做老鼠实验的故事，从来没有杀生的我却面临"要实验"还是"不杀生"的艰难选择，最后为了弄清楚葡萄膜炎的发病机制而"痛下狠心"，在此之前我心中都会默默地念叨：亲爱的老鼠，我也是情非得已，我要拿博士学位啊！另外，你的捐躯也是为了科学，也算得上为高尚的事业献身了，也算是死得其所、死得瞑目吧！

　　这些真实的故事，虽然看起来有些幼稚、有些可笑，但个中的含义确实令人回味，反映着笔者对生命的眷顾、对苍生的热爱，也许这也是之后无怨无悔地从事治病救人这个事业，甘愿奉献自己的一种先天基因和情感基础吧。《红灯记》里有两句唱词，"栽什么树苗结什么果，撒什么种子开什么花"，诠释的就是这个道理，爱的种子结出的一定是善良的果实！

　　爱病人源自我的父亲和母亲。我的父亲是位赤脚医生（农村医生），他在旧军阀部队里曾学习了一点医学知识，后来在家乡悬壶济世。我10岁跟着他学医的时候他已经60岁了，不管是烈日炎炎的夏天，还是冰天雪地数九寒冬，每天都为病人服务，刮风下雨，冰天雪地，随叫随到，没有丝毫怠慢，他为病人服务的这种态度深深地影响了我。在我能独自为群众看病的时候，曾遇到一些肺心病的病人，他们通常呈端坐呼吸状，腹水、下肢水肿特别严重，病人甚是痛苦。此时往往需要使用毒毛旋花子苷K之类的强心剂，由于它的有效剂量和中毒剂量非常接近，因此认真仔细观察显得非常重要。为了观察药物的效果和毒副作用，给患者注射此药后，我常常是彻夜守候在病人床前，细心观察病人用药后的各种变化，这样才能准确掌握该药的剂量，使得病人腹水和下肢水肿迅速消退，病情得以改善。

我母亲治病的一次经历，使我知道了病人在患病时是多么的无助，因此时刻提醒自己要关爱病人和善待病人。那是1976年，母亲因为每天照顾前来找我看病的病人而累出了神经官能症，出现了头晕、心慌、烦躁、失眠等症状，我带着母亲前往新乡某医院治疗。电疗时，母亲说没有反应，是否是电量小的原因，那位医生一脸不高兴，不由分说加大了电压和电流量，当时母亲浑身抽搐，差点晕了过去。那位医生麻木、冷漠的嘴脸深深地烙进我的脑海中。1977年高考制度恢复，我有幸考入了河南医学院，接着又经历硕士、博士研究生阶段的学习，成为眼科医生——一名葡萄膜炎专科医生。母亲那次诊病的遭遇使我永远记住了要善待病人和做一名好医生。

爱工作源自爱病人。从博士毕业到现在已经有30年了，回想起走过的路，治过的病人，虽然有没能挽救所有葡萄膜炎病人视力的遗憾，但总体上对自己的努力和对病人的救治还算满意。在此期间，我接诊了来自全国31个省市自治区和部分来自美国、加拿大、澳大利亚等国家的顽固性葡萄膜炎患者，为数以万计过去曾被认为不可救治的葡萄膜炎患者治愈了疾病，挽救了视力。不管再忙再累，我都尽量满足病人加号的要求。我曾经说过：我的生命已不属于我自己，它属于广大葡萄膜炎患者，属于千千万万病人朋友。这不是说自己有多么高尚，而是说自己在履行责任和使命。毫不夸张地说，病人是我学习葡萄膜炎的老师，我的所有知识都是向他们学到的，他们不远千里来到重庆，把眼睛、希望托付给我，我没有任何理由不关心、不善待他们，不竭尽全力救治他们的眼睛，所以就有了连续工作到晚上九十点甚至到凌晨两点的经历；就有了自己生病一天不吃饭，仍坚持门诊为病人诊治的佳话；就有了一穿上白大褂即热血沸腾、激情澎湃、为病人诊治疾病连呼吸的时间都没有的传说；也就有了以下一个个故事。

一位山东来的老太太在葡萄膜炎治愈后，非常激动，整晚睡不着觉，在旅馆里，半夜坐在床上念念有词，其他葡萄膜炎患者问她在干什么，她说杨教授为我治好了葡萄膜炎，我要为他祈祷，祝他长命百岁。

一位刚刚大学毕业的学生因葡萄膜炎双眼仅存光感，治疗一个月后无效，准备跳楼自杀，后被家人拉住。我给她治疗 1 年后，双眼视力恢复至 1.0，她写信给我说："为什么我的眼内饱含泪水，因为对您爱得深沉。"

一位因葡萄膜炎失明 5 年被断定永远失去光明的老大爷，经过我精心治疗后，重新获得光明，为了感谢我，他把家里的牛给杀了，带过来一编织袋牛肉。

一年一度葡萄膜炎病友联谊会上，医患同台，带来了互相帮助、共同抗击病魔的一个个精彩片段和故事。

这样的例子和故事太多了，你会感觉到朴实真挚的情感，病人对医生沉甸甸的重托和信任，医患之间和谐互助的关系，也体会到你付出的快乐和人生的价值。

对病人的爱，表面上看是对病人的责任，是对病人的安慰和承诺，是对病人的热情和付出，其实背后全是汗水和泪水。

爱病人不仅仅体现在态度上，更重要的是体现在掌握过硬的诊治疾病的技术和本领上，没有高超的技术和本领就不可能为病人解除痛苦，也就算不上真正爱病人。为了攻克葡萄膜炎这个眼科顽症、硬骨头，我可以说几乎倾注了所有的时间和精力。为了做实验，凌晨一两点骑自行车十多里路，到郊区屠宰场取牛眼；大年三十晚上七点钟完成一批动物实验才回宿舍；每天早上七点多带着几个包子或馒头去实验室，晚上十点多才回寝室；周末、节假日全泡在实验室和图书馆。多少个斗转星移、日日夜夜，多少个寒来暑往、春夏秋冬，丝毫不敢懈怠，不忘初心，牢记使命，一直在砥砺前行。

门诊时一天用完一支笔，建立起国际上最大的葡萄膜炎患者临床数据库；工作中时刻不敢懈怠，建成了国际上最大的葡萄膜炎患者样本库。基于这两大资源库、临床体会和经验，撰写了4本葡萄膜炎专著，共计500多万字（其中460多万字是独自一人完成的），还独立完成一本葡萄膜炎英文专著（860多页，175万字，已由德国Springer公司和人民卫生出版社联合出版）。我这个人比较笨，不怎么会用电脑，所以专著都是手写的，第一本专著《葡萄膜炎》共计60多万字，就抄写了三遍，达200多万字，五本书加起来，仅抄写即达千万字之巨。还主编了《眼科学》规划教材以及其他参考书，字数达近千万之巨。发表了260多篇SCI论文（其中作为第一和/或通讯作者的有250多篇）和数十篇中文文章。著作、主编的教材和参考书以及中英文文章加起来有1800多万字，而且还承担和完成了国家自然科学基金创新群体、国家杰出青年基金、教育部长江学者奖励计划、国家自然科学基金重点项目（3项）、重点国际合作项目（3项）、面上项目（6项）、973项目、科技部支撑计划、国家重点研发计划（十三五）等课题。此外，还有繁重的临床工作和一些行政工作，可以说时间全是抢出来的，都是挤出来的。正是长年累月的坚持，工作已成为习惯，工作已经上瘾，已深入至骨髓和灵魂，已成为生命中最重要的部分，可谓是已经到了无药可救的地步。

将中国葡萄膜炎研究推向世界是我们这一代人的责任和使命，几十年来自己身体力行，带领学生和团队静下心来，甘于坐冷板凳，不惧寂寞，潜心研究，发现IL-23/IL-17通路在葡萄膜炎发生发展过程中起着重要作用，并撰写文章发表在国际过敏领域最高的JACI杂志上，随后美国学者在动物模型上证实了我们的观点，我们的研究为葡葡萄膜炎开辟了一个新的研究领域，一直是近年来的一个研究热点；我们发现了白塞病 42 个易感基因，占全世界发现的 38.5%，Vogt- 小柳原田综合征 29 个易感基因，占全世界发现的 80.5%；我们制定了中国 Vogt- 小柳原田综合征的分期和诊断标准，分别发表在国际眼科领域排名第一、第二的杂志上；我们制定了一系列的葡萄膜炎治疗方案，特别是在唯美思维、系统思维、辩证思维、整体和局部思维的指导下，制定出科学化、规范化、个体化治疗方案，摒弃了以往抗生素、扩张血管、生长因子等所谓的辅助药物，显著降低了患者的治疗费用和抗生素的耐药率，向世界推广葡萄膜炎诊治经验，对世界葡萄膜炎做出了应有的贡献。过去十年中，我们团队在国际葡萄膜炎领域发表的 SCI 论文总数、总的影响因子和 10 分以上 SCI 总数均排在了第一位。美国国家眼科研究所免疫室主任、国际著名的眼免疫学家 Rachel Capsi 教授称："杨培增教授把中国葡萄膜炎研究推向了世界。"国际著名的葡萄膜炎专家、美国前葡萄膜炎学会主席 James Rosenbaum 教授称："杨培增教授团队是国际葡萄膜炎研究产出最多的团队之一，其领导的团队已成为国际上该领域中最重要的研究力量之一。"亚太眼内炎症学会前主席 Shigeaki Ohno 教授称："杨培增教授团队正领导着世界葡萄膜炎及眼内炎症的研究！"

正是由于这些工作和贡献，我被选为四个与葡萄膜炎相关国际性组织（国际眼炎症学会、亚太眼内炎症学会、国际葡萄膜炎研究组、国际 Behcet 病学会）的执行理事、理事或成员，被选为 Curr Mol Med 杂志（SCI 杂志）的副主编和 Ocular Immunology and Inflammation（SCI 杂志）的编委，被 Frontier in Immunology 主编邀请主编《葡萄膜炎免疫遗传》专辑，被 Prog Retin Eye Res 杂志主编邀请，两次在该刊上发文介绍我们的工作和世界葡萄膜炎研究最新进展。被德国 Springer 公司邀请撰写英文葡萄膜炎专著，长达 800 多页，是目前国际上独自一人完成的最大的葡萄膜炎专著，也是世界上含有葡萄膜炎病人图片最全的教科书。另外以大会主席的身份组织召开了第1~7届国际葡萄膜炎研讨会，这已成为该领域中的一个品牌会议。

俗话说，一分耕耘一分收获，几十年的努力，辛勤汗水也得到了回报，我有幸以第一完成人三次获国家科技进步奖，六次获省部级科技进步一等奖，还获得全国五一劳动奖章、全国医德楷模、中国好医生、全国优秀科技工作者、全国杰出专业技术人才等荣誉和称号。这些荣誉和称号凝聚着笔者数十年的辛勤汗水，也是对笔者爱苍生、爱病人、爱工作的一种奖赏、鼓励和鞭策。

爱学生源自我的老师。从小学到博士研究生毕业，我遇到了很多好老师，如小学时我的哥哥（他是我的小学语文老师），初中的郭华民、李延龄老师，高中的孙建鹅老师，硕士导师张效房教授，博士导师毛文书教授、李绍珍院士，他们或是对我的学习和生活给予无微不至的关怀，或是对我的研究工作给予悉心指导，或是在前进道路上为我指明方向。我成为老师后，时时记着他们的教导。因为我深知作为老师的责任和使命，能否把学生培养成材，能否让他们以后展翅飞翔，确实是一份责任和重托。作为老师，多少年来我谨记不能误人子弟之古训，或是对学生循循善诱，或是苦口婆心，或是恨铁不成钢之一顿脾气，或是一字一句一个标点符号为他们修改文章。正所谓点点滴滴都是爱，体现了我的良苦用心和美好的愿望。我的学生中，不管是硕士还是博士毕业，近十多年来均发表了SCI论文，对他们找工作提供了重要的"硬件"，为他们掘到了人生"第一桶金"，想起来也是一件值得欣慰的事情，我也因此获"全国模范教师""宝钢教育基金优秀教师奖""重庆市教书育人楷模"等荣誉和称号。

我这一颗微小尘埃，有幸能得到上天的眷顾和命运的造化。作为一个社会人，我深深地爱着每一个生命；作为一名医生，我深深地爱着我的每一个病人，因爱病人而爱自己的工作和事业，不知疲倦地几十年如一日研究葡萄膜炎这个疾病，通过我们直接诊治或是传播葡萄膜炎诊治知识和技术已使众多葡萄膜炎患者脱离了苦海，获得了光明和美好生活，也体现了自己的人生价值；作为老师，谨以"传道授业解惑"为己任，培养出了一批又一批优秀的人才。在人生的道路上，在诊治疾病、研究疾病过程中，在教书育人的过程中，从来不敢懈怠，不断思索、不断感悟，得到了些许教训、体会或经验，我将它们一一记录下来，汇集成《点点滴滴都是爱》。我是一名眼科医生，"眼睛"在英语中叫"Eye"，读音与"爱"相同，不知是机缘巧合，还是命中注定，这一辈子算是与"爱""Eye"连在一起了。你可以把这本书作为茶余饭后之笑料，也可以作为一个话题去讨论，还可以作为一杯五味杂陈的老酒去品味、去体会。不管给你带来的是欢乐，还是思考，还是给你带来水一样的平淡，只要有一种，我就感到满足了。

有一位朋友提醒我，你写的书、主编的书和文章加起来有1800万字了，也不弄个笔名，显得多没有档次啊！这句话提醒了我，确实很多大作家，如鲁迅、茅盾、冰心、巴金等人都有笔名，有的人甚至还有几十个笔名，我这个名不见经传的小医生也该向他们学习一下，稍微附庸一点风雅，装一下门面，弄一个笔名还是说得过去的。听说管谟业先生小时候有很多奇思妙想，说话特别多，母亲告诉他少说话，他记住了，就取了一个"莫言"的笔名。我在家里排行第二，父母亲总是亲切地叫我"二小"，父亲离开我已有37年了，母亲离开我已有16年，每每想起父母亲土里刨食、含辛茹苦拉扯我长大，培养我上学，教导我做人的道理，总是感激万分，竟又无以回报，此次取笔名就叫"二小"吧，以表达对父母的感念和缅怀。

猛然想起今天是4月7日，我从广州移师重庆刚好是13周年，13年前的今天我信心满满来到重庆，其间有过苦，有过累；有过欢乐，也有过沮丧。但不管是什么，捡到篮子里都是菜，条条缕缕都是情，点点滴滴都是爱……

杨培增

2021 年 4 月 7 日于重庆

2004 年 2 月，我（左二）参加国际葡萄膜炎会议

2004 年 2 月，我（前排右一）参加国际葡萄膜炎会议欢迎晚宴

我（右一）在佛山接待 Ohno 教授 我（右二）在广州接待 Kijlstra 教授和 Rathinam 教授

第一部分

医道艺术

葡萄膜炎诊断治疗"秘诀"

近年来，随着诊断治疗方法特别是手术技术的进步，一些需要手术干预的常见致盲眼病得到了有效控制，而一些病因和发病机制相对不清楚的眼病，如葡萄膜炎的诊断和治疗仍是一个令人头痛的问题，也得到了人们前所未有的关注和重视。在全国眼科大会或不同类型的学术会议上，有关葡萄膜炎专场或单元的听众比以往明显增多，有时甚至是一座难求。在多个会议上，不少医生都问了我一个相同的问题：杨教授，能不能给大家介绍一下你诊治葡萄膜炎的"秘诀"？

这个问题还真难住我了，我想了想，感觉没有什么"秘诀"，但仔细一想，还真有点体会和启示。现不揣浅陋与同行交流一下，体会与启示概括起来有十六个字：嘴上功夫、用心记录、细节入手、思维无误。

一、嘴上功夫

葡萄膜炎是一大类疾病，也常常伴有全身性疾病，应该说是眼科中的内科疾病。正因为其病因种类繁多、每种类型的诊疗方法又有很大不同，确定确切病因和类型对正确的治疗至关重要。正确的诊断有赖于疾病的临床表现及特征、接触史、家族史、临床检查以及辅助检查和实验室检查，其中病史的了解是诊断的基础，可为临床检查和辅助检查提供有益的线索。因此，询问病史就显得特别重要。

询问病史是个技术活，首先要求医生对诊治的疾病有一个全面的了解，知道什么类型的疾病会有什么样的临床特征，才会知道该问什么，才能正确地询问出想要了解的病史。比如，病人患有眼红、眼痛病史已有 6~7 年之久，每年发作 1~2 次，对这样主诉的病人，我们首先要考虑的是急性前葡萄膜炎的诊断，要问的是以往每次发病治疗需要多长时间，患者有无腰背痛、关节痛、银屑病、肠道疾病等病史，而不是询问病人有没有口腔溃疡、阴部溃疡、头发变白等病史；如果患者有反复眼红、视力下降病史数年，每年发病 7~8 次，对这样的病人我们首先想到的可能是白塞病的诊断，那么就要问病人每次发病后炎症消退的情况，是否有口腔溃疡、青春痘样的改变、皮肤结节红斑、阴部溃疡等病史，而不是询问患者有无腰骶部疼痛之类的病史；如果患者出现眼红、视力下降 3~5 个月，用糖皮质激素治疗无效，或刚开始时有效，以后使用无效，则首先要想到的是内源性眼内炎的诊断，特别是要想到真菌性眼内炎的可能性，对这样的病人不是要询问其腰背痛、关节痛、口腔溃疡、阴部溃疡之类的病史，而是要详细询问其有无手术史、静脉留置给药史、全身使用免疫抑制剂等之类的病史。

中医主要靠望、闻、问、切诊断疾病，望诊对葡萄膜炎诊断也有一定的价值，如强直性脊柱炎引起的脊柱侧弯有特定的外观和步态，遇到有此种改变的葡萄膜炎患者，则大多是强直性脊柱炎伴发的葡萄膜炎。因此，对此类患者要询问该病的家族史、眼病的发作频度及每次发作持续时间，这些均有助于迅速确定疾病诊断；患者头发片状脱落，伴有白发、白眉毛、白睫毛或白癜风，这是 Vogt– 小柳原田综合征常伴有的皮肤、毛发病变，我们应主要询问患者初次发病的急缓，是否双眼同时发病，以及有无头痛、头晕、耳鸣、听力下降等表现，这些病史的确定和常规的眼科检查即可使我们迅速获得准确的诊断；如患者面色黧黑，有丝绸样光泽，伴有面部生疮、形体消瘦，则首先应想到艾滋病的可能性，对这些患者一定要询问其吸毒史、不洁性接触史等。

病史的询问一定要有耐心，医生每天会遇到各种各样的病人，由于受年龄、教育程度、生长生活环境、个人性格及对医生问题的理解程度等各种因素的影响，在询问病史时会遇到各种各样的回答。现举几个例子，可以使大家了解询问病史时遇到的各种情境。

我曾经问一个 40 多岁女性病人这样一个问题，你视力下降有多久了？她告诉我 3 年前她去外地打工，突然肚子痛，当时由于工作忙也没来得及去看，过了两个月又出现腿痛。这时我打断了她的话，我说我问的是你眼睛不舒服有多久了。她说："不好意思杨教授，你听我说，我是腿痛后半年找了好多医生治腿都没治好，我就在老家打听到一个秘方，将几种中药泡在黄酒里。"我又忍不住打断她的话，对她说："大妹子，我问的是你的眼病多久了，没问你的腿痛多久，也没问你的腿痛是怎么治疗的。"她不好意思地说："杨教授我简单一点说吧，我喝了黄酒泡的中药 1 年，腿痛就好了。""然后呢"，我问她。"让我算算"，她就掰着手指头，一、二、三、四、五地算了一下说，"我停了中药后六个月眼睛不好了。"我耐着性子又问她，"那你到底眼睛不好到现在有多久了？"她很认真想了一下说："九个月。"我的天哪，我就问这一句话，她用了五六分钟才回答我。

还有一次，在问一位老先生视力下降有多久这个问题时，他告诉我说，很长了。我说很长是多长？他想了想说，我结婚那一年。我说老先生，我也不知道你哪一年结的婚啊。他想了想，我告诉你确切的时间吧，就是那一年，我们县改为市的那一年。我说老先生，你告诉我是什么时候发病的吧。那老先生一本正经地说，杨教授，我给你说实话吧，1983年我得了眼病，在当时说是结膜炎，点了一周的眼药水就好了。我说，我问的是你什么时候出现视力下降或视物模糊的。他说你要这样问我就告诉你，1985年我视力下降的，当时我们那里的医生说是虹膜睫状体炎，不让我喝酒，也不让我吃鸡、鸭、鱼、牛肉、羊肉、海鲜等，真的把我馋坏了。我忍不住说，老先生你已告诉我发病的时间了，我没问你过去医生怎么给你说的，老先生"哦"了一声。他对我说，杨教授你不知道我几十年都没吃这些东西了，你说我多难受啊。这些回答弄得我哭笑不得，我说你是向我诉苦来了。

还有一个在临床上经常遇到的例子，对于病史提示可能是急性前葡萄膜炎的患者，我们经常会问患者有没有腰痛这个问题，不少病人会说没有。我又说你再想一下，以前有没有过，他想了一会儿说没有，不过我有腰椎间盘突出，已有3年多了。我问他谁给你诊断的，他说医生啊。我又问，你为什么去医院检查，医生说你有腰椎间盘突出？他不假思索地说，我因为腰痛去检查的啊。诸如此类的例子在门诊上天天都能遇到，有时候气得你直想拍桌子。因为在门诊时，医生的时间都是以秒计算的，我的病人来自全国各地，很多病人等了好多天，都想尽快看上病尽早得到治疗。在询问病史时，遇到这样的病人你会感到非常生气。但作为治病救人的职业，也就决定了你必须有耐心，认真倾听病人的诉说。

在这里还要多说几句，如果是病人朋友看了这篇文章，请你记住，以后去医院就诊，回答问题时一定要简单明了，这样医生才能抓住最重要的东西。如果你东拉西扯，把医生搞得晕头转向，摸不着头脑，可能会影响医生的判断，对正确诊断和正确治疗都是非常不利的。

病史询问一定要注意细节。我们知道一些类型的葡萄膜炎与关节炎有关系，但患者到底有没有真正的关节炎，有什么样的关节炎，这对正确诊断至关重要。我的学生在询问病人有无风湿性关节炎时，病人有时说有关节炎，学生即把它写在病历上，待我问病人时才知道，他所谓的关节炎是指以往阴天下雨时有过关节疼痛，持续数秒，在一些小诊所被诊断为风湿性关节炎，然而这种情况实际上根本就不是关节炎。因此，我们在询问病人时，应该问有无关节痛、哪些关节痛、关节痛持续时间有多长、关节痛多发生于什么时候，有无关节红肿、变形以及在发病的最初3个月内受影响的关节都有哪几个、以后有无其他关节受累等情况，只有这些都问清楚了，我们才能判断患者是否有关节炎，到底是什么样的关节炎，这种关节炎与葡萄膜炎有没有关系，等等。如果仅在病历上写有关节炎，这样的病史对葡萄膜炎诊断没有任何价值。另外，小诊所诊断的关节炎与大医院诊断的关节炎可信度会有很大不同。

再比如口腔溃疡，它可见于一些类型的葡萄膜炎患者，如白塞病、梅毒、炎症性肠道疾病、单纯疱疹病毒感染等，但口腔溃疡的发生频率、持续时间、是否伴有其他全身改变等对诊断有重要的价值，如白塞病引起的口腔溃疡有以下特点：每年复发多在3次以上，为有痛性溃疡，多发生于口唇、颊黏膜、牙龈等部位，持续时间往往在1~2周，常伴有多形性皮肤病变、阴部溃疡等其他改变，如果仅询问和记录有无口腔溃疡，没有细节询问和记录，那么对诊断的价值就不大。此外，有时病人也弄不清楚什么是口腔溃疡，他有可能将嘴角烂一下误认为是口腔溃疡，还有正常人在休息不好、过度劳累及中医所谓"上火"时，也可能偶尔出现口腔溃疡，这些都是在问诊时应该特别注意的。

询问病史还应避免人为因素的影响，比如说病人在发病前与别人打架，出于多方面原因，病人总会在叙述病史时强调他们的葡萄膜炎是在被人打伤后发生的，如果打伤后立刻出现了炎症，可能提示二者有因果关系，但如果打架后1~2周才出现炎症则要仔细判断打架时有无眼球穿通伤、有无在当地医院缝合、是受伤眼发生的炎症还是双眼都发生了炎症。实际上，很多时候可能是患者有意将打架或所谓的受伤与葡萄膜炎联系起来，以用于寻求赔偿的目的，而不是说外伤（也不一定是真正的外伤）与葡萄膜炎之间真正有关联。

还有一种情况是患者有意隐瞒病史，比如说梅毒或艾滋病患者，特别是同性恋患者，有不少人会说自己没有不洁性接触史，对高度怀疑者一定要耐心询问，以便及时进行相应的检查，确定或排除诊断。

二、用心记录

认真记录指对详细询问到的病史、临床检查结果、病情变化、会诊意见以及上级医生的诊治意见、各种处理包括手术等进行科学、详细的记录，实际上还包括了收集和记录患者的各种血化验检查、各种辅助检查结果。记录病人的病史和诊疗过程要遵循以下原则：认真、真实和科学。

认真是指做事的严肃态度，不马虎。认真记录就是在记录病史、临床医疗活动和收集归档各种临床资料时用心去做，来不得半点马虎。如书写时不能字迹潦草，要规范用词，不遗漏事项；归档时应按一定的顺序（时间顺序和逻辑顺序），而不是杂乱无章的排列。否则如果以后出了医疗纠纷，别人都看不懂的病历怎么能作为法律的依据呢？我曾跟一个学生开玩笑说，在百年之后，人们拿出你写的病案资料进行分析、总结和研究时，看不懂你写的是什么，那到时去哪里找你呢？

好在现在很多病案记录和医疗记录均是用电子版本，避免了字迹潦草带来的一些问题，但同时也在真实性方面带来了不少的问题。

第二个原则是真实，真实就是与客观事实相符合，没有弄虚作假，真实是我们书写病史及各种临床医疗活动的基本原则，是我们进行科学总结、教学的基础。

在葡萄膜炎门诊病例中，经常发现有个别学生硬是记录下了病人从来没有的病史，硬是将病人有的病史说成无此种病史。不真实的病史记录、虚假的临床信息将可能给我们以后进行科学总结带来错误的结论。

前已述及，目前的电子病历，确实为医生提供了很大方便，格式化的表格填写，省却了很多时间，但是它也衍生出了不少问题，比如复制粘贴的问题，把同类疾病的另一个人的资料不加改动粘贴在这个人的病历上，可以想象，这样的粘贴会使病案资料失真失实！更有甚者，有的甚至连年龄、性别都没有改动。这样的病案对以后的科学研究没有任何价值。

表格式的病历填写还有另外一个问题，那就是从病历上你已经看不出不同病人所具有的特点了。我们积累葡萄膜炎病案已有 30 年的历史了，有时我会翻到 20 多年前写的病历，看后有时会浮现出病人的相关信息，他（她）是哪里人，患的是哪种葡萄膜炎，最后治疗效果怎么样，等等，都还能记得清清楚楚，因为那是你的辛勤付出所留下来的记录。相信这样的病案会给你带来思考和启迪，也会激发你总结经验、传播经验的欲望，对病人群体而言将是一件幸事。

用心记录的第三个含义是科学记录。前已述及，病人在叙述病史时，可能把很多无关的信息告诉了医生，也可能将很多信息杂乱无章地告诉了医生，此时医生即应根据自己的知识，去伪存真，将真实的信息有条理地记录下来，让人一看即知道应该往哪个方向去考虑诊断，检查时应注意哪些临床特征和细节，应该做哪些辅助检查或实验室检查，而不是把病人叙述的内容流水般地记下来，这样的记录无助于诊断，甚至有可能影响诊断。

三、细节入手

细节入手是指我们在询问病史、进行有关检查时应注意细节的东西、特征性的东西。比如，眼痛在多种葡萄膜炎类型中均可见到，但眼痛在一天中哪个时段最为明显、最为严重则对我们确定疾病的类型有一定的帮助，如是急性虹膜睫状体炎，此种疼痛不分昼夜，但如果是巩膜葡萄膜炎，则疼痛在晚上明显加剧，并且有令人恐惧的感觉。再如，强直性脊柱炎伴发的葡萄膜炎患者中，腰骶部疼痛多在晚上，特别是在凌晨。不少病人有睡觉中痛醒的现象，还往往伴有晨僵，了解这些特点，并进行骶髂关节 X 线、磁共振检查，对疾病的及时正确诊断有重要的帮助。

在为患者进行眼部检查时，细节同样非常重要，往往是一种类型区别于其他多种类型的最关键的证据。比如说角膜后沉着物，临床上俗称为 Kps，是许多种前葡萄膜炎、中间葡萄膜炎和全葡萄膜炎的一个常见体征。但是，Kps 的大小、形状、外观、色泽、分布等细节都直接透露着疾病的信息，羊脂状 Kps 是肉芽肿性葡萄膜炎的一个常见体征；一些 Kps 类似羊脂状，但没有羊脂状 Kps 那样的油腻和凸起，则往往见于青睫综合征和 Fuchs 综合征。有时仅通过简单的裂隙灯显微镜检查，即可判断出患者所患葡萄膜炎类型，省却了很多时间和检查的费用。

笔者曾遇到不少的 Fuchs 综合征患者，在多家医院诊治数年之久，做了各种眼部检查和实验室检查，都诊断出是葡萄膜炎，但没有诊断出 Fuchs 综合征，对这些病人长期给予糖皮质激素治疗，发现没有任何效果，最后被我们确诊为 Fuchs 综合征。确诊方法非常简单，就是在裂隙灯显微镜下观察到了特征性的 Kps：中等大小、瞳孔区分布或弥散分布，呈星形外观，受累眼与健康眼相比有虹膜脱色素，整个检查时间不到一分钟即可做出正确诊断。

笔者曾诊治一位来自北京的病人，单眼患葡萄膜炎达 15 年之久，其间曾多次就诊于国内外许多位专家，均发现有 Kps，被诊断为葡萄膜炎、玻璃体混浊，多次住院给予糖皮质激素点眼、结膜下注射和点用扩瞳药治疗，甚至给予口服液或静脉注射，基本没有效果，但每次感视物模糊时又不得不重复此种无用的药物治疗。2002 年曾邀我会诊，当时病人做完白内障超声乳化和人工晶体植入手术没有多久，复查时发现有 Kps，医生即给予糖皮质激素滴眼剂点眼治疗，点眼后眼压升高，医生又让其用了多种降眼压药物，眼压仍然未能得到控制，通常维持在 40mmHg 左右，医生最后建议给病人进行抗青光眼手术治疗，病人未同意。我为病人检查时，发现其患眼无充血、角膜透明，Kps 中等大小、弥漫分布，前房闪辉（+），未见前房细胞，虹膜脱色素 II 级，人工晶状体位置正常，玻璃体混浊（+），眼底未见明确病变，整个检查过程不到 2 分钟，当即诊断为 Fuchs 综合征，建议病人将激素眼药水停用，给予降眼压药物点眼治疗，辅以益气健脾、利湿化痰之类的中药治疗。3 天后病人来电话说，他又去医院让医生做了检查，发现仍有 Kps，医生仍建议加用糖皮质激素滴眼剂点眼治疗。当时我为病人进行了详细解释，告诉他 Fuchs 综合征是一种特殊类型的葡萄膜炎，特殊在于它不需要糖皮质激素治疗，如果没有眼压升高，没有明显白内障出现，甚至不需要任何治疗，目前他的眼压升高是长期使用糖皮质激素造成的，即通常所说的激素性青光眼，所以绝对不能再使用激素点眼了。病人听了我的解释后，将信将疑，但认为我说的有道理，就未再使用激素，之后眼压逐渐下降，1个月后，眼压完全恢复正常，遂停用了各种降眼压药物，病情一直稳定了15年。至2017年的一天，他前来重庆找我，说最近两个月他又感到眼睛有些模糊，因不知道我已调到重庆，未能找到我，在当地医院诊治，医生看到他患眼有Kps，又给他开了糖皮质激素眼药水和口服激素。他记得我曾告诉他不能用激素，但医生说必须用激素，没办法他就按医嘱点眼和服用激素，治疗一段时间后，发现眼压高、眼睑肿胀，后来怎么治都控制不住眼压。经多方打听，知道我已调至重庆，遂前来诊治。为病人检查后，我告诉他把糖皮质激素眼药水停用，加用降眼压滴眼剂点眼治疗，并施以健脾利湿之类的中药进行调理。月余，患者眼压降至正常，眼睑肿胀消失。他告诉我，2002年他来看病时，不但有眼病，还有糖尿病（因长期全身使用糖皮质激素所引起的），一方面受眼痛、视力下降的折磨，另一方面还受糖尿病的折磨，每天从一楼走到二楼都感到腰酸腿痛、头晕、心慌。当时用了我开的中药后，感觉头不晕了，腰不酸了，腿也不抽筋了，被他戏称为像吃了盖中盖（一种当年在多家电视台播放非常红火的药物）一样，这一次还是像吃了盖中盖一样，可谓是灵丹妙药！

从上述这个例子，可以看出细节对诊断和治疗有多么重要。有15年病史，经历了许多次眼部、全身检查及辅助检查都没有确诊的疾病，根据Kps的细节和双眼对比发现的虹膜脱色素即马上做出正确诊断。在疾病绵延不愈的15年中，患者用于治疗眼病的花费可以说是一个不小的数字，对他来说花钱可能不是太大的问题，但眼病给他造成的心理上的折磨和负担可以说是难以承受的。有人说细节决定成败，细节决定人生，看起来还要加上两句：细节决定诊断，细节决定治疗！

再举一个例子，是我当年还在中山眼科中心时遇到的一个10岁女孩，这个例子我在第一本书里曾提到过，那是主要用来说明辩证思维重要性的，现在再借这个例子说一下细节对诊断的重要性。患者一眼红痛 4 个月，在当地治疗后没有效果，遂被推荐前来找我诊治，因未能挂上我的号，被其他教授收住入院。当时患者有眼红、前房积脓，有明显的视力下降，没有明显的眼痛、畏光流泪，全身检查、血检查未见任何异常，被诊断为葡萄膜炎，给予糖皮质激素和抗生素治疗，未发现任何效果，遂给患者进行眼 B 超、CT 检查，也未发现明确异常。在此情况下，医生考虑感染性眼内炎的诊断，即给患者抽取前房脓液进行细菌、真菌涂片染色、培养和药物敏感性试验，所得结果均为阴性。最后医生没有办法，遂让患者出院带药治疗。患者出院后终于挂上了我的专家号，为其检查后发现，患者眼压轻度升高，有眼红但不严重，角膜透明，前房内有雪花状的前房积脓（此种积脓与细菌、真菌、白塞病和急性前葡萄膜炎所引起的前房积脓有明显不同），虹膜表面有多发性白色结节，结节似乎黏附于虹膜表面（常见肉芽肿性葡萄膜炎引起的结节往往位于虹膜基质内），根据这些临床表现、前房积脓和虹膜结节的细节，我基本断定患者患的是视网膜母细胞瘤。为了确定这一诊断，给患者再次进行了 CT 检查，仍未发现任何问题，在不得已的情况下，又为患者进行了前房穿刺检查，将前房水和吸出的所谓脓液进行细胞学检查，以确定到底有无肿瘤细胞。为了引起病理科老师的重视，我专门在送检申请单上写下了"高度怀疑视网膜母细胞瘤"这一诊断。最后，病检结果报告给出了这样的结论："不能确定视网膜母细胞瘤的诊断，但也不能排除视网膜母细胞瘤的诊断。"面对这一病理诊断结果，我与患者的母亲进行了详细沟通，告诉她几乎可以确定为视网膜母细胞瘤的诊断，此种疾病不但可以使病人完全丧失视力，还可能导致生命危险，目前保眼睛估计已经没有希望，建议立即摘除眼球以避免危及生命。患者的母亲听从了我的建议，摘除眼球后送病理检查，最后被确诊为视网膜母细胞瘤。

此例患者的诊断主要根据患者两个体征的特点和细节，一个是前房积脓，另外一个是虹膜结节，葡萄膜炎引起的前房积脓一般呈黏稠状、泥沙状，真菌性眼内炎或结核性葡萄膜炎通常引起污秽状的前房积脓，患者出现的前房积脓与上述积脓的表现均不相同，而是表现为纯白的雪花状，这种前房积脓对抗感染和糖皮质激素无反应，更加提示它可能来自肿瘤。第二个特殊的体征是虹膜结节，虹膜结节一般分为三种类型，一种是 Koeppe 结节，位于瞳孔缘，呈西米状或绒毛状；第二种是 Bussaca 结节，位于虹膜基质内，多为半透明的结节，单个或多个，呈散在分布，也可呈簇状分布；第三种为虹膜肉芽肿，呈不透明的大的结节，通常为单个，少数病人也可有多个，虹膜结节是区分肉芽肿性或非肉芽肿性炎症的一个重要特征。此例患者表现的是一种与上述三种结节都不一样的结节，这种特殊的前房积脓、虹膜结节高度提示肿瘤所引起的伪装综合征，两种特殊的体征出现在一个全身无异常的 10 岁小孩身上，当首先考虑的是视网膜母细胞瘤。好在患者母亲听从了我的建议，及时摘除了眼球，避免了肿瘤对生命的影响，也算是不幸中的万幸。但需要注意的是，如医生没有绝对把握，千万不能贸然让病人摘除眼球。

笔者在临床上还遇到了不少的眼部中枢神经系统淋巴瘤的患者，都是通过眼底检查发现了眼底病变的细节和特征，而做出正确诊断的，最后通过细胞学、病理学或影像学检查而确诊的。还有一些在笔者根据眼部病变细节和特征认定为此病，但却得不到上述其他检查支持的患者，在经过玻璃体内注射甲氨蝶呤（治疗此种疾病常用而有效的药物）后眼底获得明显改善，之后又出现中枢神经系统病变，最后被影像学检查和有关检查确诊为此病的。实际上，不仅是肿瘤所致的伪装综合征有其细节特征，其他各种类型的葡萄膜炎在临床表现上，或疾病进展过程中都有特有的东西，这些就是细节，抓住这些细节即可使大多数患者获得正确诊断。

随着科学技术的进步，高精尖的仪器设备越来越多，但是，不管这些技术和设备再先进，都不可能完全代替人的大脑、人的眼睛，在诊疗过程中人们越来越重视使用新的仪器设备，但对临床技能的训练、临床思维的培养，则容易被人们所忽视。就葡萄膜炎而言，虽然病因和类型有上百种之多，但绝大多数患者可通过病史询问和基本的眼科检查获得正确诊断，辅助检查和相关的实验室检查是在临床检查结果提示的基础上进行的选择性检查，以期证实或排除临床诊断。

目前出现的一种倾向是，一看到葡萄膜炎患者，不管临床上有什么特点，即开一大堆辅助检查、实验室检查，甚至给患者开具有创性的、昂贵的眼内液检查，并且反复让患者进行这些昂贵的检查。所得结果一部分是没有任何诊断价值的，更可怕的是给相当大一部分患者造成错误的诊断和错误的治疗，并造成病人及其家庭沉重的负担、资源的浪费，甚至是耽误了患者的治疗，影响了视力恢复。笔者曾接诊一例葡萄膜炎患者，在两个多月的时间里进行了5次眼内液检查，被诊断为急性视网膜坏死综合征，前来就诊时，患眼已经萎缩。

笔者在很多场合、学术会议上反复强调，在葡萄膜炎诊治过程中，认真学习基本临床技能是最重要的，根据患者的具体情况选择合适的辅助性和实验室检查是必要的，但盲目地不加选择地给患者进行所谓的筛选式检查，特别是有创性昂贵的检查是错误的，明知道对诊断和评价病情进展、判断治疗效果没有价值，还要让病人反复进行检查，特别是有创性检查，那是极不负责任的。医生的天职是救死扶伤，救人于病痛之中，善良是医生的第一品质。易中天先生说过："善良的底线是恻隐之心，恻隐之心就是不忍心，不忍心人家受到无辜的伤害。"如果一个医生没有恻隐之心，把明知道不该做的检查、不该用的药物都给患者用上，那不是说没有医德，更确切地说是坏了良心！

四、思维无误

思维在网络上有各种定义，有人说思维是对事物的间接反映，是指通过其他媒介作用认识客观事物，根据已获得的知识和经验推测未知的事物。还有人说思维是人类认识活动的最高形式，人们不仅通过感觉能认识事物，还能通过分析、比较、综合、抽象、概况来判断事物的内在联系，揭示事物的本质。还有很多概念，这些概念包括了三个方面：第一是通过感觉了解事物；第二是根据个人已有经验进行分析和判断；第三是揭示事物内在的联系或本质。每个人的感官所获得的感觉可能大致相同，但分析判断以及得出的结论可能有很大不同，这就造成了人们对事物看法的不同，处理问题的方法千差万别，这也就反映了人们思维方式的不同。

在我第一本书《我是你的眼》中，有一篇文章叫"人生需要正确的思维方式"，曾对思维方式做了如下解释：思维方式即是哲学、人生观、价值观的体现，思维方式即是思考问题和解决问题的方式方法。不同的人遇到相同问题时，思考问题和解决问题的方法有很大不同，这反映了他们思维方式的不同，也决定了最后结果的不同。

思维方式决定着诸多方面，如眼界、格局、气度、能力等，现在流行这么一段话：学历是铜牌，能力是银牌，人脉是金牌，思维是王牌。从中可以看出思维最为重要，所以说思维决定人生、思维决定成败一点都不为过。

有人说，成功有三要素：能力、激情和思维方式，据此写出一个公式：成功 = 能力 × 激情 × 思维方式。可见三种要素是相乘的关系，而不是相加的关系，如果是相加关系的话，有能力、有激情基本就会成功，但是相乘关系则可能出现相反的结果，一个人如果很有能力、很有激情，但思维方式出了问题，得了个负数，那可能比没有能力和激情更为糟糕。大家知道，希特勒是一个非常有能力和有激情的人，他的演讲可以使几十万人热血沸腾、激情澎湃，但他的思维出了问题，给全世界造成了深重的灾难。

由此我们认识到，不管怎么样强调思维的重要性都不为过。书归正传，把话题拉回思维在诊断、处理疾病中的重要性上来。在我写的第三本葡萄膜炎专著《葡萄膜炎诊断和治疗》一书中有一篇文章叫"葡萄膜炎诊疗中的指导思想、原则和策略"，指导思想是：科学认识致病因素所致的宏观和微观改变及与机体防御和修复能力之间的关系，调动机体防御、修复能力及使用必要的药物和手段，以祛除疾病，达到恢复健康之目的。

这一指导思想可以用四种思维方式进行诠释和解读，分别是系统思维、辩证思维、整体和局部思维、唯美思维。有关这四种思维方式的内涵及应用，在我写的葡萄膜炎专著、研究生教材和《我是你的眼》中都做了详细介绍，这里不再赘述，但还是想强调以下几点。

1. 正确的思维方式对前面所说的正确、全面、详细的病史询问、记录，认真和细致的临床检查具有统领作用。

系统思维强调了解和处理问题时要考虑时间和空间上的先后顺序。要确定某种因素与疾病包括葡萄膜炎之间的关系，首先要考虑该因素与葡萄膜炎发生的时序关系，如交感性眼炎发生于眼球穿通伤或内眼手术之后，梅毒性葡萄膜炎患者有不洁性接触史，艾滋病患者有吸毒史、静脉吸毒史，白塞病发病多以口腔溃疡作为最初的临床表现。所以，在询问病史时，不但要问清楚发病前有无这些事件发生，还一定要询问某些特定事件发生在葡萄膜炎发病前多长时间，这样才有利于我们确定葡萄膜炎的病因和类型。

整体思维强调的是在判断疾病病因、类型时不仅要着眼于疾病在眼部的表现，还应全面考虑全身疾病，包括关节炎、口腔溃疡、中枢神经系统病变、皮肤病变、呼吸系统病变，等等，只有进行全面考虑，才能正确认识和诊断疾病。

2. 正确的思维方式对疾病的治疗具有针对性指导作用，有助于达到正确治疗之目的。

辩证思维强调的是要根据病人所患葡萄膜炎的类型、严重程度、病人体质甚至是病人的经济状况等施以个体化的治疗，即今天我们所说的精准治疗。整体思维和局部思维强调的是要根据疾病所引起的全身病理生理改变以及局部的病变特征，给予正确的治疗，而不是只处理局部病变。只着眼于局部病变，可能会收到一时的效果，但很难解决根本问题，也可能取得部分效果，但很难取得很好的效果。对葡萄膜炎引起的视网膜新生血管，临床上有人将抗 VEGF 制剂注射至玻璃体内，可能仅对一部分病人有暂时的效果，但药物作用消失后往往新生血管再度出现。可见，局部治疗可能起到扬汤止沸的效果，要想彻底解决视网膜新生血管的问题，必须解决患者免疫功能紊乱和炎症这一根本问题，那就需要全身使用免疫抑制剂，以彻底纠正免疫功能亢进，恢复免疫功能的平衡，只有这样才能最终消除炎症和视网膜新生血管。

再比如葡萄膜炎并发白内障的手术治疗，此种白内障是由炎症引起的，手术治疗应在炎症完全控制后再进行，而不是看到白内障严重影响视力时即行手术治疗。这就是前面提到的系统思维，即治疗按先后时间顺序来安排，如果在炎症未得到控制的情况下进行白内障手术，手术本身是一种创伤性刺激，可能引起炎症反应，人工晶状体是一种异物，也会引起炎症反应。在炎症没有很好控制的情况下，贸然施行手术，上面两个因素的叠加作用，则使炎症更加严重，难以控制，并且也有可能使患者失去复明的机会。

3. 正确的思维方式使我们能确切地判断病情，有的放矢和精准施以治疗方法，实现完美治愈之目的。

疾病治疗的初级境界是治愈，也就是说施以各种方法使病人获得痊愈，病人获得痊愈不一定代表治疗所用方法都完全正确，其中有可能还包含着病人自体康复的成分，所用药物和治疗措施不一定都是恰如其分的。笔者在门诊经常看到一些病人，本来用简单的办法可以治愈，却用了大量的药物，特别是一些所谓的辅助性药物，其中不能说都是一些令人难以启齿的因素造成的，很大程度上可能是我们治疗疾病的思维方式应该改变。所以，笔者在讲课时，反复强调治疗疾病不单单是技术的问题、治疗药物和方法的问题，更为重要的还有责任和智慧。在前述四个思维中，唯美思维就是智慧的体现，它不仅让我们治好病，更重要的是让我们量体裁衣，给病人施以个体化治疗。客观地讲，量体裁衣这一词尚不能充分体现唯美思维的含义，确切来说，唯美思维是让医生完美地治疗疾病，虽然疾病不一定都能被治愈，但这并不影响我们把治疗疾病当成一门艺术去追求。有人说治病是一门技术，也有人说治病是仁术，我认为治疗疾病更是一门艺术，能把治疗疾病推至艺术层面，那才是大师和大医！

五、小结

葡萄膜炎是一类病因和类型众多的疾病，正确的治疗有赖于正确的诊断，正确的诊断取决于详细询问病史和细致的临床检查。笔者在数十年临床工作中总结出一些体会，概括为"嘴上功夫、用心记录、细节入手、思维无误"十六个字，从询问病史开始，会掌握各类葡萄膜炎的临床进展规律和致盲规律；用心记录则为我们研究此类疾病，提高诊断治疗水平积累了宝贵资源；细节入手则是强调在了解葡萄膜炎普遍性的基础上要高度重视不同类型的特殊性，抓住这些特点和细节，或是迅速做出正确诊断，或是为我们进行有关检查提供重要线索；思维无误则强调了正确思维在处理疾病中的重要性。特别指出系统思维、辩证思维、整体和局部思维、唯美思维不仅对葡萄膜炎诊治有重要作用，而且对所有专科医生在诊断和处理疾病中都有重要的借鉴意义。可以毫不夸张地说，这四种思维在引领医生从普通到优秀再到卓越，将治病从技术层面推向哲学层面、思想艺术层面的过程中，都具有重要的作用。

葡萄膜炎患者临床资料的收集、保存及应用

1984 年春季，我去广州参加广州第一军医大学刘善宝教授主持的第一届全国眼免疫学术会议，趁这个机会到中山眼科中心参观学习，了解到它在我国眼科中的地位，萌生了考取中山眼科中心毛文书教授的博士生的想法，后来如愿来到广州上学。当年那一届还有另外一个博士生张清炯，毛教授让他进行眼遗传病研究，后来他在眼遗传研究方面取得了重要成果，成为著名的眼遗传病专家。毛教授安排我做葡萄膜炎免疫学研究，一直做到现在。

在我攻读博士学位期间发现一些问题：葡萄膜炎患者多是在门诊治疗，在我国有一个不成文的规定，病人的门诊病历由自己保存。在跟随老师出门诊时，经常看到有些复诊病人又买了新的病历，原因是以往的病历

被小孩撕掉了，搬家给弄丢了，不知放在什么地方了，总之是找不到了。医生要了解病人过去的情况，还需再向病人询问一遍，问题是患者仅能说出自己上次患病时的主观症状，不可能清楚地知道上次医生检查的结果。我们知道，以往疾病复发时的症状、体征及治疗效果等情况，对此次判断和及时做出正确诊断和治疗非常重要，病历的缺失给医生临床工作带来一定的困难。此外，更为重要的是，患者自己带走病历，医生没有客观证据，就没有办法总结临床经验，也无从谈起提高诊断治疗水平，更不可能向学生传授经验和向国内、国际同行推广自己的诊断和治疗成果。

这些问题使我萌生了保留病人门诊病历，建立患者临床资料库和数据库的想法。从博士毕业后第一次上门诊开始，便收集病人病史和详细书写病历以及保留病人的临床资料，直到现在从未间断过，已经收集和保存了约 3 万份葡萄膜炎患者的各种数据，建立起国际上最大的葡萄膜炎临床数据库。这期间的辛酸、艰难、快乐与成就感只有自己才能体会得到。

一、葡萄膜炎门诊病历缺失是葡萄膜炎研究中的一块重要短板

在医学领域，住院病人的资料医院是要保存的，一是便于以后再住院时查询和施予及时正确的治疗，二是作为一种宝贵的研究资源，以便进行教学、科学研究，用以提高诊断和治疗水平。但对门诊资料则鲜有进行保存、整理和研究的。葡萄膜炎是一类病因复杂和类型繁多的疾病，很多类型具有慢性、迁延不愈、反复发作、难以治愈等特点，这就决定了患者在患病后可能需要多次重复就诊，又由于每种类型的临床表现、病程、进展规律、复发、治疗所用药物、时间及视力预后等有很大不同，这就要求临床医生应及时诊断出患者所患葡萄膜炎的

确切类型，以便给予及时和正确的治疗和处理。

在笔者攻读博士学位期间以及之后相当长一段时间内，我国专门从事葡萄膜炎诊断治疗的医生相当少，这就造成临床上很多类型难以分清楚和治疗不够及时准确的局面发生。另外，可查阅的资料也很少，并且有可能是片面的和不确切的。加之，此类疾病本身不需要手术治疗，也就决定了病人大多数是在门诊处理的，门诊资料的缺失使人们研究和梳理此类疾病的临床特征变得更加困难。因此，在20世纪末，葡萄膜炎可能是我国眼科领域最为薄弱的专业，不少患者由于得不到及时正确的诊断和治疗，最后视功能受到损害甚至完全丧失。

所以说，门诊病历的缺失在一定程度上拖了葡萄膜炎研究的后腿，也可以说是葡萄膜炎研究中的一块短板。大家知道门诊病历通常书写得非常简单，一般没有病史记录，记录的通常是当时的检查结果和所开的药物，这样的病历可以说是一本记录不完全的"流水账"，对以后总结经验、提升诊断治疗水平几乎没有任何作用，但是若能将病历保存完整，则会变成一本完整的病史病况、诊断记录等合集，这对于病例研究和诊断治疗均有裨益。

二、葡萄膜炎病史采集、病历书写及资料保存是一项很费时和费精力的工作

在我攻读博士学位期间就意识到葡萄膜炎门诊病历对研究的重要性，为了系统地掌握疾病发生、发展及致盲规律，必须对每个患者初次发病时的症状、体征、用药情况、治疗效果、疾病的进展及复发情况以及以往的全身病史、家族史等进行详细询问，并记录下来。在我博士毕业后第一次出门诊时，就按照此种模板详细询问患者的病史和书写门诊病历，这一般要花费15~30分钟才能完成一位患者的病史询

问和记录工作，通常写满整整一页纸，甚至一页半纸。此外，还要将患者以往所有实验室检查结果、辅助检查结果进行收集、分类和粘贴，这就需要花费更多的时间和精力。

如果说当年我进行病史询问和记录工作还是比较容易的话，那么现在再进行这项工作就显得特别困难。当年博士刚毕业，病人数量少，对每个病人详细询问病史和进行记录都没有任何问题，近年来随着就诊患者的增多，再进行此项工作就显得力不从心，甚至有很大的困难，每个门诊日挂号的病人多在 100 人或 200 人以上，虽然现在有一支我带领的研究团队从事这项基本工作，但在学生书写病史的基础上再进行关键性的询问、细节上的追问及补充和完善还是非常必要的。因此，门诊时不管再忙再累，也不管看门诊到晚上几点钟（我曾从早上看门诊一直看到第二天凌晨两点钟），补充询问病史、完善病史书写和收集以往患者各种检查资料是不能缺少的。

三、病史采集和书写使我很快掌握了我国常见葡萄膜炎类型及其临床特征

在日复一日的门诊病史询问、记录和临床资料收集过程中，我很快掌握了不同类型葡萄膜炎的临床特征、进展规律以及致盲规律，不少类型的葡萄膜炎可以通过病史询问即可做出大致的判断，再通过基本的眼科检查及必要的辅助检查，在绝大多数患者均可做出正确的诊断。

1997 年，有一位福建的眼科医生在当地遇到一例非常严重的葡萄膜炎患者，让我提出诊断和治疗意见，我让她给我简单介绍一下病人的基本情况，"该患者，男性，30 多岁，双眼视力突然下降至光感……"没等她介绍完，我对她说，这个病人很可能是 Vogt- 小柳原田综合征（它

是我国较为常见的葡萄膜炎类型），当时这位医生很好奇地说："杨教授，您还没有看病人，仅凭我说的两句话，您为什么就能判定出是什么类型的葡萄膜炎？"我告诉她："待我下周门诊时，你带病人过来看一下吧。"在随后的门诊检查中，发现患者有双眼渗出性视网膜脱离，眼底血管造影发现有早期多发性点状荧光，晚期有多糊状荧光积聚，这些结果证实了我之前的判断。当时这位医生非常惊讶地说："杨教授你真厉害，嗅一下就可以确定出葡萄膜炎的类型！"此话说得有点夸张，但是也不无道理，只要你掌握了疾病的特征和规律，三句两句一问，通常就可知道疾病的类型，可见病史询问对确定诊断是多么的重要！

四、病史采集、书写及保存资料的体会及启示

1. 病历是宝贵的医学资料

北京协和医院素以科学严谨、医术精湛而著称于世，在老百姓中如雷贯耳，为何协和医院能铸就百年品牌、有如此高的知名度？这与其优良传统是分不开的，据说协和有三宝，一说是图书馆、病案（病历归档后即形成病案）和著名教授；另一说法是图书馆、病案和住院医生培训制度。在两种说法中，病案都名列其中，由此可见病案的重要性。2020年春节前，我有幸受陈有信教授、张美芬教授邀请参加北京协和医院举办的眼科学论坛，在会议室一楼大厅里，一排展板展示着协和人精心归档的病案，病历书写整齐、认真、一丝不苟，体现了协和人严谨、求精、勤奋、奉献的精神风貌和大医情怀。据说，在北京协和医院成立初期就成立了病案科，直到今天已保存了近300万份患者的病案资料，成为协和百年历史中光辉的一页，是协和医院弥足珍贵的财富，就某种程度而言，这些活生生的病案培养了一代又一代

协和名医。

有人说，百年之后我们这一代医生都已离去，唯一能留下来的就是病案，从病案中可以看到我们当年奋斗的身影，可以给后人留下我们诊治疾病的思维方式、治疗的经验或教训。

问病史、书写病历是医生最基本的工作，特别是对刚毕业走进临床的医生而言更是如此。但有不少的年轻医生不大喜欢写病历，总是希望跟着老师上手术台，或让老师教授治疗方法，认为学会手术和治疗方案才是学到了真本事，殊不知在询问病史和书写病历的过程中，才会真正认识到疾病临床特点和进展规律，也就是说掌握了疾病的全貌和本质的东西，这样才能够做到在疾病不同阶段施予正确治疗。不同的手术方法可能适用于不同的患者，不同的治疗方案可能适用于不同阶段、不同病情、不同体质的患者，医生在处理疾病时最重要的是从全局、从根本上把握疾病，做到精准诊断、精准治疗。试想若连基本的知识、基本的临床思维都不熟悉，就想成为临床上"一把刀"或优秀的医生，那是绝对不可能的。如果说我们在葡萄膜炎诊断和治疗上有一点特别之处的话，那就是通过询问病史，即可获得大多数患者疾病病因和类型诊断的线索，在此基础上进行针对性的眼部检查、辅助检查及必要的实验室检查，在短期内即可明确诊断，并根据患者疾病和自身的基本情况施以精准治疗，避免给患者大包围式的实验室检查、眼内液检查、抗生素的滥用和所谓的辅助性药物治疗，大大降低患者的治疗费用，可避免医疗资源的浪费。

此外，值得提出的是，电子病历的问世及应用为我们进行病历书写带来了一定的方便，但不可忽视的是，一些医生为了赶时间或以忙为借口，在书写病历时进行复制和粘贴，有时甚至性别和年龄都未改动就粘贴上去，这是极其错误的。病历是医生诊断疾病的第一手资料，如果所记录的内容都不真实的话，我们将无从谈起提高诊断治疗水平，也无从谈起科学地总结经验。

2. 坚持是成功的关键

开始询问病史和书写病历时，由于病人不多，尚未感到困难，随着病人逐渐增多，逐步感到有一定的压力，别人一上午可以看 50~60 个病人，自己看 30 个都感到吃力，不得已必须加班才能把病人看完。有人曾对我说，现在很多人都在想办法增加收入，而你却在这干这么吃力不讨好的事。当时我虽然感觉很累，但是从中已经初步总结出一些葡萄膜炎的特征和规律，诊断治疗方面也初见成效，因此就告诫自己一定要坚持做下去。后来利用积累的这些资料，在 2005 年总结出中国 1752 例葡萄膜炎患者的病因及临床类型，第一次描绘出中国葡萄膜炎临床谱系。随后我们连续在 Ophthalmology 上发表了 3 篇文章，报道了中国 Fuchs 综合征、Vogt- 小柳原田综合征和白塞病的临床特征、诊断和治疗效果，这些论文的发表对自己是一个很大鼓励和鞭策，也坚定了要认真问病史、书写病历及收集病人资料的决心。自此以后，这些工作也已成为习惯。现在，虽然学生在我检查前都仔细询问了病史和书写了病历，但对每一个初诊患者，我都会仔细阅读病历记录，并根据记录中的一些线索进一步询问有关细节或没有问到的一些方面。本来根据学生写的病历和我询问的情况，再加上裂隙灯、检眼镜检查和必要的辅助检查即能确定诊断和治疗，在"连呼吸的时间都没有"的情况下，我还是坚持把所问到的情况一一补写上去。病人的病历就像一部教科书一样，一点都不能有差错，一点都不能有遗漏，如果遗漏将是对病人的不负责任，也会大大影响以后进行临床科学研究。

不得不说，我在几十年临床工作中养成了认真询问、用心记录的习惯，这对我帮助很大。所谓习惯，就是不用思考的、自动化的行为方式，习惯形成后就很难改变，奥维德说："没有什么比习惯的力量更强大。"因此，当你养成良好的工作习惯时，你就会一直做下去，也就容易到达成功的彼岸。如果养成不良习惯，那需要花费很大的力气才能将其改正过来。这些都是真知灼见。

有人说，一个人能否成功，关键在于选定目标后能不能坚持下去。程天民院士在谈到他成功经验时说："难在坚持、贵在坚持、胜在坚持。"有人说，只要你能坚持做一件小事、一件平凡的事，连续做上十年、二十年、三十年，那就不是小事，就不是平凡的事。

3. 要将病案中宝贵的东西挖掘出来，实现病案价值的最大化

病史询问和记录不是机械地、流水账式地记录病人发病后的每一个事件，而是将医生的思考和分析融在其中。病案真实地反映着人们认识疾病的过程，同时也反映出我们不同时期的临床思维、诊断治疗水平，是宝贵的历史资料，对于回顾梳理病案资料，总结经验教训，将是非常重要的。因此，如何发挥病案的作用，实现病案价值最大化，是医生进行临床研究的重要课题。

基于收集的病人病案资料，我们在 20 世纪 90 年代初即开始梳理和研究，结合国际上的有关文献资料，撰写了多篇论文和讲义，发表在《中华眼底病杂志》等杂志上。在 1998 年，根据患者的病案资料我撰写出一本 60 多万字的专著《葡萄膜炎》，由人民卫生出版社出版；2004 年又根据患者的病案资料撰写出 143 万字的《临床葡萄膜炎》；5 年之后出版了第三本专著《葡萄膜炎诊断与治疗》，长达 254 万多字，收录患者眼前段照相、眼底照相、各种辅助检查结果的图片达 2000 多张，形象地再现了各种类型葡萄膜炎的临床特征及不同类型葡萄膜炎的表现谱系；2016 年又出版了第四本葡萄膜炎专著《葡萄膜炎诊治概要》，以手册的形式简明扼要地描述了各种常见葡萄膜炎的诊断要点、处理

原则和基本药物及使用方法，更有使眼科医生按图索骥、读文开方之便利。

中文著作和论文的发表在某种程度上推动了我国葡萄膜炎临床研究，提高了我国葡萄膜炎诊治水平，为了更好地在世界范围内传播我们的临床经验和成果，最近我又撰写了葡萄膜炎英文专著 *Atlas of Uveitis: Diagnosis and Treatment*（《葡萄膜炎图谱：诊断和治疗》），已由德国 Springer 公司和人民卫生出版社联合出版，书中收录了患者各种影像学图片达 3000 余张，系统而又简要地向全世界眼科同道们推广中国葡萄膜炎诊治经验和智慧。此书被国际葡萄膜炎学会主席 Manfred Zierhut 教授赞誉为"卓越的葡萄膜炎专著"，Zierhut 教授在序中指出：It is with great pleasure that we now have a superb book on uveitis, written by Prof. Peizeng Yang. This Atlas fills a major gap by presenting a large amount of photos from conditions that on first glance appear to look all the same.It is enjoyable to "walk" through the gallery of photos and to discover pathological findings very clearly described that I had never seen before.（令人非常高兴的是杨培增教授撰写的有关葡萄膜炎的精湛著作问世了。这本著作呈现了大量高质量的精美病例图片，填补了葡萄膜炎领域的一些空白。置身于这些图片，你会发现许多以前从未见过的、但被非常清楚地描述的病变结果，这真是令人激动。）国际著名的葡萄膜炎专家、斯坦福大学 Quan Dong Nguyen 教授赞誉其为"是英文最详尽的葡萄膜炎教科书"，Nguyen 教授在序中指出：Known and respected throughout the world as a brilliant thought leader in the field of uveitis and ocular immunology, Professor Yang is currently the Director of the Uveitis Service at the First Affiliated Hospital of Chongqing Medical University, Chongqing Key Laboratory of Ophthalmology and Chongqing Eye Institute in Chongqing, China. As a master of teaching, a teacher of teachers,

Professor Yang has composed one of the most comprehensive textbooks in the English language for Uveitis, Atlas of Uveitis: Diagnosis and Treatment. （杨教授是举世闻名、受人尊敬的葡萄膜炎与眼免疫领域杰出的思想领袖，现任重庆医科大学附属第一医院葡萄膜炎中心主任、重庆市重点眼科学实验室主任、重庆市眼科研究所所长。作为一名教学大师，老师中的老师，杨教授撰写了最全面、最丰富的葡萄膜炎英语教科书《葡萄膜炎图谱：诊断与治疗》。）国际著名葡萄膜炎专家 Amod Gupta 称赞其"这是一本有关葡萄膜炎百科全书式的巨著"，Gupta 教授在序中指出：In the past, Prof Yang has published many textbooks on the subject in the Chinese language. Presently, he translates his vast experience into an encyclopedic tome on uveitis in the English language, immensely beneficial to the international community of researchers and clinicians. （杨教授以往已出版了多本有关葡萄膜炎的中文教科书。此次，他将自己丰富的临床经验汇集成一本葡萄膜炎领域百科全书式的英文巨著，将使国际范围内相关研究人员和临床医生获益匪浅。）著名国际葡萄膜炎专家、亚太眼内炎症学会前主席 Shigeaki Ohno 教授称其为"独特的和有价值的葡萄膜炎教科书"，Ohno 教授撰写的序中指出：He has been engaged in the prevention of blindness resulting from intractable inflammatory eye diseases not only in China, but also in various Asian countries. He has collected so many typical figures of Asian-specific uveitis entities such as Vogt-Koyanagi-Harada disease and Behcet's diseases. This is why this uveitis textbook is so unique and valuable, since his collection of clinical pictures on Asian-specific uveitis is excellent and never been found in other textbooks... Uveitis may not be an intractable difficult disease any more in the near future and this is in part from great academic contributions of Professor Yang. （杨教授不仅在中国，而且在亚洲各个国家从事难治性炎症性眼

病的防治工作。他收集了如此多典型的亚洲特有的葡萄膜炎如 Vogt- 小柳原田综合征和白塞病的各种影像学资料，使得这本葡萄膜炎的教科书具有相当独特的价值。其中很多精美的图片资料在以往的教科书中从未见过。因此，葡萄膜炎在不久的将来可能不再是一种难治性的疑难病症，这部分得益于杨教授杰出的学术贡献。）

除了第一本《葡萄膜炎》专著外，其余 4 本专著均是以著的形式出版，其中所用的资料绝大部分是来自我们近 30 年积累的葡萄膜炎病案。在以专著的形式传播葡萄膜炎诊断治疗的知识和经验的同时，我们自 20 世纪 90 年代即开始梳理和总结患者的资料及利用患者标本（主要是血液标本，近年还使用了眼组织标本、大便、唾液等）进行研究，基于葡萄膜炎患者的数据库和样本库，进行了系列深入研究，我们在国际著名的眼科杂志发表了一批 SCI 论文，介绍中国葡萄膜炎诊治经验和 Vogt- 小柳原田综合征的诊断标准、分期标准，到目前为止，我们团队已发表 SCI 论文 260 余篇，其中笔者作为第一和（或）通讯作者的为 250 余篇，有一些还发表在国际免疫、风湿病、遗传领域著名杂志上，成为近 10 年来国际葡萄膜炎领域发表论文最多、影响因子最高、10 分以上论文最多的团队，受到了国际同行的广泛关注，显著提升了我国在葡萄膜炎领域的国际地位。

正是这些积累和不断探索，使我们有幸获得了国家自然科学基金杰出青年基金、教育部长江学者奖励计划、国家自然科学基金重点项目（3 项）、国家自然科学基金重点国际合作项目（3 项）、科技部十一五支撑计划、科技部重大研发计划等的资助，国家科技进步二等奖 2 项、三等奖 1 项，省部级一等奖 6 项，还获得了亚太眼内炎症学会杰出成就奖、亚太眼科学会成就奖、重庆市科技突出贡献奖、全国卫生系统先进工作者、中华眼科杰出成就奖、中美眼科学会金钥匙及金苹果奖、第六届中国医师奖、全国五一劳动奖章、全国模范教师、全国医德楷模、中国好医生、全国杰出专业技术人才、全国优秀科技工作者、重庆英才·优秀科学家、庆祝中华人民共和国成立 70 周年纪念章等荣誉及称号，受邀参加中华人民共和国成立 70 周年阅兵及庆祝仪式。

上述所有这些均是基于我们 30 年来日复一日地病案积累，也有赖于我们持之以恒的努力研究和梳理，没有病案的积累、病人样本库的建立，不可能有这些研究成果。当然，只有资源的积累，没有深入挖掘和研究，病案只能停留在资源层面，不能发挥出其应有的效果。因此，从某种意义上讲，对病案资源的充分利用、最大化利用显得更为重要。

中医治疗对葡萄膜炎有用吗

中医是几千年来我国劳动人民与疾病斗争中总结出的经验，因为历史原因的种种限制，中医理论掺杂了一些糟粕的东西，据此有人提出中医无实验根据，并且举出了各种各样的证据，把它归类于伪科学，甚至有极端者还直呼废除中医；但是，有一些人则认为中医治本，没有副作用，在治疗疾病中有其独到的作用。双方争论了近100年，争得是不亦乐乎，但谁都无法说服对方，所以这场争论仍在继续着。

笔者自幼研习中医，在家乡为群众治病，后来在大学学的是西医，可以说中、西医都有涉猎，在临床工作中，常常用中西医结合的方法为病人治病，收获了一点体会。现就中西医的区别、中医到底能不能治病以及在葡萄膜炎中的应用等方面谈一下自己粗浅的看法。

一、中西医的不同

　　中医、西医是两种不同的认知体系。中医形成于中国古代，受中国文化影响很大，认识疾病更多的是从宏观上把握，认为人与自然是一个和谐整体（天人合一），人体内部是一个和谐整体（形神合一），强调调动机体自身的力量抗御疾病，形成了以阴阳五行、八纲辨证、脏腑辨证、营卫气血辨证为基础的整体观和辨证施治的基本思想；而西医则是建立在细胞、化学、分子、微生物学等学科基础上的科学体系，注重从微观、实证上认识和把握疾病。中医在治疗上更多关注的是人，所有治疗方法主要是调整人机体阴阳、气血平衡，激发或增强机体的抗病能力，采取以"和"为贵的策略达到恢复人体健康之目的；而西医则更多强调的是找到敌人（细胞病变、分子改变、细菌、病毒、真菌、寄生虫等），施以毁灭性的打击，以期消灭敌人，恢复健康之目的。从效果来说，中医难免会给人以见效慢的感觉，但由于治疗方法有"和风细雨"的特点，对机体本身（中医称之为正气）的影响较小，而西医则是以"暴风骤雨"式的方式消灭敌人，难免会出现杀敌一千、自损八百或更为严重的副作用，临床上经常看到的例子是抗肿瘤药物应用后，肿瘤细胞被杀死了，机体自身的细胞（如白细胞、红细胞）也被消灭得差不多了。因此，民间有西医治标、中医治本之说，还有中药无副作用、西药副作用大的说法。

　　前已述及，中医的基本核心思想是辨证施治，即根据病人的"证"（也可通俗地认为是临床表现症候群）来施以个体化的治疗。中医治病，首先要辨别疾病是阴"证"还是阳"证"，是表"证"还是里"证"，是寒"证"还是热"证"，是实"证"还是虚"证"。举个简单的例子，不同病人患同一种葡萄膜炎，有些病人表现为面红目赤、烦躁口渴、口舌生疮、小便短赤、大便秘结；也有的病人表现为心慌气短、面色眈白无华、四肢乏力、纳呆食少、大便溏泄；还有的病人表现为头晕耳鸣、口干舌燥、腰膝酸软、五心烦热、午后潮热等。根据中医理论，这些患者绝对不能使用同一种方剂治疗，而应根据具体情况给予不同的药物。第一种情况为毒火内炽，宜给予泻火解毒、凉血通便之类的中药治疗；第二种情况是脾虚气弱、运化无力，宜给予健脾益气、渗湿利水之类的中药治疗；第三种情况则属于气阴两虚，宜给予滋阴降火之类的中药治疗。

中医治疗不仅强调同病异治，还注重异病同治，即不同的疾病只要是"证"相同，即可以按相同的治疗法则和相同或相似的中药治疗。如葡萄膜炎患者和角膜炎患者都表现为头晕目眩、口苦咽干、烦躁易怒、胁肋胀满、小便短少、大便黏滞不爽症，即可判定是肝胆湿热型，均应给予清热利湿的中药治疗。

再来看西医治疗葡萄膜炎，如果能确定患者所患的是非感染性葡萄膜炎的话，治疗所用药物基本上是糖皮质激素，如效果不理想则加用其他免疫抑制剂。如果病人所患的是病毒性角膜炎、免疫原因所致的葡萄膜炎，那西医的治疗方法是绝对不一样的。虽然西医也考虑根据病人的体质、体重、伴有的基础疾病等选择药物及其剂量，但是和中医的关注点有很大不同。正是由于这些不同，决定了中西医治疗疾病理念的不同。实际上，中医最大的好处是它为人们认识疾病、处理疾病从思维方式上提供了指导。笔者自 10 岁起开始研习中医，之后在临床工作中也将中西医结合用于葡萄膜炎的治疗，经过反复实践、感悟、梳理，逐渐形成了治疗疾病的指导思想，提出在治疗疾病中的四个思维：即系统思维、辩证思维、整体和局部思维、唯美思维（详见《我是你的眼》和本书有关章节），这四种思维基本上是从中医的基本理论衍生和提炼出来的，如果说笔者与有些医生在治疗疾病时有什么不同的话，那可能就是在指导思想、理念和思维方式上有很大不同。

记得在 2005 年，我们申报了广东省科技进步一等奖，答辩时获得顺利通过。之后有一位评审专家对我说："我听懂了你讲的，你是用中医的思维指导西医用药，这是你们的独到之处，也是成功之道。"从某种程度而言，这位专家讲的有一定道理。

二、中医在疾病（葡萄膜炎）治疗中的作用

我们应认识到中西医各自的长处和不足，在临床工作中将二者有机结合起来，更好地为病人解除痛苦和恢复健康。

中医在治疗葡萄膜炎中有无价值？有什么样的价值？你可能会听到两种声音：一种认为没有任何效果，在治疗中往往联合有糖皮质激素或其他免疫抑制剂，临床上看到的是西药的作用，不是中医的作为，持这种观点的人占大多数；另一种观点则认为中医在治疗葡萄膜炎中有独到之处，甚至认为单用中药就能治愈，持这种观点的人较少，并且多是中医医生。笔者行医已有 50 多年，中西医两把斧子都在使用，虽然中医的思维已根植于骨髓，但西医诊断和治疗仍是葡萄膜炎诊治中的主流。客观地讲，在治疗葡萄膜炎本身方面，西医有无可比拟的优势，中医中药在绝大多数情况下可起到辅助作用。但笔者并不排除对某些全身性疾病，中医有很好的治疗效果。中医在治疗葡萄膜炎中的作用大致有以下几种。

1. 改善患者的体质、自觉症状

一些葡萄膜炎患者出现面红目赤、口苦咽干、口舌生疮、大便秘结等热毒炽盛的表现，西医是难以找到消除这些症状的药物的，而中医则可施以凉血解毒、泻火通便的中药，一般而言，3~5 服药吃下去病人就会感到神清气爽。

去年笔者曾遇到一例女性葡萄膜炎患者，近 30 岁，患病有 2 个月，在一家医院住院治疗，每天花费达 2000 元，却无任何好转。为病人检查时发现其前房浅，虹膜完全后粘连，晶状体后囊下混浊，根据患者的情况应尽快施行虹膜周切术（患者已行虹膜激光切除术 3 次，术后均发生闭合），以沟通前后房，避免眼压升高和青光眼的发生。但患者体质非常虚弱，面色㿠白无华、心慌乏力、气短懒言、食呆纳少、嘈杂嗳气。血常规检查时白细胞、红细胞和血小板均显著降低，血液科会诊并行骨髓穿刺检查，未发现器质性异常，在这种情况下，不建议进行手术治疗。笔者根据患者的全身情况，将其以前所用的糖皮质激素减量，根据中医辨证，施以补中益气、健脾益胃、和胃降逆的中药，服用三天后，胃纳改善，继续服用后面色日渐红润，体力逐渐恢复，血化验指标也逐渐恢复正常。在此基础上给患者加用其他免疫抑制剂，并先后为患者进行了虹膜周切术、白内障超声乳化和人工晶状体植入术，术后恢复了有用视力。

在这个病人的治疗中，我们采取的是中医扶正祛邪的策略，初诊时病人可以说是弱不禁风，身体不能承受较多的西药治疗，连虹膜周切术这样简单的手术都难以承受。对这个患者我们采取健脾益气的方法获得了很好的治疗效果。此案例说明，中医、西医不应相互排斥，而应该相互补充。本来两种医学的目的都是一样的：为病人解除痛苦、消除疾病。

2. 减少药物的副作用

在葡萄膜炎治疗中使用的糖皮质激素和其他免疫抑制剂常常会引起一些副作用，如糖皮质激素长期使用易引起消化道溃疡、骨质疏松、股骨头坏死、烦躁易怒、失眠多梦等，环孢素可以引起肝功能、肾功能损害，乏力，月经紊乱等副作用；苯丁酸氮芥和环磷酰胺常引起白细胞、红细胞和血小板减少，月经紊乱，精子减少甚至无精子等副作用。在用这些药物治疗时，如能适当辅以中药治疗，可减少或避免这些副作用的发生。笔者曾于 1999 年治疗一例来自美国洛杉矶的白塞病患者，当时病人已在美国用环孢素治疗 3 个月，病人告诉我，用环孢素后浑身发软、极度乏力，上二楼都感到非常困难，已达到吃不消的地步。考虑到患者的葡萄膜炎和病情需要，我给病人还是使用了糖皮质激素和环孢素。并根据中医辨证，施以补中益气、健脾和胃之类的中药治疗，治疗后未再出现上述副作用，治疗 1 年多后葡萄膜炎和多种全身病变均得以完全治愈，到目前为止已有 20 年未复发。不得不说此病人的免疫抑制剂之所以能够得以长期应用，与中药的"保驾护航"是分不开的。

还有很多女性患者因使用免疫抑制剂而发生月经紊乱甚至闭经现象，根据中医辨证施治，辅以中药治疗往往可减少、减轻或避免这一副作用的出现。当然，在 40 岁以后的女性可能还需要请妇科专家联合西药治疗。

3. 中药可能通过神经 – 内分泌 – 免疫轴发挥治疗作用

现代医学证明，病人悲伤、愤怒、惊恐、忧郁等情绪可以通过神经 – 内分泌系统影响免疫功能，在临床上也确实发现有些葡萄膜炎发生或复发是出现于剧烈情绪波动之后，中医中药可能通过暗示、调理机体的阴阳、畅达气血等使病人情绪和缓，进而影响内分泌 – 免疫系统，但此方面只是推测，尚需以后实验加以证实。

4. 中药对疾病的直接治疗作用

目前已发现一些中药具有免疫调节作用，如黄芪有调节免疫功能的作用，黄连素中的小檗碱可抑制白介素 –17、干扰素 –γ 的产生和

Th1、Th17 细胞分化，还可通过影响肠道菌群而发挥对实验性自身免疫性葡萄膜炎动物模型的抑制作用。这些研究结果表明，中药有可能通过对机体分子、细胞的直接影响而发挥治疗作用。葡萄膜炎患者中有不少病人频繁发生感冒，对这些病人给予补气升阳、益气固表的中药后，大多数患者可以显著降低感冒的复发频率，这也说明中药通过某种影响可直接发挥治疗作用。

三、正确评价中医在治疗葡萄膜炎中的作用

一些人认为中医对葡萄膜炎治疗无任何作用，此结论可能是根据以往患者吃过中药无效或用一个固定方子治疗一批葡萄膜炎病人后未发现明确的效果而得出的；还有一些人认为中医对葡萄膜炎有很好的治疗作用，这些声音来自一些中医医生，这些医生在用中药治疗葡萄膜炎时，往往联合糖皮质激素甚至还联合其他免疫抑制剂，确实在治疗后一些病人炎症消退，视力得以恢复，也就把这样的结果归结于中医中药的效果。另外还有一种情况是，在临床总结时，因忽略了一些重要因素而错误地得出中医中药有很好治疗效果的结论。

在很多次学术会议上，我列举了以下例子来说明在研究中如果忽略了一些因素可能得出错误的结论：一个医生用一个中药方子或一种中成药治疗葡萄膜炎 50 例（其中还可能包括局部或全身使用了糖皮质激素），观察半年后，发现 70%~80% 患者的葡萄膜炎完全消退，你说这种治疗有效吗？效果好吗？很多医生会说治愈率这么高，当然效果好，你如果说治疗是无效的，他可能会一脸的不高兴，说你睁着眼说瞎话。其实这一结果并不能说明这种治疗方法一定有效。这里边有两个重要的因素没考虑进去，一是无对照，如果在治疗中我们将患者分为两组，一种用中药治疗配合以糖皮质激素治疗，另一组单独用

糖皮质激素治疗，再进行结果分析和比较，得出的结论则是可靠的（这是现代科学验证的方法）；另外一个重要因素是没考虑到所治疗的葡萄膜炎到底是什么类型。众所周知，葡萄膜炎中有一大类叫急性前葡萄膜炎，所谓急性是指炎症的自然病程不超过 3 个月，换句话说，对这些病人不给予任何治疗，到 3 个月时炎症也会消退（当然只要有条件的病人都会治疗，及时正确治疗会避免并发症的发生和对视功能的影响），如果治疗的病人中绝大多数是急性前葡萄膜炎，观察 6 个月后，所看到的结果可能是疾病自然恢复，并不一定是所用药物的作用。

在葡萄膜炎治疗中经常会看到一些表面现象，这些表面现象常常导致错误的结论，一旦这种错误的观念流传开来，想要改变它是非常困难的。这里举一个例子，可以说明改变这种观念是多么的艰难：在 20 世纪 80 年代至 90 年代末，结膜下注射糖皮质激素治疗葡萄膜炎相当常见，几乎到了一看到有葡萄膜炎（甚至是不管前房有无炎症）就给予结膜下注射，一些病人在反复接受着结膜下注射的治疗。90 年代中后期，我在全国多地演讲时指出，这种治疗方法是我国葡萄膜炎治疗中的一种常见错误，实际上，绝大多数患者不需要结膜下注射，只需要糖皮质激素点眼治疗即可。有一些医生对我说，我们是从主任那里学来的治疗方法；还有一位眼科医院的院长对我说，每天早上门诊都有很多病人排队进行结膜下注射，因为做完白内障手术后前房有炎症，所以需要结膜下注射糖皮质激素。诸如此类的问题很多，每次我都详细解释：目前的糖皮质激素滴眼剂点眼都能很好地穿通角膜在房水中形成有效的浓度，点眼可以达到与结膜下注射相同的效果，没有必要给病人进行这种引起病人痛苦的治疗（结膜下注射可引起严重的疼痛，一些反复接受结膜下注射的人对此种治疗甚至会产生强烈的恐惧感）。经历了很长一段时间后，糖皮质激素结膜下注射的误用和滥用的现象才有所改变。

　　我在第二本葡萄膜炎专著《临床葡萄膜炎》中专门写了一篇文章叫作《葡萄膜炎治疗中问题的哲学思考》，所谓哲学思考就是理性思考、思辨，只有在思辨中、争论中才能知道哪些是正确的哪些是错误的。在临床工作中，有一些错误被当成正确的治疗方法就是通过一些表面的或片面的现象得来的。有一个故事可以很好地说明这一问题：有一个人做了如下试验，他把跳蚤的两条腿剪掉后，他喊跳，跳蚤在跳，接着又剪去两条腿，他喊跳，跳蚤仍在跳，最后把跳蚤的六条腿全剪去后，他喊跳，跳蚤不再跳了。根据这个试验，他得出了如下结论：当你把跳蚤六条腿全剪断后，跳蚤变成了聋子。看了这个故事，可能很多人都会感觉这个结论是荒唐的，但这样的故事确在我们周围经常发生着。

　　中医在治疗葡萄膜炎中确实能起到一定作用，但也存在着利用民众对中医的信任而欺骗病人的反面案例。我在广州中山眼科中心工作期间，经常遇到病人被骗的情况。一些医托在挂号大厅转悠，遇到一些挂不上号的病人，特别是看起来来自外地的病人，就上前搭话，说杨教授有一个老师在离这里不远处出诊，他完全是用纯中药治疗，没有任何副作用，我有很多朋友都是找他看的，效果非常好，我带你去吧。不少病人因治病心切即信以为真，跟着这些医托到一个小的卫生所或小的医院，然后开了一大堆中草药，花去三五千元。有些病人是向亲戚朋友借的钱，有些病人是把猪、牛卖了前来看病的，就这样被这些无良的医托骗去辛苦赚来的钱，确实令人憎恨！

　　另外一种利用中医骗病人的情况更使你气愤：一些中医（确实是中医）利用中医医生的招牌欺骗病人！我曾遇到一个来自云南、一个来自贵州的葡萄膜炎患者，两个病人在当地治疗一段时间无效后，辗转北京的一些医院，被这些医院的医生介绍去看中医，都是找的同一个中医专家老太太，老太太看后告诉病人，你这个葡萄膜炎西医是没办法治疗的，只有我这个中医能治疗。于是病人就老老实实服用中药，一年中前去北京复诊多次，仅中药一项即花费近 30 万元。我问病人，她给你们开的是什么中药，为什么那么贵，病人告诉我是熬着服用的中药，我让病人拿处方给我，我要看一下到底是什么样的中药。病人说医生不给处方，有一次，病人一定要医生给开一个处方，后来处方是给了，但很多中药店抓药的人不认识处方上的字，无奈又回到她诊所里抓中药。这个所谓的中医专家有三宗罪：第一，她根本不懂葡萄膜炎，还要骗病人只有她这个中医才能治疗这个病；第二，她失去底线，用相对便宜的中药骗了病人大量钱财，这两个病人均是来自农村，家庭条件都非常差，为了看病，卖了家里耕地用的牛、养的猪和羊，还东借西借欠了很多债，可见给病人造成的损失有多大；第三，是延误了治疗时机，患者经过一年治疗无效后，最终找到了我，当我为患者检查时，发现病情特别严重，并且已经出现了并发性白内障、继发性青光眼等多种并发症。根据病人的情况，我们使用了糖皮质激素和其他免疫抑制剂治疗，所幸治疗后病人都恢复了有用视力，如果病人早期能得到正确治疗的话，那视力预后会更好。病人在痊愈后激动地说："杨教授你真是活菩萨啊！在你这里我们没有花费多少钱，就恢复了光明，那个所谓的专家坑了我们，耽误我们一年时间，我们一辈子都不会忘记！"

如果说，病人受医托诬骗往往是一次，而这位所谓的中医专家却能骗病人很多次，更为严重的是耽误了病人的救治时间，那就不单单是医德的问题了，那简直是狠毒了！这已经不是一个医生干的事了！

四、用中医治病的几点建议

不少医生问我要中药治疗葡萄膜炎的处方，我说很难满足你的要求，如果我给你一个治疗葡萄膜炎的处方的话，那是对你不负责任，也是对病人不负责任，因为不同的病人，不同的"证"用药是千差万别的。我在广州中山眼科中心工作期间，有药厂想与我合作研制葡萄膜炎的中成药制剂，告诉我，你看××都研制出了治疗某病的中药制剂，产生了巨大的经济效益，如与我们合作，我们将给你高额回报。但我知道，中药治疗需要辨证施治，不能用一种中成药治疗所有的葡萄膜炎，如果我那样做，是可以赚到钱，但是失去底线的钱，昧着良心去赚钱，那是万万不能做的，就断然拒绝了对方的好意。

那如何学习用中医中药治疗葡萄膜炎呢？笔者提出以下建议。

1. 要系统学习中医的基本理论

前已述及，中医与西医是两个不同的理论体系，西医用药是建立在疾病的病因、病理生理改变基础之上的，而中医用药则是建立在八纲辨证、脏腑辨证、营卫气血辨证基础之上的。这就像不能用一种理论体系来指导另一种体系中的实践活动一样，如不能用长度中的米、分米、厘米来衡量重量中的千克、克、毫克一样。因此，要想用中药治疗疾病必须要先学习中医的基本理论和基本知识。

据笔者的体会，如能潜心去学习中医，三、五个月即能基本掌握中医的基本理论知识，在此基础上，再在临床上慢慢体会和积累治疗经验，将会很快提高中医的诊治水平。很多医生告诉我中医很难学下去，原因是中医的东西看不见摸不着，之所以有此种想法，那是我们在学中医时受到了原有西医模式、西医思维的影响。学中医就要按中医的思维模式去理解、去考虑，比如说，脾在西医里是一个免疫器官，可以清除衰老的细胞、抗原及其异物，可以贮存 T 细胞、B 细胞，并能识别抗原产生抗体，在某些情况下，可以摘除脾脏。而在中医里脾则特别重要，被认为是后天之本，主运化，是气血生化之源，还能统血，开窍于口，其华在唇。再比如西医的肾具有过滤形成尿液、分泌肾素－血管紧张素、促红细胞生成素及 1,25－ 二羟维生素 D3 等作用，而中医则认为肾为先天之本，藏精、主骨生髓、主水、主纳气、司二便，开窍于耳，其华在发。可见中医、西医虽然器官的名称一样，但其功能则有很大不同，西医器官的功能是经解剖、生理、生化、分子细胞所证实的，而中医脏器则是取象比类概括出的，是一组跨系统、跨器官的功能单位。如果想用中医治疗疾病，必须要理解和掌握中医的理论，如果用西医的东西去套中医的东西，那么效果肯定不好。

2. 不要把中药当成西药用

现代医学一个很大的特点是一种药针对某一分子、细胞、病原体所导致的病理、生理改变，如抗血管内皮生长因子的生物制剂就是通过抑制新生血管而治疗湿性老年黄斑变性的，所以一遇到这种疾病即可给予此种药物玻璃体内注射。而中医则根据中医基本理论，通过望闻问切，进行辨证，将老年性黄斑变性分为不同的"证"，再施以不同药物治疗，如属脾虚湿困型则用健脾利湿的中药，如属气阴两虚的则宜使用补气养阴的中药，如属气滞血瘀的则宜用疏肝理气、活血祛瘀之类的中药。可见西医的药在一定程度上可以与疾病画等号，而中医则是同病异治、异病同治，不能笼统地说某个方剂或者一种中成药治疗某种疾病。西医医生受现代医学思维的影响，总是希望找到治疗某种疾病的中药方，把中药当成西药用。实际上这也是造成"中医中药无用论"的原因之一。举例而言，有人说某种活血祛瘀的中成药可以治疗眼底出血，如不加辨证就给所有眼底出血的病人使用此种药物，其结果大致会出现以下三种情况：第一是一部分人使用后眼底出血无变化；第二是部分病人出血减轻；第三是一部分病人眼底出血加重。这样看来，有效的人可能仅占使用者的一小部分，那么有些人就可能会由此得出此药治疗眼底出血无效的结论。如果类似情况周而复始地出现，就可能不是这种药对眼底出血无效的问题了，而可能逐渐演化为中医中药治疗无效的结论。实际上，眼底出血根据中医的辨证大致可分为脾虚气弱不能统血、阴虚火旺、气滞血瘀、疾湿阻滞和血热妄行等多种类型，一般而言，活血祛瘀的中药多是辛温走窜之品，如果用于血热妄行或阴虚火旺之人，那必定是火上浇油，焉有病情不加重之理？

3. 政府应加大治理虚假中医中药广告的力度

一些电视、报纸等各种媒体广告，利用国人对中医的信任，狂轰滥炸式地发布有关中医中药的虚假广告，什么"古代名医传人""宫廷秘方"，中医药的"纳米技术""延年益寿"等不一而足，有关糖尿病、性病、肝脏病、腰腿痛、心脏病等的中医治疗天天在讲，什么苗医传承人、蒙医传承人、藏医传承人、御医传承人、中医养生专家等天天在电视上歇斯底里地叫喊着，这些骗子极大地损害了祖国医学、传统医学的声誉，也成了有些人认为中医无效、骗人的口实。所以应坚决取缔此类广告。此外，中医同行应理直气壮地站起来捍卫中医的尊严，发掘祖国医学的精华，同时也应承认中医的不足之处，使中医在临床实践中不断发展、创新、丰富和完善。

五、中医发展的思考

中医最容易使人诟病的是难以重复和验证其效果，为了回答这一问题，很多科研工作者都在研究中药的有效成分，试图从有效成分的层面证明中医中药的有效性，如对人参甙类和皂甙、三七皂甙、黄芪多糖、黄酮类等成分的研究，这些研究也催生出一大批研究论文和成果。特别是屠呦呦先生等从中药青蒿中提取出青蒿素，为世界带来了一种全新的抗疟药，被世界卫生组织推荐为治疗疟疾的一线药物，挽救了数以百万计患者的生命，因此获得了诺贝尔医学奖。屠呦呦先生的成功在一定程度上反驳了中医无用论的观点。

中药这些有效成分单体的研究虽然可以解释中药治疗疾病的一部分原理，但仍有很多问题需要进一步研究加以阐明，如传统中药使用的是复方，其中可能有很多种有效成分，这些成分是如何发挥作用的，它们以不同方式、不同含量存在是怎么样相互作用的，这可能是更加难以回答的问题。

中医有同病异治和异病同治的治疗法则，这就说明同一种疾病在不同个体可能有不同的病理生理过程，目前现代医学也认识到这一点，提出要根据病人的内在的生物学信息（疾病的遗传背景、分子病理生物学特征，等等）、临床症状和体征进行精准化的治疗。实际上中医的辨证施治就是一种精准治疗，只不过它依据的和综合的信息与目前的精准医学所用的信息不同罢了（这也在情理之中，因为不可能要求中医在数千年前就能根据基因组学、蛋白质组学、代谢组学、免疫组学等结果来治疗疾病）。现代医学各种组学、生物信息学研究也为我们探讨"证"的生物学基础带来启示，我们可以用这些手段和技术来探讨中医"证"的生物学基础，探讨同一种疾病不同"证"的分子、细胞、基因层面的差异，探讨不同疾病同一"证"的共同生物学基础，将可能确切地证明中医在诊治疾病中的科学性和有效性，也将为疾病新的治疗手段的研发提供科学依据。

中医整体观是中医的精髓和灵魂，它认为人体与自然是一个和谐的整体，人体内部也是一个和谐的整体，疾病的发生可以由表及里，由腑及脏，单一器官的疾病可以通过相生相克等的关系而影响其他器官和组织。目前我们看到的一种疾病可以多器官、多系统受累，就是这种整体观的明证。众所周知，白塞氏病是一种多系统、多器官受累的自身炎症性疾病，按中医分型，其中一个是肝胆湿热型，表现为口苦咽干、胁肋胀满、烦躁易怒、小便短赤、大便黏滞不爽，我们近年的研究发现白塞氏病患者有肠道菌群改变，将患者的菌群移植给小鼠可以显著加重实验性自身免疫性葡萄膜炎的炎症程度，揭示出肠道病变与眼部病变的相关性，也揭示出肠道菌群异常是疾病发生、发展和慢性化的重要机制。这些研究为我们从现代科学技术手段探讨中医理论的科学性提供了新的途径和思考模式，也应该是可以作为中西医结合研究的重要方向。

六、小结

综上所述，中医在治疗葡萄膜炎中具有重要的辅助作用，可以通过改善患者的体质、增强个体对糖皮质激素、免疫抑制剂的耐受性而发挥治疗作用，也可以通过改善患者的主观症状或通过调节神经 – 内分泌 – 免疫轴在疾病康复中起到一定作用，还可能通过中药本身对免疫功能的调节而发挥治疗作用。一味认为中医中药对葡萄膜炎有很好的治疗作用是错误的，而完全排斥中医中药也是不可取的。中医治疗葡萄膜炎关键是依据中医的基本理论，从辨证施治和整体观上施以个体化的治疗，而不是简单地把中药当成西药用，使用一个方剂或一种中成药治疗所有疾病。对中医中药的研究不仅要从中药的有效性层面探讨它们的有效性，还应从整体观和"证"的层面探索中医理论的本质、生物学基础和科学性。

第二部分

格物致知

有关 SCI 论文的是是非非

近年来，在科技界、教育界、医务界、高校和科研院所，有关 SCI 论文的话题应该是最热门的话题之一。

对 SCI 论文，一方面是羡慕、妒忌：某某教授在 *Nature* 或 *Science* 发表了文章，被评为"杰青""长江学者特聘教授"；某某教授因发表了一篇高影响因子的 SCI 文章被评为院士；某某人因发了两篇高影响因子的文章被破格提拔成教授、副院长、校长；某某学校引进一位发高分 SCI 文章的教授，年薪达 100 多万元等，此类消息或见诸报端，或流传于坊间。另一方面是抱怨：今年没有发表 SCI 论文被领导批评；SCI 论文没发出来，今年失去了晋升的机会；一些博士生在规定的时间内没有发表 SCI 论文而被开除等，这类消息也在时不时传出，传递出一些人的不满和无奈。

近日，教育部、科技部印发了《关于规范高等学校 SCI 论文相关指标使用，树立正确评价导向的若干意见》，指出当前存在着过度"唯 SCI 论文"的现象，片面追求 SCI 文章的数量，已经对我国科技界、科研工作者带来了不良影响。《若干意见》一经印发，有些人欢呼雀跃，有一些人则惊讶、迷惑不解；一些人在驻足观望，一些人则流露出不满情绪。

我是一位临床医生，也是一位科研工作者，还是一位指导硕士、博士研究生进行科学研究的导师，我们团队在过去 20 多年中发表了240 多篇 SCI 论文，在长期的科研活动中，获得了一点体会和感悟，现就 SCI 论文的话题与同行交流如下，请批评指正。

一、SCI 论文的作用

SCI 论文指的是《科学引文索引》（Scientific Citation Index，SCI）收录的期刊刊登的论文，在过去 10 多年里，SCI 论文已成为高校、科研院所、大学附属医院职称评审、绩效考核、项目申报、成果评审等各类"帽子"评定的一个重要指标。我们可以说这个指标不够完善、不尽如人意，但其作为一个硬性指标不能不说也有一定的道理。

1. 高影响因子的 SCI 论文代表着该领域中高水平或较高水平的研究成果

众所周知，高影响因子的 SCI 论文往往聚焦的是当前热点问题，设计通常是严谨合理的，在研究方法上是交叉的和多维度的，研究数据和结果是大量的、可观的，逻辑上是序贯推进的，整体上可以对某一问题作出阶段性回答或肯定性结论，对以后的研究具有引导或指导作用。一般认为，杂志的水平决定着文章的质量，所以就有了 *Nature*

文章、*Science* 文章、*Cell* 文章的说法，也就是人们将在这些杂志发表的文章认同于当今各个领域最高水平的研究成果。当然，这些杂志发表的文章中确实也有水平不是那么高的，这也很好理解，在优良品种的苹果园里也会有长得不怎么样的苹果，但少数不好的苹果并不会影响优质苹果园的整体质量。

在国际眼科界最高的 SCI 杂志是 *Progress in Retinal and Eye Research*，这是一本有点类似综述的杂志，但它不接受自由投稿的文章，仅刊登邀请专家的文章。所邀请的专家都是在眼科各个领域中有影响力的人物，这种影响不是说此人多么出名，而是他领导的团队在某个领域做了大量的、卓有建树的研究工作，也就是说所邀请的撰稿人是某个领域研究的引领者或翘楚，其研究水平整体上代表着该领域国际上的最新进展和最高水平。所刊出的文章一般都是长篇大作，具有系统性、先进性、引领性和启发性，能够在该杂志发表论文被视为一种荣誉。国内有数位著名的眼科专家曾在该杂志发表过论文。

眼科领域论著杂志排名第一的是美国的 *Ophthalmology*，这是一本刊登自由投稿的高水平杂志，刊登眼科及各个亚专业中最新的研究成果，代表着眼科领域最高的研究水平。我国不少优秀的眼科专家曾在该刊上发表论文，向全世界眼科界介绍中国诊治眼病的经验，推广中国方案和研究成果。

眼科界基础研究经典的和排名第一的 SCI 杂志是 *Investigative Ophthalmology Visual Science*，该杂志影响因子为 3.8 分（最高时也仅仅 4 分多），主要收录眼科及各个亚专科基础研究方面的最新研究成果，反映的是当今世界上在眼科、视觉科学领域的高水平研究成果。

2. SCI 论文为科技人员提供了一个相对公平的交流平台

科研工作者辛辛苦苦进行科学研究，他们最关心的是要有一个相对公正的交流平台，去展示其研究成果。从某种程度而言，SCI 杂志为科研工作者提供了这样一个平台，特别是一些高影响因子、高水平的 SCI 杂志对作者及其研究结果应该是大致公平的。投向 SCI 杂志的论文都要经过严格的同行评议程序才能发表出来。

高质量 SCI 杂志对审稿人的苛刻要求是保证杂志质量的一个重要举措，一方面选定该领域著名的专家，另一方面则要求审稿人与文章作者没有利益关系。笔者曾接到《美国国家科学院院报》（PNAS）主编的邀请，为其审一篇有关 Vogt– 小柳原田综合征单细胞测序的文章，在邀请信中明确指出，如与被审文章的作者在过去三年中有合作，或有其他利益关系的，则不能审稿。在其他高水平的杂志审稿中也有类似的规定。可以看出，这种严格的同行评审制度，保证了发表文章的相对公平公正性，对真正搞科研的人员而言，是绝对必要的。

在工作中有时会听到一些抱怨：我的文章投给了某某中文杂志，因为审稿人不懂专业或挟有私心而把文章退了，实际上这个杂志以前登过好几篇类似的但水平不及自己的文章；某某的文章是托谁谁的关系在某某杂志发表的；我将中文杂志退稿的文章改写成英文投到国外的 SCI 杂志，很快就发表了。这些抱怨实际上大家都是在指责自己的论文受到不公平的待遇。针对这些问题，国内有些杂志已经开始匿名审稿，评审制度也在逐渐完善，应该说是科研人员的一大幸事。但是，靠人情、关系而刊登文章的情况还是时有发生的。改进和完善期刊审稿、定稿制度，仍然是中文期刊的一个努力方向。

3. SCI 论文是中国科技走向世界的一个重要途径，也是一个重要标志

改革开放后我国经济得到了迅速发展，国家对科技的投入力度也明显加强，从而大大促进了中国科技的发展。作为一个负责任的大国，

中国对世界科技发展也有着重要的责任。正因为如此，近 20 年来我国科技工作者励精图治、努力探索，取得了可喜的成绩。一项不可否认的业绩就是在 SCI 杂志上发表了大量的论文。据报道，2019 年我国 SCI 论文数量高达 529856 篇，在国际上排第二位，是美国 SCI 论文总数（693730 篇）的 76.4%。虽然在质量上我们离美国还有较大的差距，但是数量的迅速增加也是一个不小的进步，说明中国科技界已经开始融入国际科技界这个大家庭，并在深度和广度上不断推进和拓展，具有越来越大的影响力。

就拿眼科来说，20 年前我国发表的 SCI 论文数目是很少的，并且多是国内学者到国外后与国外学者联合进行的科学研究，可以说在国际眼科界的影响微乎其微，很少能听到中国人的声音。随着全国眼科同道的科研意识、竞争意识、国际意识的不断增强，经过大家的共同努力和不懈探索，近年来发表了一大批具有国际影响力的 SCI 论文，特别是在白内障、青光眼、糖尿病视网膜病变、角膜病、老年性黄斑变性、葡萄膜炎、视神经炎等方面取得了令人瞩目的成果。外国同行通过中国眼科同道的 SCI 文章逐渐认识了中国眼科的发展与现状，我国也借此进入多个国际性眼科组织，在国际性眼科大会、各专业大会上到处都可以看到中国人的身影，听到中国人的声音，中国眼科工作者发挥着日益增大的影响力。可以毫不夸张地说，中国科学家走向世界舞台的一个重要桥梁即是 SCI 论文。

具体至葡萄膜炎而言，在 20 世纪 90 年代初，葡萄膜炎是我国眼科中最薄弱的一个领域，不要说与国际同行交流，就连国外的一些新知识在国内的传播都显得很不够。1994 年，我们以 "letter" 的形式在 *Ocular Immunology and Inflammation* 上报道了中国葡萄膜炎的研究概况。随后我们与荷兰国家眼科研究所 Kijlstra 教授合作，在 *Invest Ophthalmiol Vis Sci* 和英国眼科杂志上发表了数篇论文。进入 21 世纪后，

我们在国际著名 *Curr Eye Res* 上发表了中国 1752 例葡萄膜炎患者病因类型分析的论文，开始引起国际同行的关注。紧接着我们在国际眼科界论著影响因子最高的 *Ophthalmology* 上连续发表了 3 篇论文，报道了中国 Fuchs 综合征、Vogt– 小柳原田综合征、白塞病患者的临床特征、疾病表现谱系、进展和致盲规律，引起了国际同行的极大关注，随后我们利用建立的国际上最大的葡萄膜炎临床数据库和样本库，对葡萄膜炎诊断治疗、免疫发病机制、遗传发病机制进行了深入研究，在 *Nature Genetic*、*Journal of Allergy and Clinical Immunology*（国际过敏领域影响因子最高）、*Ann Rheum Dis*（国际风湿病领域影响因子最高）、*Ophthalmology*、*JAMA Ophthalmology*、*Invest Ophthalmic Vis Sci*、*Amer J Ophthalmol*、*Brit J Ophthalmology* 等著名杂志上发表了一批有影响力的研究论文，介绍我们在葡萄膜炎领域中的基础研究成果，报道中国葡萄膜炎诊治方案和经验。正是这些研究工作和论文的发表，奠定了我们在国际葡萄膜炎领域中的地位。

不可否认，近年来有些人由于利益的驱动、职称晋升、年度考核或"帽子"评定等原因，出现造假、剽窃、抄袭、买卖论文等现象，这本身不是 SCI 论文的过错，而是我们的考核评审制度出了问题，以这些问题否定 SCI 论文对中国科技走向世界中的作用是不可取的。

4. 发表 SCI 论文是提升自己临床能力和科研素质的一种重要途径

撰写 SCI 论文本身是对我们已做或将要做的工作进行梳理和总结的过程，这一过程将使我们从以下几个方面受益：（1）查阅国际上在此领域的最新研究资料，有利于找到差距，促进以后的临床和研究工作；（2）通过梳理诊治病人的资料，我们将会寻找出疾病的规律和特点，将会辨别出诊断治疗方法的优缺点，总结出经验和教训；（3）通过前瞻性研究将会确定判断出研究涉及因素的因果联系以及治疗方案等优劣；（4）在投稿修稿过程中会得到国际同行专家的指导和帮助，一般而言，SCI 杂志的审稿专家都是同领域顶级专家或活跃在该领域里的卓有成绩的专家，会指出文章中存在的一些问题，帮助如何修改和完善资料、实验和论文，也多附有专家审稿意见（当然没有外审的文章，就不一定有审稿意见了），对此我们千万要重视，在投另外杂志前，对专家意见要做深入分析，做出相应的改动和完善；（5）在撰写、投稿、修稿过程中，让我们熟悉国际上的一些规则，西方人比较认真和严谨，对文章中涉及的纳入标准、排除标准、统计学分析等有严格的要求，在投稿、修稿过程中，有关问题的提出有助于提高和培养我们的科研素质和严谨的科学精神。

二、唯 SCI 论文带来的一些问题

前已述及，SCI 论文对中国科技界走向世界，以及对个人的成长、成才都发挥着重要作用，发表 SCI 论文也是科研工作者的一项重要任务和责任。但这并不代表 SCI 论文是评判临床医生临床能力、晋升职称、业绩考核、人才及"帽子"评定等的唯一标准。近年来，我国有关部门已注意到唯 SCI 论文所带来的不良影响。2018 年 7 月中共中央办公厅、国务院办公厅发布《关于深化项目评审、人才评价、机构评估改革的意见》，随后科技部、教育部、中科院、中国工程院等部门发布《关于开展清理"唯论文、唯职称、唯学历、唯奖项"专项行动的通知》。

2020 年新冠病毒疫情期间，一些专家抢先在国际杂志上发表论文。科技部专门发文称在疫情防控任务完成之前，科研单位不应把精力放在论文发表上，而应把科研成果写在祖国大地上，这也可能是促使教育部、科技部印发《关于规范高等学校 SCI 论文相关指标使用，树立正确评价导向的若干意见》的原因之一。唯 SCI 论文已在以下方面造

成了不良后果。

1. 在一定程度上造成临床医生功能的异化

医生的天职是治病救人，安心在临床一线救治病人是医生的首要工作，过分强调 SCI 论文的作用，把它当作晋升、评优、人才评定的唯一指标，则使医生把注意力转移到科研上来，把本来属于首位的临床工作可能放到了第二位，使医生失去方向感，造成医生功能的异化。为了应付每年的考评、职称晋升，医生则要花费不少精力去完成 SCI 论文的任务，在一定程度上影响了医生的临床工作，给临床型医学专家的培养带来一定的影响。

2. 在一定程度上影响了临床医生工作的积极性

前几年时不时地会听说，某某单位从国外引进了一个大专家，在 *Nature*、*Science* 等杂志上发表了好多文章，许以年薪百余万，还将其委任为科室主任。还时常可以看到一些人因在博士期间发表了几篇好的 SCI 论文，很快被提升为副教授、教授。不可否认，这些人在科学研究方面确实很牛，但在治疗疾病方面就不一定是真正的专家。临床工作经验、诊治疾病能力的培养与实验研究有较大的不同，前者需要在临床上摸爬滚打好多年，而后者则在一定程度上取决于平台、研究技术和研究思路，还可能有机遇、运气成分的存在。治疗疾病需要过硬的本领，不是几篇高分文章即能解决的问题。一个科室主任，一定要在临床诊治疾病方面是权威，是真正的临床专家，才能为患者解除痛苦，才能服众，才能带领科室同事们不断提高诊治水平。

3. 在一定程度上出现了一些假论文、假成果的不良现象

前面已经谈到，医生撰写论文是为了总结经验、传播知识、提高

自己，但过分强调 SCI 论文，认为论文重于临床能力，那么在一些人无能力撰写论文时，将不得不寻求一些歪门邪道去制造论文，粗制滥造、篡改数据、无中生有、剽窃抄袭的现象就出现了，在一定程度上助长了学术不端、造假之风。

近几年，一些公司和个人打着编辑、润色论文之旗号，行疯狂造假之实。几乎每天在邮箱中都可以看到一些帮助发表论文的邮件，甚至明码标价地转让、买卖论文，严重败坏了学风，污染了学术环境，对年轻医生、科研工作者的成长造成了恶劣的影响。

近日笔者在网上看到一则消息，说一位央视记者卧底应聘进入广东一家论文造假公司，发现花一千元即可买到一篇职称论文，花五千到一万元即可买到一篇硕士论文，花五六万元即可买到一篇博士论文。该记者声称公司的业务竟然异常火爆，业务员一天有时可接到几十单的业务。公司内形成了一个完整的流水作业线，有竞价部、企划部、顾问部、财务部和创作部五个部门，在经过讨价还价付定金后，创作部即会确定写手，并进行所谓的"创作"。在成都的另一家论文制造公司里，员工多达五百人，每日创造的纯利润即达几十万元，从这些事例中，足可以看出论文造假已达到触目惊心的地步。

三、要 SCI 论文，不要"唯 SCI 论文"

2020 年 2 月，教育部、科技部印发了《关于规范高等学校 SCI 论文相关指标使用，树立正确评价导向的若干意见》，特别指出"唯论文""SCI 论文至上"严重扭曲了科学研究的价值导向，在一定程度上助长了浮夸、浮躁、急功近利之风气，鼓励科研人员回归研究初心、脚踏实地、注重科研成果质量，把论文、科研成果写在祖国大地上。

通过学习《关于破除科技评价中"唯"论文不良导向的若干措施》

和教育部、科技部印发的《关于规范高等学校 SCI 论文相关指标使用，树立正确评价导向的若干意见》等有关文件精神，我有以下体会。

1. 破"唯 SCI 论文"不等于不需要 SCI 论文

SCI 论文是国际上通用的理论研究、基础研究、科技创新成果的表达形式和交流载体。应用研究、技术类研究则更多地表现在产品开发、集成应用上，而不一定以论文作为评价指标和考核依据。由此看来，对不同行业、不同专业的评价应侧重点不同，不应也不会搞一刀切。

2. 破"唯 SCI 论文"，净化学术环境，使学术回归本位

前面已经谈到，"唯 SCI 论文"导致临床医生本末倒置，动摇了科研工作者的初心，造成了一切向 SCI 论文看的不良风气，似乎不发表 SCI 论文就不是一个称职的医生，也在一定程度上助长了学术浮夸之风和弄虚作假的风气。因此，让临床医生安心临床工作，让科研工作者静下心来，不追时髦、不跟风，切实研究所从事领域里的关键科学问题，创造出真正有利于社会进步、有利于科技发展的、实实在在的科技成果。

3. 将重视文章数量转移到注重质量上来

"唯 SCI 论文"的一个重要影响是使人们过多地关注论文数量，发了多少篇 SCI 论文已经成为某些人标榜自己研究水平高的资本，我们也经常看到一些人在研究中出了一点结果即赶快发出来，导致了研究碎片化和肤浅化，特别是文章发表后即沾沾自喜，不求深入，难以创造出有国际影响力的科研成果。

虽然杂志的影响因子作为评价指标被人诟病，但一般而言，影响因子与杂志及杂志所发表论文的水平是大致相当的，高影响因子杂志

发表的文章一般有大量的数据和实验结果，而影响因子低的杂志所刊出的文章或是数据量少或是研究涉及的深度不够。破除"唯SCI论文"的一个重要方面，即是破除数量迷信，要求科研人员深入研究，发大文章，发有影响力、含金量高的、具有创新性成果的文章，现在提出的代表作制度即很好地说明了这一问题。

4. 论文发表由"外"向"内"转变

中国国内杂志在SCI杂志中所占的比例很小，以往由于片面追求SCI论文，使我国产出的高质量论文大部分都投向了国外的SCI杂志，有人做了一个分析：一个973课题投入达3000万~5000万元，项目结题时发表的SCI论文约50~100篇，那就意味着每篇SCI论文要花费约50万元，国家花费这么大代价养活了国外一些杂志。还有人认为SCI代表的西方势力通过教育部门的指挥棒操纵了我国的科研管理及人才选拔，强取豪夺了我国巨额科研经费，每年中国学者向国外刊物缴纳的文章发表费，据粗略估计达数十亿元人民币之巨，相当于输送了一艘航空母舰。

与国外SCI杂志相反，国内许多期刊面临着无米下锅的困境，造成国内杂志影响力低下，难以培育出中国科技期刊品牌的局面。《若干措施》中明确提出，对基础研究类科技活动推行论文评价代表作制度，其中国内期刊论文原则上不少于1/3，这对中国期刊应该是一大利好，大量有意义的研究论文将有利于中国期刊的成长，相信在不远的将来，将会培育出一批具有中国特色的品牌杂志。

四、问题与展望

毋庸置疑，SCI论文已成为中国科技走向世界的一个重要桥梁，在过去 20 年中，中国产出了大量的 SCI 论文，有力地提升了中国在各个领域的地位和话语权。但也不可否认，片面追求 SCI 论文数量，把 SCI 论文捧上神坛，确实带来了一系列问题，造成了不良的影响。国家有关部门提出破除"唯 SCI 论文"，对不同的行业制定不同的评价体系，重视将科技成果写在祖国大地上，鼓励科研工作者甘于寂寞、无私奉献，创造有价值的研究成果。这些举措将促进中国科技的良好、有序发展，为科研工作者创造风清气正、追求卓越的良好学术环境。

1. 破除"唯 SCI 论文"的观念可能需要相当长时间

近年来，SCI 论文潜移默化地走进了每一位科研工作者的生活中，SCI 论文对大多数科研工作者或发挥了重要影响，或发挥了一定的影响，科研管理部门也习惯于这样一种评价指标。因此，要改变"唯 SCI 论文"的观念还有一个适应过程，会是一个相当长的过程。

2. 亟须建立合理的评价体系

破除"唯 SCI 论文"后，人才评价、考核指标的制定、绩效的管理等亟须出台规范的评价参数和体系，特别是对不同专业、领域要制定出合理的评价指标。科研工作者能力的判定，一定要有科学的指标，不能出现人为随意评价、人情评价等问题。值得提出的是在基础研究方面，SCI 论文，特别是高质量的 SCI 论文仍然是评价体系中一个重要指标，不能因噎废食，从一个极端走向另一个极端。

3. 制定合理措施，促进中国本土杂志健康成长

SCI 论文的一个特点是经同行评议、反复修改后才能刊登出来。因此，在一定程度上保证了对作者及其研究结果的公平、公正性，也保证了杂志及文章的质量和水平。国内某些杂志经常被诟病的是审

稿制度、人情关系、走后门等问题。随着破"唯 SCI 论文"的不断深入，国内科技杂志将迎来一个春天，将会有大量充裕的稿件源源不断地输送给这些杂志，这为中国科技杂志的成长提供了重要的机遇。杂志编辑委员会的学风建设显得更为重要，如何公正地、科学地选择稿件，避免各种人为因素的影响，不断提高杂志的质量和水平，将是摆在我们面前的一个重要任务。

总而言之，SCI 论文走下神坛后，如何填补评价机制的真空，如何建立合理的评价体系是科研管理部门和科研工作者的一个长期而又艰巨的任务。

做医生为什么要写文章

晋升职称对医生、老师而言是非常重要的，在以往的晋升条件中，基金、论文、成果被戏称"三大件"，特别是论文被认为是不可缺少的条件。

我曾经供职于河南医科大学第一附属医院、中山大学中山眼科中心、重庆医科大学附属第一医院，在与同道们、学生们接触中经常会听到以下声音：

每天临床工作这么忙、这么累，还要赶出来一篇文章，要不然明年的职称晋升可就要泡汤了。

好好做一名医生吧，为什么还要我们写文章？你看某某某，没有核心期刊文章，没有 SCI 文章，手术做得很漂亮啊！

只会写文章有什么用，写文章的人不一定会看病。

　　这些抱怨一方面反映出我们在医生水平和能力评价体系中一些不足，也反映出一些医生不愿意也不屑于写文章的心态。我作为一名临床医生，作为一名硕士、博士研究生导师，在过去 30 年中发表了 250 多篇 SCI 文章和一些中文文章，深深体会到发表文章对一位临床医生不断进步、追求卓越的重要性。现不揣浅陋，总结出撰写和发表论文的多种好处，以供大家参考。

　　就从人类知识体系的构建而言，每个医生和老师都应该是主人翁。人类对疾病的认识及所有知识，是无数人通过临床积累、临床研究和实验研究构建的知识体系。我们作为医学领域的一分子，有责任和义务将临床工作中的发现、点滴体会、感悟、一些诊断治疗技术改进和经验等贡献给这个知识体系。只有大家共同努力，才能推动医学的进步和发展。

　　人类几千年医学知识的积累和完善，都是靠无数人悉心研究、不断总结的结果。仅中医的形成和发展中就有浩瀚的文献资料，为我们积累了宝贵的财富。但是也有令人遗憾之处，华佗的"麻沸散"就没有流传下来，确实令人扼腕叹息。

　　也许有人说我不想出名，我只想当一名小医生，也不想为医学事业贡献什么。这只能说明你自私，为什么你可以享用这个知识体系，而不想为这个体系的逐渐完善做出贡献呢？另外，如果不总结和梳理过去治疗病人的资料，你也就无法确定你现有的相关知识、疾病诊断、治疗方法是否确实是合理的和最优的，此方面问题将在后面进一步讨论。

　　从医生个人医学知识体系的构建和完善角度而言，写文章也是完全必要的。医学知识的更新非常快，新的诊疗技术不断涌现，就要求每个医生要不断学习新的知识，不断完善个人的知识体系。新知识、新技术可能是在某种或某些特定条件下形成的，可能需要更多的临床实践活动加以证实、补充和完善，临床实践需要梳理、总结、分析和判断，这些实际上就是我们要进行的临床研究，也就是我们撰写论文的过程。在这一过程中，我们会查阅很多文献资料，使我们了解世界上不同国家、不同医生对这一问题的看法，通过前瞻性研究确定两个事件的因果关系，通过回顾性研究确定事件之间的关联性。这些研究在某种程度上是深化我们的认识、提高诊断治疗水平和丰富我们知识体系的重要环节。

写文章的过程是修正错误、明辨是非、提高认识的过程。刚毕业时，我们依据书本上的知识和老师传授的知识和经验开展临床工作，以后我们对疾病有了一些认识，逐渐积累了一些经验，在此过程中由于多种原因，在我们取得的知识和经验中有一些看起来正确，但实际上并不一定正确的东西。就像我在《中医治疗对葡萄膜炎有用吗》一文中所提到的，根据一些表面现象往往会得出错误的结论。这就需要我们不断学习，逐渐提高对疾病的认识，摒弃一些错误的理念和做法。研读相关书籍、参加学习班和有关会议是提高我们认识的一个重要途径；另外一个重要途径即是对我们所做的工作进行梳理、思考、分析和科学判断，也就是要进行科学研究，将所得结果撰写成文章与同行交流。在撰写和发表论文的过程中有以下几种作用：

1. 有助于了解国际上最新的研究进展

如果要对某一方面进行科学研究和撰写文章，肯定要去查阅大量的文献资料，要弄清楚同行对这一问题的看法，这本身就是学习和提高的过程。

2. 有助于引发我们的思考、明辨是非和对错

在查阅文献的过程中会发现，对同一问题不同人可能有不同的看法，自己临床所用的诊治方法及其效果与文献报道的可能也存在着差

异。这就会引发我们的好奇心和思考，弄清楚问题到底出在哪里。

我博士毕业后刚参加临床工作的时候，发现在我国葡萄膜炎治疗中存在着普遍使用抗生素的现象。当时我做了一个统计，来自全国各地的各种葡萄膜炎患者中，只要以往住过院的，95% 以上都使用过抗生素。在国外文献中使用抗生素的比例却很低，后来我们对此现象进行了深入的分析和思考，发现这是抗生素误用和滥用的现象。这主要与早期大家对"炎症"的误解有关，将"炎症"与"感染"在某种程度上等同起来，见到炎症就想到用抗生素治疗。大家知道，抗生素的误用和滥用已构成了一个重大公共卫生问题，超级细菌的出现就是抗生素滥用的结果，对人类构成了一个非常大的威胁。有关葡萄膜炎领域抗生素误用、滥用现象的发现，使我感觉到问题的严重性，也使我们有了纠正这种错误的紧迫感和使命感。20 世纪 90 年代末，我们即在全国各种学术会议上及各种葡萄膜炎学习班上呼吁，对非感染性葡萄膜炎勿使用抗生素。经过多年的推广和全国眼科同道的共同努力，使我国葡萄膜炎患者抗生素的使用率已下降至 30% 以下，应该说是一个巨大的进步。

3. 能得到同行专家的指导和帮助

除了前述在查阅资料和撰写论文过程中的获益之外，投稿和修稿过程更是获得同行专家指导的一个很好的途径。论文投稿后，杂志编辑部一般都会请该领域知名专家作为审稿人，对文稿进行评判和提出修稿建议，指出应补充的资料、实验以及如何完善论文，这是一次或多次你与知名专家对话的过程，在此过程中，你不但学会了本专业的有关知识，还提高了思考问题、解决问题及论文写作能力。

4. 撰写和发表论文是推广知识和经验的重要环节

临床工作是非常繁杂和艰辛的，在此过程中，医务工作者辛辛苦苦积累了一些诊断和治疗疾病的经验，这些经验或是对提高疾病诊断的准确性、疾病的治愈率或者是对改善患者生活质量都可能有一定的作用。这些宝贵的经验向国内同行、国际同行推广的一个重要载体即是论文，通过论文将你的经验传递给同行，让他们少走弯路，造福于更多的病人，可以说这是一个功德无量的事情！

5. 撰写发表论文是提高个人知名度和建立个人品牌的一个重要途径

现在的媒体非常发达，你可以利用电视、报纸、互联网等途径宣传自己，扩大影响力，提高知名度，但是最为经典和最为重要的仍然是专业领域的杂志。所以在各大医院的专家简介栏中都会写着某某已在专业杂志上发表多少篇论文的内容。一个医生手术做得漂亮，诊断治疗水平高往往在一个地区知名，若把你的诊治经验发表在专业杂志，特别是著名的专业杂志上，会让全国、全世界的同行认识你，通过持续不断的努力、科研活动和论文的发表，将可能建立起个人品牌，为更多疑难病人解除痛苦。

6. 进行科学研究发表论文可以满足心理和精神需求，唤起对科学研究的兴趣

人们对某件事情感兴趣，不是天生的，是由后天培养的。在大学毕业或研究生毕业后进入临床工作后，说实在的，此时大家是抱着治病救人的朴素情感工作的，繁杂的临床事务可能会把人弄得疲惫不堪，也可能掩盖了我们的一些兴趣，长此以往，可能会感觉到每天诊治病人是一种职业的需要，是一种不得不去做的事情，就会疲于应付，这样就不可能焕发出积极性、主动性，也就不可能成为大师、大医。

如果在临床工作中细心观察，不断总结梳理，你会学到书本上学不到的东西，把这些经验和技术改进发表在杂志上，会让更多的病人

受益，会激起你更大的兴趣，这种兴趣会使你不知疲倦地去做这件事情。带着兴趣去做的效果、效率要比应付去做强很多倍。就我个人而言，每次门诊时都带着兴趣去观察病人，从每个病人身上去学习葡萄膜炎，不断从这些病人的资料中总结经验，发表论文与全世界同道去分享这些成果，感觉是一件非常享受的事情。

我经常与学生们谈到，如果你发了5万元奖金，晚上睡不着觉的时候，你不会将这些钱拿出来再数一遍，如果是你发了一篇很好的、很有影响力的论文，晚上睡不着觉的时候，你会将文章拿出来再读上一遍、两遍，因为数钱和阅读文章所得到的感受是完全不一样的。最近，我的一位毕业了的博士生写了一篇文章投给英国眼科杂志，最后被接受了，她给我发信息说，接到被接受发表的邮件后激动得一个晚上没睡着。如果是发5万元奖金估计都不会有这种反应。有人说人的享受有三个层面：第一个层面是物质层面，主要涉及衣食住行；第二个层面是精神层面，主要涉及思想、艺术、知识和文化；第三个层面是灵魂层面，主要指的是信仰和宗教。阅读自己发表的高水平文章是一种心理满足和精神享受，而钱带给你的是物质层面的享受，二者不可同日而语。

7. 进行科学研究发表论文是自我促进的过程

懒惰是人的天性，很多时候我们用很多理由去掩盖懒惰的天性。在临床工作中，经常会听到一些人说，临床工作太忙了，看了多少病人，做了多少台手术，顾不上吃饭、睡觉。不可否认，这种情况确实是存在的，更确切地说对一些医生、在一定的时间段内是存在的。难道我们每天都是这么忙吗？实际上并非如此。如果闲下来时，我们思考一下这一天、一周的工作，哪些地方需要改进，一年下来思考一下这一年做了多少手术，治疗了多少病人，把这些临床工作中的经验教训总结一下，将病人的资料科学地梳理一下，总结成文，这本身即是自我促进、自我提高的过程。

时间就像海绵中的水一样，只要你挤就能挤出来。很多人以忙为理由，实则是懒惰！你说这个世界谁不忙？要饭的在这条街要完还要赶到下一条街呢！所以千万不要以忙为理由，只有持续不断的努力，几十年如一日，你才能超越别人，才能成为优秀的医生。

8. 发表论文可以提高自己的写作水平

写论文的过程是一个思考、梳理的过程，也是锻炼和提高理性分析、逻辑判断能力的过程，还是提高语言驾驭能力和写作水平的过程。一篇文章成稿往往需要很多遍的修改，我给学生改文章，一篇文章改上八遍、十遍的是家常便饭，曾给一个学生的文章先后改了十八次，如果用心去修改，撰写人将会有很大的收获。投杂志后，审稿人不但提出专业问题，还可能对文字方面提出改进意见，反复的修稿，也就意味着反复教你如何提高写作水平。我们科里有一位从名牌大学毕业的博士生，特别有才华，英语很棒，在初次写 SCI 论文时，由于不知道科技文章的写作方式，写出来的文章经过了五六遍的修稿，最后文章刊登于眼科论著最高级别的杂志 Ophthalmology 上。后来她告诉我，写文章过程太有用了！可以大大提高自己的写作能力，并在多个方面都有很大的提升。

总之，医生的主要职责是治病救人，这就决定了医生一生都要努力和学习，不断提高自己诊治疾病的能力和水平。进行临床科研，不断在临床实践中总结经验是提高自己诊治水平的重要环节，总结和梳理病人资料、撰写发表论文，不但具有提升自身的功能，还具有传播知识和经验，使更多医生和病人受益的功能。因此，发表论文与同道分享研究成果也是医生的一项重要工作。

如何建立学术品牌

我们科里有一位同事前去外地一家医院参观学习，当时遇到一件事情对她影响很大。事情经过是这样的：一位很有名望的眼科专家，但他不是白内障领域的专家，在为一位患者做白内障手术时，不知道是手术技巧的问题，还是其他原因，手术中晶状体核掉进玻璃体内。这里给大家普及一下白内障手术的知识，过去将混浊的晶状体拨进玻璃体内是治疗白内障的一种方法，当年唐由之先生即是用的这种方法给毛主席做的针拨白内障手术。此种手术方式简单，耗时短，损伤小，虽然将混浊的晶状体移开了瞳孔，使病人恢复一定的视力，但晶状体在玻璃体内可引起很多并发症。随着科学技术的进步，此种手术方式已逐渐被淘汰。目前使用的白内障超声乳化联合人工晶状体植入手术具有损伤轻、时间短、效果好的优点。这位专家采用的正是这种手术方式，手术中晶状体核掉入玻璃体内可能是一个意外，不管怎样，这种情况的出现肯定不是一个好事情。该教授也不是玻璃体视网膜手术专家，所以当时也没能为病人取出掉进玻璃体的晶状体核。第二天，这位教授请了另一位玻璃体视网膜手术专家再次为病人进行手术，捞出了晶状体核。在出院时，病人和家属对这位教授千恩万谢，感激不尽，而我们科里这位医生却很疑惑：我们无法把晶状体核掉入玻璃体内判定为手术差错，但出了这样的事件，手术并不算完美，但为什么病人及家属对医生还要这般感谢呢？我告诉她，这就是品牌的效应！

在临床工作中，医生经常遇到此类问题。问题的根源从某种程度上可归结为病人对医生的信任，这种信任程度很大程度上取决于这个医生的口碑和知名度，也就是取决于医生的品牌。品牌的建立不单单是为了让病人信任，更重要的是代表了医生的诊断、治疗水平，还有利于医生开展临床医疗工作，避免一些不必要的医疗纠纷。因此，不管是医生，还是从事其他行业的人，不管是个人还是集体、公司、单位，建立品牌都是非常重要的。

在网上查一下你会发现品牌有很多种表述，如"品牌是指人们对产品的认识程度，是人们对其及其售后服务的认可"；"品牌是通过对理念、行为、视觉、听觉四方面进行标准化、规则化，使其具备特有性、价值性、长期性、认知性的一种识别系统的总称"；"品牌是产品的无形资产"；"品牌是产品的实用价值的外延，它更多地代表了时尚、文化、身份、地位等元素"。从这些表述里可以看出，品牌是产品的实用价值和外延价值的总称，比如衣服，它不但具有御寒的作用，还表现出穿衣人的品位、时尚、价值、身份和地位。

学者们弄的概念、定义比较严谨，但有时难免有深奥、难以理解的感觉。笔者曾用口语化的形式给品牌下了个定义，很容易理解和记住：品牌是鞋子边上画一钩、苹果上面咬一口、茅台瓶上写贵州。有一次回广州，我的小孩要买鞋子，要带钩的鞋子，我说我给他画一个吧，人家不要，非要人家画好的，说明品牌的不可替代性；苹果上面咬一口值钱，如果是没咬，或是咬上两口、三口的那就不值钱了，说明品牌的价值；茅台大家都知道是好酒、是品牌，但如果茅台瓶上写上了广州茅台或郑州茅台，那肯定就不值钱了，说明品牌的独特性。笔者有关品牌的定义看起来有些直白，但确实反映了品牌的特点及价值。

品牌折射出文化。麦当劳是美国的一家连锁快餐店，它不但是让你享受鸡腿的美味、可口可乐的凉爽，还在潜移默化地向你传递着独立、规范、标准化的个性或价值观。不管你到哪家麦当劳店，你吃的鸡腿、薯条的味道都是相同的，其制作流程是规范化的，店里的服务是标准化的。每人一个汉堡包、一杯可口可乐，彰显的是独立的个性。你到中餐馆就餐，则境况大不相同，你看到的是一群人往往围着圆桌而坐，各种各样的菜肴摆满一桌，人们推杯换盏，热闹非凡，它蕴含着东方的饮食文化，讲究的是色香味俱佳，传递的是团圆、和谐的价值观。

品牌往往代表着产品的使用感受良好或代表着一个人技术的精良。茅台酒喝起来口感、质感肯定要好于一般的白酒；奥迪的性能优于普通品牌的汽车；三级甲等医院医生通常比一、二级医院医生水平高，知名专家在其所在领域就是要比普通医生医疗技术高明，因此就出现了小医院门可罗雀，大医院人满为患、专家号一号难求的局面。品牌之所以受人青睐，就在于它的内涵和外延的价值，在于它形成过程的艰辛和不易。品牌建设是一个长期艰难的过程。就拿我们建设治疗葡萄膜炎这个品牌而言，从开始至今已有30多年，我读博士学位时，导师毛文书教授给我定下了葡萄膜炎这个研究方向。当时，全国范围内从事该疾病研究的医生很少，但病人数量比较多，据有关资料估计全国有300多万病人，加之那个年代诊断治疗水平较低，很多病人因得不到及时正确治疗而失去有用视力。因此，培养葡萄膜炎专科医生的确是非常必要的。

导师确定研究方向后我即查阅文献，了解国际上对葡萄膜炎这一类疾病的认识，学习葡萄膜炎诊断治疗方法，每天几乎都泡在了图书馆。当时图书馆有3位管理员，他们看我每天在图书馆里，就想要我帮他们在图书馆值班，这也是我求之不得的。随后他们就安排我与他们轮流值班，这下可好了，我每天晚上在图书馆想看到几点都没问题。当时为了了解全世界葡萄膜炎的研究概况，我还自学了日语、德语、法语，基本上可以读懂这些语种中有关葡萄膜炎的文献资料。博士毕业后，我又在图书馆值了好几年的班，那段时间的文献资料阅读，使我了解了几乎是全世界的葡萄膜炎研究资料，为我们从事此类疾病的研究以及探索葡萄膜炎的临床诊断和治疗方法奠定了坚实的基础。

初上临床时遇到各种各样的问题，如书上描述的体征到底是什么样的表现？中国的葡萄膜炎疾病谱与国外一样吗？中国葡萄膜炎患者的临床表现与进展规律与国外患者一样吗？国外描述的治疗药物、剂量适合中国葡萄膜炎患者吗？这些问题需要在临床上仔细琢磨、反复比对、认真思考才能加以甄别和确定。经过数年的努力，我们终于厘清了我国葡萄膜炎常见类型的临床特征、进展和致盲规律，积累了一定的诊断和治疗经验。博士毕业后八年，我出版了第一本葡萄膜炎专著《葡萄膜炎》，在广州建立起我国第一个葡萄膜炎诊断、治疗和研究中心，所诊治的病人来自全国各地，部分来自美国、澳大利亚等国家和地区。此后，我们的葡萄膜炎团队不断壮大，接诊的患者越来越多，研究涉及的领域也越来越广泛，研究水平日益提高。2008年4月，为响应祖国号召，支援西部，我们葡萄膜炎团队移师重庆，得到了重庆市委、市政府、市卫健委（卫生局）、人社局、科技局、教委的大力支持，也得到重庆医科大学校领导、附属第一医院任国胜院长、许平书记、傅仲学书记、罗勇院长、葛平副书记、吕富荣副院长、肖明朝副院长、罗天友副院长、胡侦明副院长、汪艳纪委书记、张丹副院长、高永良副院长、张巨霞纪委书记等院领导和各个处室领导的大力支持和帮助，还得到了全国眼科同道和附属第一医院眼科同仁全力支持和帮助，特别是得到来自全国葡萄膜炎患者的信任和支持，使我们团队逐渐壮大和成长，我也有幸获得了多种奖项和荣誉称号。治疗葡萄膜炎这个品牌已逐渐形成，我们团队也站在了国际葡萄膜炎研究的最前列，发表了260多篇SCI论文，建立了中国Vogt-小柳原田综合征的诊断和分期标准，参与了国际结核性葡萄膜炎标准化命名制定工作，被遴选为四个与葡萄膜炎相关的国际性组织的执行理事、理事或成员，与国际多所大学、研究所建立了合作关系，将中国葡萄膜炎研究推向国际最前沿。

前已述及，建立品牌是一个长期艰难的过程，在这一过程中，可以用一句话来概括："宝剑锋从磨砺出，梅花香自苦寒来。"世人看到的是光鲜的外表，令人羡慕的光环和荣誉，其实背后全是泪水和汗水，甚至是血迹斑斑。

在建立个人品牌过程中，每个人可能有不同的感受，笔者不揣浅陋，将我们在建设葡萄膜炎这个品牌过程中的感悟、体会和启示给大家汇报如下，其中有些方面我已在《我是你的眼》一书中做了详细叙述，为了系统性和连贯性，本文对这些方面只作简单介绍，希望这些感悟和启示对有缘的朋友有所帮助。

1. 要树立正确的目标。

有人把目标比作灯塔，是人生道路上的指路明灯；有人说目标就是让你朝思暮想、天天在想、时时在想、做梦都想的东西；也有人说目标是让你想起它来就热血沸腾，为了它无怨无悔，甚至甘愿献出生命。这些说起来都显得高大上，但对大多数人而言，目标就是你今年想干成点什么事，今生要做成点什么事，这是每个人都必须思考的。有人曾说过，一个人什么都可以没有，但不能没有梦。可谓是一语中的，说到了要害之处。如果你想有成功的人生，想建立个人品牌，那说明你的志向远大，那就必须做好充分的思想准备，选定一个正确的人生目标。对我们医生而言，这个目标就是要做一名好医生，做一名知名的专家，一名老百姓信赖的专家。

怎么样选定人生目标是每个年轻人都必须考虑的问题。根据笔者的体会，我给出三点建议：第一要把自己的天赋与专业结合在一起，这样才能把你的优势发挥出来，否则你就很难成功。第二要选择自己喜欢的专业，如果让你天天去干自己不愿做、不喜欢做的事情，那肯定是做不好的。现在的父母对孩子的期望值特别高，在幼儿园、小学时即逼着孩子学画画、学唱歌、学跳舞、学钢琴等，把自己想做但没能做成的事情、自己没有实现的梦想全部压到孩子身上，如果孩子喜欢或是天赋所在的话，尚可能为未来的发展奠定基础，如不喜欢，或根本就没这方面的天赋，学习这些可能一点用都没有。第三是只追一只"羊"，即选定一个目标或者一个主要目标，穷追不舍，一直向前，才有可能成功。一个人的能力、精力和时间都是有限的，你不可能同时成功地追上几只"羊"，因此，在追赶目标的过程中切忌频繁改变方向、发力不同领域，人的精力一分散即难以达到目标。

2. 要有正确的思维方式。

在《我是你的眼》及在"葡萄膜炎诊治秘诀"一文中都强调了思维方式的重要性，特别提到四种思维（系统思维、辩证思维、整体和局部思维、唯美思维）是笔者在诊治葡萄膜炎中的法宝，实际上它也是我们进行科学研究甚至是处理日常工作的法宝。例如系统思维是指我们在处理问题时要有时间顺序和空间顺序，处理疾病时应考虑第一步做什么，第二步做什么，最终要解决什么问题，最简单的例子是我们在处理葡萄膜炎并发白内障时要先解决炎症的问题，再考虑白内障手术问题，切不可见到白内障就行手术治疗。这一思维方法同样适用于疾病病因和发病机制的研究，我们要探讨某种分子在疾病中的作用，首先要研究该分子在疾病中的时序表达和在空间上的动态表达变化。在日常生活中，这些思维方式也是非常重要的，比如你要去医院看病，首先要去排队挂号，接着要去看医生，医生看了以后，可能还会让你去做一些特殊的检查，检查完后医生再开处方，最后你拿着处方去拿药。这一环扣一环的就是系统思维，如果把顺序颠倒过来，你试试看，你到医院后直奔医生诊室，让医生给你开药，拿完药后再去找医生看病，肯定会出问题。另外我们建大楼，首先要挖地基，再一层层地从底层往上建，你不能先建五楼再去挖地基，从这些例子就可以看出系统思维的重要性。虽然在日常生活中，你不会见到上述极端的例子，但不按时间顺序、空间顺序做事的大有人在，诸如此类的事情也经常发生，先斩后奏即是典型的不按系统思维办事的例子。再比如整体思维要求我们在诊断处理疾病时不能只着眼于局部而应该从全局去考虑，在科学研究中我们不但要考虑某种分子在体外试验中的作用，还应考虑其在生物体内的作用，治疗疾病不但要考虑到局部，还应考虑到整体，以求从根本上解决问题。在日常生活中我们同样需要从整体上考虑解决方案，不能头痛医头，脚痛医脚。

3. 好好工作是实现目标的重要保证。

目标确定以后，在正确思维指导下好好工作一般都会达到预想的目的。这里我用了"好好工作"这个词，没有用认真工作、努力工作、用心工作等这些词，因为这些词都很难表达出我想要说的内容。下面我将好好工作的含义给大家解释一下，它包含了以下几个层面的意思。

（1）从小事做起，从一点一滴做起。

对刚进入临床的医生或刚进入工作岗位的年轻人来说，从小事做起特别重要。现在的年轻人具有接触新生事物多、头脑反应敏捷、青春有活力等优点，但也有不少的人不想做一些小事或一些基础性的工作，总是想干大事、干惊天动地的事情。作为医生最常见的例子，是不想写病历，写病历有什么用？我是要学习手术技巧的，学诊断治疗方法的。殊不知询问病史、写病历即是学习疾病相关知识的最直接、最好的办法。病人就是你的老师，他会告诉你这个病是什么时候发生的，最初的表现以及随着时间推移它是怎么发展和变化的，对治疗有无反应、有什么样的反应，这些细节医学教科书都不可能教你，老师甚至教授也不可能教你的。如果是不同的病人每天都在"教"你，你每天都在认真学习和思考，恐怕用不了多长时间你就会成为专家。当年笔者即是每天向病人学习，在短短几年内即掌握了葡萄膜炎不同类型表现以及诊治的有关知识，在随后的近 30 年中，每次门诊都在认真地向病人这位老师学习，从数以万计的病人身上，认识到各种各样葡萄膜炎的临床特征和进展规律，使我们通过简单询问病史、普通的眼科检查和必要的辅助检查即能做出及时正确的诊断和治疗。试想当年如果不是从问病史、写病历这样的小事做起并持续做了 30 年，我们不可能在众多的葡萄膜炎患者中一眼即能认出病人患的是哪一种类型，也无从谈起及时正确治疗的问题。

我大学毕业后被分配至河南医科大学（即现在的郑州大学）第一附属医院眼科工作，张效房教授是我国眼外伤事业的奠基人和开拓者，当时他积累了数千例眼内异物患者的资料。在我工作后不久，他把我抽调出来，让我跟随一位季老师整理眼外伤患者的资料。我和季老师整整花了半年的时间才把资料整理完毕。当时我的一些同学都私下给我说：你天天整理资料，不能上临床、不能学做手术，吃亏可就大了。实际上我一点亏都没吃，相反学到了一些做了多年临床工作的医生没有学到的东西，我知道了在以往病历中哪些方面是欠缺的和遗漏的，哪些资料对科学研究、总结经验非常重要。可以说这个经历是我人生中的一个宝贵财富，对我以后认真询问病史和详细书写病历、全面收集病人资料起到了重要作用。

（2）要静下心来、心无旁骛地进行工作。

在科学研究中和临床工作中，能够静下心来非常重要。当今世界五彩缤纷，诱惑太多，谁谁买房子、买车子，谁谁投资发了大财，在你周围每天都在发生着。如果今天你想投资、明天想打高尔夫、后天想去旅游的话，你就不可能静下来搞科研和思考如何提高诊断治疗水平之类的问题。我从读博士学位起就养成了一个习惯，平时晚上、周末都在办公室、实验室，思考、看书或写点东西。刚毕业那几年，经常有人跟我开玩笑说，你天天在办公室看书、写东西，能写出个百万富翁吗？我笑了笑说，写不出来。那你为什么写呢？我说我没想过百万富翁那件事。如果总想着赚钱，经常与朋友聚会吃饭喝酒，你哪有时间做自己想做的事情呢？

现在出现了很多浮躁病，不少人追求短平快的东西，如受到一些媒体的追捧，一些人唱一首歌即红了起来，一些演员的片酬动不动就是几百万、几千万，受这些影响，不少人开始追求短平快的东西，静不下心来踏踏实实干活，投机取巧、坑蒙拐骗、不劳而获的事情时有发生，在学术上则表现为急功近利、弄虚作假、剽窃抄袭、学术不端，甚至这些事情也发生在一些有名的专家、教授身上。这些学术不端纵然有很多成因，笔者认为不付出努力即想收获和成功可能是最主要的原因。目前出现的社会浮躁病虽然也有诸多因素，但最主要的原因可能是与人心静不下来、都希望走捷径有关。

（3）好好工作的第三个含义是一直努力、不间断地去做，把工作变成习惯和爱好。

好好工作对大多数人而言是不难办到的，问题是怎么样能够持久下去、坚持下去。你会看到一些人在刚开始时很努力，做着做着就没劲了，过了一阵子又想起来了再去努力，如此反复，到最后什么都没有。三天打鱼两天晒网是人生的大忌！

坚持的最高境界是养成习惯。当你每天重复着同样的事情，天长日久它就会成为生活中不可缺少的一个部分。就像我在"葡萄膜炎诊治秘诀"一文中写的那样，我坚持每次门诊询问病史、书写病历这个工作，几年之后，它即变成了习惯，在给病人做眼科检查之前一定会详细询问病人发病之初的表现、当时的诊断、治疗所用药物、治疗效果及以后复发情况等，好像不问就不能做眼科检查一样。正是养成了这样的习惯，才使我们一路走来，无怨无悔，建立起国际上最大的葡萄膜炎患者临床数据库和样本库，并在此基础上取得了一些重要成果。

（4）好好工作的另一层含义是要有激情。

激情是一种能调动身心巨大潜力的情感，它令人振奋、催人奋进，使人保持一种积极和高昂的状态。激情对实现人生目标、创造闪光的个人品牌是非常重要的。我的硕士导师张效房先生是中国眼外伤的奠基人，创立了眼内异物定位及摘除方法，是国际著名的眼外伤专家，今年一百岁，一辈子视事业为生命，以工作为快乐，每天都在上门诊、查房、审稿子（他是《中华眼外伤杂志》的名誉主编）。前几年他被评为"中国最美医生"，记者采访时他说："工作就是我的生命，如果不能工作，生命即没有意义。" 2018年他不幸患上了疱疹病毒感染，疼痛难忍，大小便失禁，学生们都鼓励他，为他祈祷祝福。半个月后我去看望他，当时他刚刚能下地活动，就伏案审稿，我跟他说，您现在需要休息、静心调养，待身体完全恢复后再工作。他告诉我说不行，疱疹病毒感染痛得特别厉害，需要用哌替啶之类的药物来止痛，但是一工作就忘记了疼痛。从中可以看出，工作就是止痛药，就是灵丹妙药。

这种对工作的执著和激情的力量是多么强大！它来源于对事业的热爱、对病人的关爱！

三十年来，我一直在向老师学习，虽然谈不上是一位好学生，倒也算得上工作努力、刻苦，每次上门诊，穿上白大衣，即有一种全身每个器官、每个组织、每个细胞都被激活的感觉，呈现出激情洋溢、热血沸腾的状态。以前我是不管当天挂了多少号，不管看到多晚（有一次曾看到凌晨 2 点钟），都要把病人看完。近几年感觉体力有些跟不上，跟着我上门诊的同事也感觉吃不消，劝我看到晚上 7 点，第二天接着看。现在，每次门诊看到晚上 7 点钟，回家后热血仍在沸腾着，我就把电视打开，让电视的画面在眼前晃动，十几分钟后把自己晃晕，才会慢慢平静下来。

激情会使人精神抖擞，效率极高。2002 年，我在美国 Casey 眼科研究所工作了半年，3 个月就完成了一个实验，然后我告诉我的助手（一位印度人，已硕士毕业 5 年，在实验室做技术员工作）：今天我们去图书馆写文章，你帮我查找文献。从早上 8 点钟进入图书馆到晚上 8 点钟出来，文章就完成了，后来美国的合作教授改了几个字，即投给了 *Invest Ophthalmol Vis Sci*（国际眼科界实验方面最好的杂志），两周后即被接受刊用。当时写文章的时候，感觉整个脑子里的血液在哗哗流动，文思泉涌、下笔如有神，一篇论文，洋洋洒洒、一气呵成。由于写文章时思想高度集中，半小时即要到楼下转上十分钟，要不然心脏难以承受。我在多种场合列举了我的个别学生写论文的例子，我问他写论文了没有，他说写了，再问写多长时间了，他答曰：写了一个月了。又问写到哪里了，再复曰：写到题目了！气得你直想拍桌子，一篇文章写上两三个月，写着玩着、玩着写着，势必会出现逻辑错误、前后矛盾等各种问题，写文章与做其他事一样，要以饱满的激情一鼓作气、一干到底，才能写出好文章。

（5）好好工作的一层非常重要的含义是认真和用心去工作，认真就是不马虎、专心致志、严肃对待。

我在有关文章里反复提到，如果说我们在葡萄膜炎方面做出了一点成绩的话，在很大程度上是我们几十年如一日在认真地询问病史和认真地记录，在我们的葡萄膜炎病案中，病人的病史记录都非常详细、规范，具有连贯性、一致性和可追溯性，为我们总结经验、提升诊断和治疗水平起到了不可或缺的作用。有人说认真做事是一种态度，用心做事则是一种品质，二者虽然都具有专注、不马虎、严谨的特质，但用心做事往往带有强烈事业心、使命感、责任心，融入了技能和智慧。例如，我的学生在询问病史时，问得非常仔细，每个系统的改变都问到了，都记录下来了，有时写满整整一页，书写也整齐规范，但这只能算得上认真。如果说在询问病史时，能够根据患者眼部的表现特点，有目的地去询问一些改变及其细节，在记录过程中不是将所有事件按流水账的方式记录下来，而是按照逻辑关系记录下来，其中能够反映出询问和记录人分析问题、解决问题的能力以及正确的思维方式等，那才是用心工作。我大学毕业后留校在河南医科大学附属第一医院工作，曾经有一位老师，工作特别认真，对病人也很关心、态度也很好，工作可以说兢兢业业、任劳任怨，但经常被同事埋怨，时不时被主任训斥得要哭，在专业上并没有取得什么成绩。这个例子可以很好地说明仅有认真工作是不够的，还应该上升至用心工作，用智慧去工作。有人说，认真能把事情做对，用心能把事情做好，可谓是说到点子上了。

（6）好好干活还包括了另外一层含义，即一生都要持续不断地学习。

我们知道近年来科学技术进步特别快，知识更新也特别快，学习和借鉴别人的成果显得特别重要，科学研究更是要建立在当下国际最新研究结果基础上才具有意义。如果不能持续不断地学习，不知道国内、国际同行都在做什么，那么你的工作可能没有多大意义，甚至没有任何意义。

博士毕业后的那几年，我利用当义务图书馆管理员的机会，天天查阅资料，做的分类卡及读书笔记就达20万字，从而避免了走弯路，使我们的研究一开始就与国际同步。这么多年来，不管再忙再累，我们一直未间断学习。平时由于工作忙，没有时间去学习，那我就发动研究生们和科里的医生去读文献，每周一次的实验室工作汇报会那是雷打不动的，他们或是汇报实验研究结果，或是汇报国际上最新研究进展。正是这种不间断的学习，使我们时时刻刻掌握着国际上葡萄膜炎研究的最新动向，使我们的研究始终处于国际的最前沿，新知识、新的研究结果的获取对我们自己的研究工作起到了实时延伸、拓展和完善的作用。

（7）好好干活还体现在有计划地工作。

有计划地工作指的是每年都要有工作计划，每天、每时、每刻都在想着你的计划是否完成，即咬着目标不放松，这样你才会达到人生目标。

当年我博士毕业后，就定下了一个个小目标：每年至少要发表2篇文章，三年要弄清楚我国常见的葡萄膜炎类型，五年要把全国葡萄膜炎病人吸引过来，八年要出版葡萄膜炎专著……这些计划每年都能按时完成，这些目标都得以顺利实现，在此过程中，也得到了相关领导的重视和支持，使我们的研究工作上了一个又一个台阶。如果是每年没有计划，每年没有成绩，领导为什么会相信你？别人为什么会支持你？以后你怎么可能越干越好呢？

　　每年我们科里都会分来一批刚毕业的博士生，每次跟他们聊天都会谈到今年有什么计划，每次都在催促着他们要咬定青山不放松。但很多人就在这悄无声息地飞快翻页中，只有年龄在逐渐增加，始终看不到属于秋天的收获。

　　（8）好好工作的一个最高境界是追求卓越、精益求精。

　　个人、公司、企业或某件商品之所以能成为品牌，那是因为他们的品质超出了一般，印上了杰出、优秀、精彩等标签。如张孝骞、林巧稚、裘法祖等人之所以成为名医大医，无不是他们有着救死扶伤、大爱无疆的人文情怀，在专业上有着一丝不苟、精益求精的精神，一些响当当的医院品牌如协和、中山、华西、湘雅无不是因为有一批大医、名医而闻名于世。

　　据说德国有 2300 多个世界名牌，如奔驰、宝马、拜耳、西门子等，有次一位记者问西门子公司总裁彼得·冯·西门子："为什么德国有如此多的世界品牌呢？"这位总裁回答说："企业运作不仅仅是为了经济利益，事实上，遵守企业道德、精益求精制造产品，更是我们德国企业与生俱来的天职和义务！"

　　生产产品都弄到"天职"上去了，焉有不做成品牌的道理？

　　说个题外话，很多年前我去北京某家著名医院参加一个会议，看到这家医院的大门上写着"百年××，微笑服务"，当时感到很纳闷，一个响当当的百年老院怎么会只是微笑服务呢？微笑服务那是小诊所、小医院的事啊，"百年××，追求卓越"或是"百年××，精益求精""百年××，大爱无疆"才对呀！我与一些朋友曾聊起此事，都感觉到写得有点乌龙了。好在以后再去××医院就没有这样的标语了。

　　品牌是一个人、一个企业、一个产品的价值所在，建立个人品牌是成功路上不可缺少的一门功课。根据个人天赋和特长确定正确的人生目标是基础，拥有正确的思维方式是关键，认真用心工作，从小事做起，坚持不懈、精益求精、追求卓越是实现建立个人品牌、实现人生价值的重要保证。

第三部分

人生感悟

给研究生们谈谈心里话

我曾在第一本文学作品《我是你的眼》中写过三篇有关老师和学生的文章，在 2021 年《眼科研究生教材》一书中又写了一篇《老师能给你带来什么》的文章。这些文章从不同侧面叙述了老师和学生的关系。现在想起来，仍感意犹未尽，就写下了这篇文章。

从小学到博士毕业这段时间，天然身份就是学生，你不想当都不行，博士毕业后到现在还是学生，是在没有他人强迫的情况下，心甘情愿地去做学生。向医生学习、向各级领导学习、向全国眼科同道学习、向病人学习，还向我带的硕士生、博士生学习，向他们学习医学知识，学习做人、做事的方法，学习做人的道理和智慧。

带学生后，也在试着履行一个导师的责任，或是像母鸡将小鸡置于翅膀下般的呵护，或是鼓励学生们像雄鹰翱翔蓝天，或是像春天霏霏小雨般的无休止地啰里啰嗦地影响他们，或是像暴风雨般劈头盖脸地发一通脾气，撞击他们的心灵。他们或是领教了杨老师的严厉，或是感受到了师生那份"父子"般的情谊，或是感受到了杨老师那份恨铁不成钢的焦急。

在带学生的过程中，可以说是受益良多、体会颇深，现记录于此，期望对研究生们有所帮助。

进入攻读硕士、博士学位阶段，大致有四种情况：第一种是想继续学习深造，提高自己的知识水平，为自己的人生打下更坚实的基础；第二种是本科生毕业后难以找到工作，而被迫读研、读博，拿到学位后，期望找到一个好工作，仅此而已；第三种是为了装一下门面，看到周围的人都考研了，自己不考好像低人一等，就硬着头皮上吧；第四种情况是男朋友或女朋友的问题，为了以后能在一个单位、一个城市工作，被男朋友或女朋友逼着上学。说实在的，我写的这篇文章特别适合第一种情况的研究生去读，第二、三、四种情况的学生，如果想以后改变自己的，也可以看看，但有一条，不要耽误你的时间，在你闲的时候，发呆的时候，晚上睡不着觉的时候，可以随便翻一下，权当作消遣就好。

一、老师和学生的关系

世界上的关系有很多种，如父子关系、兄弟关系、朋友关系、夫妻关系、同事关系、上下级关系、同学关系、战友关系，等等。老师和学生之间的关系自古以来就被大致认定为是"父子"关系，所谓"一日为师，终身为父"即是很好的注脚。除此之外，笔者认为师生关系中还有着兄弟关系和战友关系的成分。

1. 师生之间的"父子"关系

中国有个成语叫血浓于水，在电视剧中我们可以看到这样的故事，孩子与父母走失或是被迫离散，若干年后想要证明是一家人，就要靠滴血认亲，拥有血缘关系的亲子血液便会冲破水的阻隔，融合在一起，这种融合在一起的力量就是骨肉亲情。"一日为师，终身为父"，即是从"血缘"的层面把老师和学生连在一起了，足可以看出这种情分和关系的重要性。

　　师生关系虽然可产生于幼儿园、小学、中学、大学，但最为重要的、给人一生打上烙印的应该是在硕士、博士期间产生的师生关系，比如说出自同一导师的学生往往叫作师出同门，我的学生即建了一个"杨家将"的群，他们都自认为是"杨家将"的一员，在小学、中学或大学以老师命名的群应该不多，也就是说进入硕士、博士生学习阶段才算入了"门"，成为"正统"和"嫡系"，也就为你烙上了终身的印记，这个印记会伴随着你的一生，当然被扫地出门或转投其他门下则是另外一回事。

　　在老师声誉大的时候，介绍学生，人们会说这是某某的学生。我曾看到一个毕业的学生，在其微信名字上就印着两个名字，一个是他自己的名字，另一个是某某某的学生，可以看出学生以出身于"名门望族"而自豪。当学生的声望超过老师时，人们会介绍说这是某某的老师。言下之意，学生为老师装了门面，老师应为有这样的学生而骄傲和自豪。说了这么多，归根结底一句话，就是老师和学生在"血缘"上被认为是一家的。从入学那一天起，你和老师就被拴在了一条船上，一荣俱荣、一损俱损。除了被扫地出门或转投他人门下，几乎没有例外。

　　师生之间的"父子"关系又与真实的父子关系有所不同，如属后者则有继承权、赡养权等，而师生之间的"父子"关系不具有这样的权利和义务。那么师生之间的"父子"关系中到底蕴藏着什么样的具体内容呢？我概括了一下，应该有三方面的内容和关系。

（1）隶属关系

在某种意义讲这种关系有点像管辖和被管辖、领导和被领导的味道，说直白一点，就是谁的学生就由谁来管。除非张三、李四有约定，否则张三不能管李四的学生，李四也不能管张三的学生。这种关系即产生了老师、学生的责任和义务，也就是老师要像父亲、领导那样有责任感，对学生负责任，用心去管理、教育和培养他们，不能放任自流，要为学生树立榜样，提供学术指导、经费支持、实验或学术平台，还要关心学生的生活和成长，努力使他们成为对社会有用、德才兼备的人才。而学生则应服从老师的领导和管理，好好工作，用好老师提供的资源和平台，做出有意义的研究成果，以报答老师的关怀和培养。

（2）平等关系

平等关系主要体现在老师和学生在学术上的平等和人格上的平等，学生要尊重老师的指导和为自己课题研究所做出的各种努力，老师要尊重学生的自主创造性和在科学研究中的付出。"一日为师，终身为父"，以前多被解读为学生对老师的尊重和唯命是从，后又破除师道尊严，过于强调师生的平等关系，甚至认为西方国家的老师和学生都是随意拍肩膀和嬉戏打闹的。实际上并非如此，我在美国 Casey 眼科研究所工作期间发现，博士生、博士后人员对教授非常尊重，教授一进实验室，所有的人不管在干什么，都会放下手中的活，站起来向教授打招呼。在实验室学术汇报会上，学生们对教授都是毕恭毕敬，绝对不敢放肆和胡乱开玩笑。但在讨论问题时，教授会非常尊重学生们的意见和建议。

（3）互助关系

师生的互助关系主要体现在完成课题和人才培养方面的通力合作。老师为了科学研究努力申请科研经费，以探索疾病的发生机制和自然界一些规律，在此过程中也培养学生科研意识、竞争意识、科研素质和工作能力。学生在研究生期间的研究，一方面帮助导师完成课题，一方面锻炼和提高自己的科研素质和能力，发表自己的论文和成果，也就是说老师利用自己的思维、经费、资源、能力、平台帮助学生成长和成才，学生们则身体力行地帮助老师完成科学研究任务并取得科研成果。

2. 师生之间的朋友关系

除了前面所说的师生之间有"父子"层面的关系以外，他们之间的关系在一定程度上还有朋友的味道。朋友关系的一个重要特征就是志同道合。在茫茫人海中，有人欣赏你的工作，想与你走到一起，想为你的工作添把柴、烧把火，把事业做大做强；有人欣赏你的聪明和睿智，想帮助你提高科研素质和能力，助你成长和成才，这是一种什么缘分？是"学缘"将老师和学生紧密联系在了一起，成为朋友，伴你走过人生旅途中重要的研究生阶段，这种关系确实值得好好珍惜。

朋友关系的另外一个重要特征是互相信任。老师给学生的指导是无私的，倾其所有、毫无保留，而学生向老师汇报研究进展也不会留一手，也是全面的和毫无保留的，这种信任关系将保证学生和老师的真诚合作，愉快做事，以保证取得成果、效益的最大化。

朋友关系的另一个特征是互相支持。老师因学生而存在，学生因老师而成长，用一句文绉绉的话来说，即是"孤师不存、孤生不长"，这种关系保证了老师对学生的支持和关爱，替学生着想，为学生说话。这几年在学校召开学术委员会会议时，每每能看到学生因论文的瑕疵或工作中的不足被质疑时，在场的老师总是会站出来帮着说话和解释，当然这不是一种真正帮助的作为，真正帮助学生应该是在课题设计、实验过程中及时发现问题，帮助其找到解决问题的方案和方法。还有在很多场合会看到老师大力推荐自己的学生。从另外一个角度看，好的学生总是能心领神会老师的意图，对老师的工作给予全力支持、帮助和配合。

3. 师生之间的战友关系

从某种意义上讲，师生之间还是战友关系。大家在同一个单位，共同生活、学习 3 年或更长时间，应该是同一战壕的战友，有着共同的目标，那就是共同攻克一个个科学上的难题，获得有价值的科研成果，发表有价值的高水平论文。

师生之间因"情缘"而走到一起，是可遇不可求的，大家劲往一处使，汗往一块流，数年的共同生活、共同研究、互相信任，将结下一生难忘的战友之情。

二、研究生阶段要达到的目标

众所周知，研究生阶段对学生而言是非常宝贵的，在这一时期，学生们精力充沛、朝气蓬勃，又无什么杂事烦扰，可以说是人生最宝贵的黄金时段，学生一定要清醒地知道自己应该学习什么，要谨记一定要完成自己的阶段性目标。

根据自己当学生和带学生的体会，我认为硕士、博士研究生阶段要实现以下三个目标。

1. 提高科研素质

科研素质是指科研人员进行科学研究工作应具备的基本素质。具体体现在三个方面：科研意识、科研方法和科研精神。

科研意识是指积极进行科学研究的事业心、责任感和潜心捕捉、发现科学问题，并对其进行探索的欲望和追求。科研意识的培养和提高对科研工作者非常重要，能否发现所在领域中的关键科学问题是解决问题的前提和基础。培养和提高科研意识也就是要培养对事物的观察力、好奇心和兴趣，培养和提高捕捉问题的警觉性、敏锐度及解决问题的能力。科研意识是科研活动的内在动力，没有这种意识就不会有积极的科研态度，就会把科研作为一种负担和累赘，也就谈不上做出有价值的科研成果。

科研方法则是指阅读文献，选择合适研究课题，确定研究思路，选择具体研究技术和方法，选用合适的统计学方法，分析和总结研究结果，撰写研究论文，回答审稿人提出的问题以及修改和完善论文的具体方法和经验。也就是说，科研方法涉及从课题设计到论文、成果产出所有过程。如能对每一个环节认真思考、努力实施，将其做得尽善尽美，研究生学习将会收获满满，为以后科研铺平道路和奠定重要基础。

科研精神大致包括以下方面：（1）严谨的科学态度，实事求是的工作作风，追求真理和坚持真理；（2）开拓进取，积极探索，勇于创新；（3）团结协作，共同攻关；（4）甘于寂寞，无私奉献；（5）精益求精，一丝不苟；（6）遵守职业道德，绝不弄虚作假。

2. 训练思维方式，提升人生境界

比尔·盖茨曾说过："人与人之间的差别，主要是脖子以上的区别。"脖子以上的差别就是大脑的差别，大脑的差别，很大程度上就是思维上的差别。

我在多篇文章中都讲到思维的重要性，思维决定人生，思维决定成败。在研究生期间，除了提升科研素质外，另一项重要的任务是要训练思维方式和能力。从小学到大学一路走来，我们学到了不少知识，到了研究生阶段，知识的学习在某种程度上而言已不是主要任务，而

提出问题、解决问题能力的训练和提升则成为最重要的任务，对同一问题，不同人可能用不同的方法去解决，这就反映了他们思维方式的不同，最后也导致了所得结果有很大不同。结果的好坏与差别，使我们悟出了提升思维能力的重要性和必要性，正确的思维方式可以起到事半功倍的效果，会提升人的境界；而错误的思维方式则会使人生失败，再有能力、有激情的人也会败得一塌糊涂。因我在有关文章里对这些方面已有详细论述，这里不再赘述。

3. 培养团结协作精神，提高与人打交道的能力

研究生阶段是人生从学校走向社会的一个过渡阶段，从小学到大学我们学到了一些自然知识、文化知识。在研究生阶段，我们即开始用我们学到的知识去思考问题，并着手解决问题，解决的虽然是科学问题，但在科研活动中与其他人的交集、互动互助也就越来越多，也就是与他人、与社会打交道的机会越来越多，在某种程度上而言，也是人生从相对"封闭""简单""安静"走向纷繁社会的一次预演和实践，也是将你的人生与社会对接的真正开始。在此过程中，如能悟出与人打交道（做人）的真谛，培养出团结协作精神，可以毫不夸张地说，你的人生就赢了一半。

联合国教科文组织在《教育——财富蕴藏其中》对高素质人才提出了四个要求：学会认知，学会做事，学会做人，学会共同生活。学会做人是一个非常大的话题，我在《谈谈情商》一文中曾对此做了较为详细的论述，在这里简要总结为以下几点：（1）分得清主次，知道进退；（2）积极向上，勇于担当；（3）低调做人，谦虚谨慎；（4）光明磊落，乐于助人。

三、给研究生的提醒和建议

从上面叙述可以看出，研究生阶段是人生最宝贵的阶段，一是有导师指导自己从事科学研究，二是在相对安静没有人打扰的情况下，可以心无旁骛地开展科学研究，能否圆满、顺利地完成研究生期间的工作，为以后插上飞翔的翅膀，则需要自己的努力，也需要自己的觉醒。如果浑浑噩噩地过日子，心不在焉地每日上班，稀里糊涂地做实验，就不会达到自己的目的。作为指导过百余名硕士生、博士生的导师，我对学生有一个提醒和三点建议。一个提醒就是选择自己需要的导师。三点建议是：（1）最大化地向老师学到本事、学问和智慧；（2）最大化地利用老师所提供的平台和资源；（3）最大化地把自己的能量释放出来。

1. 一个提醒

研究生阶段对人生的影响主要在两个方面：第一个方面的影响是研究生经历、学位对学生的影响，这主要体现在具有这个资历和学位就有了进入某个职位或某个台阶的资格，我们看到很多用人单位，在入职条件中写下了具有硕士学位或博士学位这一条；第二个方面的影响是老师对学生的真实影响。总体而言，老师对学生的影响是除了父母以外任何其他人都无法比拟的。老师的人生观、价值观、世界观、思维方式、科学预见性、研究水平、敬业精神、责任感、工作态度等，将会对你产生重要的影响，甚至是终生的影响。这也是为什么学生在选择导师时应非常慎重，站在巨人肩膀上和站在普通人肩膀上那种感觉是不一样的，看到的风景也是不一样的，对你的激励也有很大不同，你走的路更是不一样的。老师的水平代表了你研究工作的起点水平，老师所在的位置也是你起跑线的位置。如果说你只是想有个资历、混个毕业证的话，选择什么样的导师，可能都无所谓，但是也要注意，也有经过几年学习拿不到学位的。对于想干点事、想成才的学生而言，你一定要选择自己喜欢的、对自己以后成长有很大助力作用的教授作为自己的导师，实际上这并不是很难的事情，通过网上查询等多种渠道即可获知有关情况。

2. 三点建议

（1）最大化地将老师的学问、本事和智慧学到手

老师几十年生活和工作经验、研究成果以及待人处事的智慧，是你面前活生生的宝库和榜样，你每天跟着老师，就等于每天都有一个绝佳的学习机会，将这些学到手无疑对你是一笔巨大的财富。

这里特别提出的要向老师学习智慧。智慧一般定义为聪明才智。这种定义远不能概括智慧所包含的内容。网上也有人说，智慧是一种高级的综合能力，包括有感知、知识、记忆、理解、联想、情感、逻辑、辨别、判断、计算、分析、文化、中庸、包容、决策等各种能力。也有人说智慧是大脑对所获得信息整合后的最终表达，是智力器官的终极功能。

这些听起来云里雾里的，实际上向老师、他人学习智慧，很大程度上就是要学会说话、做事、做人，有关此方面的内容，我已在《谈谈情商》一文中做了详细叙述，这里不再赘述。

（2）最大化地利用老师为你提供的资源、平台和影响力

好的老师往往积累了宝贵的病人资源，建立了良好的科研平台和人脉关系。前面已经谈到师生之间类似父子般的关系，使学生成为天然的受益者。老师申请到的科研经费就是为学生准备的"食粮"，要知道经费的申请是一件并不容易的事情，把经费放到你手上，你不好好利用，那是再愚蠢不过的事情。我曾经在我们科室实验室会上问学生：

如果你不好好利用老师为你争取到的经费，那是什么？学生都异口同声说是傻瓜！即便是这样，还是有一些学生每天吊儿郎当、双目空洞、无所事事、浑浑噩噩过日子，明知道这是不对的还仍然这样做，那是实实在在的傻瓜！

资源的积累是一个非常艰难的过程。比如，我们建立葡萄膜炎的资源库已有 30 年历程，通过持续不断的努力，建立起国际上最大的葡萄膜炎诊治中心，使我们拥有了全世界独一无二的病人资源。在这一过程中，我们坚持不懈地收集病人各种临床数据、辅助检查结果和实验室检查结果，建立起国际上最大的葡萄膜炎数据库。自 2005 年开始，我们连续不断地收集葡萄膜炎患者的血标本，近年来又收集大小便、房水、玻璃体、虹膜等标本，建立起国际上最大的葡萄膜炎患者标本库。我们的不少学生利用这两大资源库做出了很好的科学研究成果，文章发表在国际著名的眼科杂志或相关的杂志上，有人对我说，当你的学生就是天天玩着也会玩出 SCI 文章，说这话有点夸张，实际上在我的学生中，不管是博士生还是硕士生，只要认真做事都可以有成果倒是真的。

研究平台不但包括实验室的实验平台，还包括合作交流平台，甚至还包括老师建立起的隐形学术地位。实验平台是从事基础科学研究不可或缺的，很多单位为了促进本单位的科学研究，都建立了相当规模和水准的实验室。要知道实验室的档次和水平是一回事，老师所拥有实验室使用权则是另外一回事。有些实验平台很大，但并不是每一个人都可以随便使用的。我的一位学生毕业后被分配到一家相当有名的大学附属医院，医院有良好的实验平台，在她拿到一个国家自然科学基金后向我提出申请，要来我们实验室做实验，我对此表示不理解，她告诉我说，他们医院确实有很好的实验室，但她进不去，不允许在那里做实验。这种现象还不是个别现象，研究生们要记着，如果你的老师有可以使用的良好平台，你是非常幸运的，千万要珍惜，不要错过，最大化地利用实验平台，做出有影响力的科研成果。

合作交流平台对学生的研究和成长也非常重要。如果老师与国际上有名的大学、科研院所、著名的教授建立了良好的合作关系，也就意味你的研究是置于这个平台之上的，也就是说你的研究在这个平台上可以得到实时延伸、拓展和完善，与国际最新的研究保持同步，将保证研究的先进性和国际化，对于一个真想干事、干大事的研究生而言，这种平台所起的作用无疑是巨大的。

老师建立起的学术影响力在一定程度上也是一个平台，在国际范围某一领域，老师的高知名度和良好的影响力会给学生的学术研究贴上"真实可靠以及高水平"的标签，可以想象在这样的情况下，学生的研究成果就容易发表和传播，这种隐形的影响力是可遇不可求的，可能凝聚着导师一生的心血，如能遇到将是人生的一种福报，一定要倍加珍惜，一定要好好利用，谨慎利用，千万不要给其抹黑或带来不利的影响！

近几年，有不少外国朋友想让我推荐学生去国外学习和进行研究工作，都被我一一婉言拒绝，不是不想让学生们去国外见识一下，实则是有些国外平台真不如我们自己的平台，在我们的实验平台上，如果好好努力，好好利用我们积累的资源，在研究生期间发上两三篇像样的 SCI 论文，那是可行的事情。我们也看到不少去西方留学的中国学生，经过 1 年或 2 年的工作，没有发表 SCI 论文的大有人在。为了向学生负责，我们不得不对此表示拒绝。为了让学生能开阔眼界，在校期间，我们更愿意资助优秀的学生前去参加 ARVO 等国际有影响力的学术会议，使他们得到锻炼和提高。

（3）将你的能力最大化发挥出来

硕士研究生、博士研究生阶段是一个独特的阶段，在此阶段内研究生相对自由，没有很多上课、完成作业的硬性限制（当然临床型的研究生则有很多规定和限制），所做的事情也相对可以自主决定，你可以在一段时间内专注做一件事情，也可以根据需要兼做其他事情。此时，知识获得了一定的积累，也有了研究平台，可谓是万事俱备，只欠你的表演了。

一般而言，硕士研究生、博士研究生多是众人中的佼佼者，你的父母辛辛苦苦，不舍得吃、不舍得喝，攒下每一个铜板供你上学，到研究生阶段，他们感到所有的付出都得到了回报，他们以你为自豪和骄傲，老师、同学、亲戚、朋友也会为你竖起大拇指。从这个意义上讲，你努力工作，追求卓越，做出有意义的成果是对父母20多年辛勤养育的最大回报，也是对老师、同学、亲戚、朋友支持和帮助的一种回报。追求有价值的人生，追求卓越是每个研究生应有的情怀和目标。虽然在自己的人生中，父母培养起着重要作用，国家、社会对高层次人员的培养也起着重要作用。我们时常说，个人的命运是由时代决定的，20世纪50年代、60年代出生的知识分子很多深知祖国在如此艰难的情况下培养自己的不容易，在改革开放后，奋发图强、努力拼搏，推动了中国社会的发展，也推动了中国科技走向世界。现在正在就读的研究生和将要加入这个队伍的学生，基本上是20世纪90年代出生的，大家都生活在一个相对良好的环境中，我们不应忘记，国家培养一位研究生仍是花费巨大的，我们的研究生应该为这个国家、这片生你养你的土地做出自己应有的贡献。从这个意义上讲，在研究生期间努力工作，将自己的能力充分发挥出来，回报这个国家和社会也是必须的。

从个人层面讲，研究生期间学习和努力也是为了实现个人价值，只有努力工作为社会做出贡献，才会真正实现个人的人生价值，才会得到相应的报酬，让你的父母、家人过上幸福、体面的生活，这一条恐怕没有一个人会拒绝吧。研究生期间把你的能力发挥至最大化，也是千载难逢的机会，更是水到渠成的事情，白白让时间流走，让机会流走，你将会后悔终生。

四、有关研究生发表 SCI 论文的问题

在医学领域，现阶段有两种类型的研究生，一种是科研型，又被叫作学术型；另一种为临床型，也叫专业型。前者是培养科学研究与临床能力相结合的复合型人才，而后者则主要培养的是应用型的临床人才。由于培养目的不一样，毕业时的要求也不一样，科研型学生需要做实验，毕业时需要发表论文，在很多大学博士研究生则需要 SCI 论文发表；而临床型的主要是培养临床技能，不要求做实验，毕业不要求论文，只要一篇综述或病例报道即可过关。

对研究生而言，发表论文重要吗？总体来说，答案是肯定的。除了涉及国家机密的一些研究和一些完全是产品研发和应用以外，论文的重要性是不言而喻的。在《有关 SCI 论文的是是非非》和《做医生为什么要写文章》等文章里我对发表 SCI 论文、发表文章的原因及其重要性都做了详细阐述，为了文章的系统性和整体性，这里再简单谈一下以前文章未涉及的方面。

1. 发表 SCI 论文对研究生而言，是一种压力，也是一种动力

一个人要做好一件事情，压力是必要的，它会激发人的斗志，成为一种动力。考高中、考大学即是很大的压力，学生们在考学之前相当长一段时间内，甚至是整个初中阶段、高中阶段都背负着这个巨大的压力，正是由于这个压力使无数学子日夜苦读、废寝忘食，如果没有这个压力不可能出现这种局面。研究生期间，同样面临着论文特别是高质量 SCI 论文发表的压力，整体而言，这种压力会对学生的研究

工作发挥激励作用，有动力就有激情，就有干劲。如果一上研究生没有任何压力，即可能使部分人斗志松懈、精神懒散，三年时间即可能荒废掉或产生不了应有的效果。

2. 高质量 SCI 论文是科研素质和能力的体现

除了某些应用专业，基础研究成果的表达方式和载体即是论文，特别是高质量的论文，是你工作的结晶，能力的体现。高质量的 SCI 论文都是通过同行专家评审后发表出来的，尽管其中也会有一些问题，但总体而言是公平、公正的，能把研究结果发表在高水平的杂志上，则代表了你的能力和水平。目前教育部、科技部印发的《关于规范高等学校 SCI 论文相关指标使用，树立正确评价导向的若干意见》中指出，要废除"唯 SCI"，但强调了代表作的重要性，代表作可能是一个产品、一个专利或一本著作，但对大多数研究生而言，是高质量的论文，更确切地说是高质量 SCI 论文。通过十几年的努力考上研究生不就是想体现出自己的能力和价值吗？

3. 高质量论文是研究生送给自己和家人的一个大礼物

十年寒窗为了什么？答案可能有很多个，我想最重要的答案应该是为了把自己培养成对社会、对国家有用的人才，为了实现个人价值，报答父母的养育之恩、老师和亲戚朋友的支持。

到硕士、博士研究生毕业时，往往都 20 多岁或接近 30 岁了，总该拿出点东西来显示一下了吧。硕士、博士学位证是能力的一种体现，但证书的含金量是体现在你的科研素质上，在某种程度上也体现在你的论文质量和水平上。高质量的论文、成果是对你学生时代工作的一个总结、一个礼物，也是回报给你的父母、老师及所有关心你、支持你的人的一件礼物。世界上金钱、珠宝等可以被别人夺去，唯有此礼物别人没办法夺走，它将会伴随你的一生。怀揣着这样的礼物，你会信心满满踏上新的征途，在未来的日子里，也会助你更加意气风发、斗志昂扬。

4. 论文撰写是提高写作能力和逻辑思维能力的一个重要过程

发表过高质量科研论文的人都有一个体会，在写文章时会发现做实验过程中的一些漏洞和不足，你会想办法补实验、补材料，想办法弥补这些不足；文章写作的过程也是提高语文水平、写作水平、英语表达水平（如是英文文章）的重要过程，老师的指导、反复修改，会大大提高你的表达水平；在文章修稿过程中，审稿人所提出的问题，或是让你补实验，或是让你查阅文献补充资料，或是指出文章中的语法错误，都是为了让你完善文章的写作，这些都是对你全方位的指导。在这个过程中，还有老师做你的后盾（当然这必须是有水平的老师），给予你支持和帮助，可以说是百利而无一害。不知道为什么一听说废除研究生毕业发表论文的指标，有些研究生就跟着起哄、拍手叫好呢？

五、研究生应注意的三件事

进入研究生阶段还应注意以下三个方面。

1. 绝对不能弄虚作假

在前面谈到提高科研素质时，我特别指出研究生的重要任务是要提高科研素质，特别是坚守科研精神、端正学风特别重要，严谨求实是科研人员的基本素养和第一品质。近年来，科研领域中论文造假事件的不断出现和揭露应该说是触目惊心的。

2014 年日本理化所研究员小保方晴子有关 STAP 万能细胞论文发

表在英国《自然》杂志上，在日本媒体的炒作下，她成了日本的"国宝""学术女神""日本居里夫人"等。但后来美国加利福尼亚大学戴维斯分校的 Paul Knoepfler 对小保方晴子论文中的实验提出质疑，并怀疑其 PS 了图片，后来调查发现确实是蓄意造假，这一丑闻引发全球关注。她因此被早稻田大学取消博士学位，她的导师、干细胞科学家笹井芳树因不堪压力而自杀身亡。

韩国的黄禹锡是著名生物科学家，其领导的团队于 2004 年和 2005 年先后在《科学》杂志发表论文，声称破解了利用患者体细胞克隆出胚胎干细胞的难题，为癌症患者带来了新的希望，一时间他被称为"干细胞研究先锋"，被韩国人视为民族英雄，甚至被认为是最有希望为大韩民族摘下诺贝尔奖的科学家。后来被人们揭发出伪造研究成果，其团队发在《科学》杂志上的论文纯属捏造。最后，黄禹锡本人被韩国政府取消"韩国最高科学家"称号，被首尔大学解除职务，被免去一切公职。

近年来，我国也经常被曝出学术造假或学术不端事件，其中一些很有名的教授也被卷入其中，撤稿的事情屡见不鲜。据报道，2019 年我国学者因数据造假等问题被撤稿英文论文 447 篇，这些事件给当事的科研工作者造成了巨大影响，有些人甚至因为这样的事件而被迫离开自己心爱的工作岗位和事业，确实发人深省。

研究生阶段可以说是人生的开始，千万不要输在起跑线上。很多老师也非常担心学生在科研工作中的学术不端行为，一旦出现，老师即有不可推卸的责任，对老师学术声望、学术生涯即是致命的打击。我在实验室课题汇报会上反复给学生强调：我与你前世无怨、今世无仇，你千万不要因学术不端害了我，也不要害了你自己。好在我的学生都将此话谨记于心，但是我还是每天诚惶诚恐、如履薄冰，害怕在此方面出现任何问题。

2. 要尊重老师的劳动

虽然师生的关系相似于父子关系，老师有责任和义务为你指导、提供研究经费、资源和平台，但这种关系与真正的父子关系还是有差别的，你也不要把它当成是自然而然的事情，是完全应该的。你应该感恩和珍惜老师的付出，如果对老师的教育、指导置之不理，对提供的经费肆意乱用，对工作、对实验马虎、不负责任，那么会伤透老师的心，反复的不良刺激可能使老师对你失去信心，将你弃之不管，甚至扫地出门，请同学们好自为之。

另外值得指出的是，我们现在的学生有很多优点，聪明、头脑灵活、反应快，但在中文表达上确实很多人尚有很大提升空间，语句不通，前后逻辑混乱，错别字一大堆的情况还相当常见，英文表达就更难以恭维了，在我上百名学生中，文章写得好的可以说是屈指可数，绝大部分可以用惨不忍睹来形容。在给有些学生改文章时，你会感到莫名其妙地上火，有些文章看起来就有一种想把它从窗户扔到楼下去的感觉。我有一句"名言"，叫作"改文章的时候是伤感情的时候"，有的老师说得更加深刻、更加有画面感："改文章的时候不想吃饭，只想吐""改文章的时候有一种痛不欲生、生不如死的感觉"。还有人提议，改文章的时候一定要在身旁放上两粒速效救心丸。更气人的是你告诉他们几遍该如何去改，下一个版本还是没有改过来。有时帮他们重写了几段，打印时还是打错了，有时候自己都不好意思：你在一旁雷霆之怒，人家还若无其事一般，还好像学生就是无辜的。有一次，我给一个研究生改了几遍文章后，我都怀疑起人生来了。

千万不要滥用、挥霍老师的善良和劳动，一定要好好理解老师的意思，认真用心地修改论文，并在修改过程中不断学习，夯实自己的文字功底，提高写作能力，说实在的，好的老师往往都不缺文章，有你这一篇文章不多，没有你这一篇文章也不少，老师之所以像对一年级小学生一样，一个字、一个标点符号地给你改文章，那是因为你是他的学生，是因为老师感觉他要对你负责任。

3. 把握好人生的道路和方向

我曾在一篇文章中说过，人生路漫漫，关键就那么几步。研究生阶段就是那关键几步中的重要一步。我在《谈谈情商》一文中说了很多如何做人做事的道理，人的能力有大小，这些都可以理解，但是做人、做事的态度、方式、方法则取决于你自己。要知道天下所有人都喜欢积极做事、踏实做事又明事理的人。我有几个学生特别优秀，既能做事，也会做人，我在学生工作汇报会上宣布，可以为他们每人做的实验投入100万至300万的经费。如果你是斤斤计较，把什么都看作是你的，缺乏合作精神，甚至是要小聪明，就别怪老师不让你用平台、资源和经费了。如果老师不再理你，对你放任不管的时候，那就意味着你与老师没有任何关系了。如是这样，对老师而言，那是他少了一个学生，还可能是一种解脱，对学生而言，那就可能是你失去了一位扶你助你上马的人，失去了一大片资源。

六、小结

本章从"血缘""学缘"和"情缘"三个层面讨论了老师与学生的三种关系：即"父子"关系、朋友关系、战友关系，正是这三种关系将学生和老师紧密地联系在一起。学生们要很好利用这种关系，最大化地向老师学习各种技能、学问和智慧，最大化利用老师所提供的经费、平台以及老师的隐形影响力，最大化地把自己的能量释放出来，努力提高自己科研素质，学会团结协作，训练自己的思维方式，力争在研究生阶段发表高质量的论文和成果，为自己研究生阶段画上完美的句号，也为以后跨上新的征途做好准备。

　　天下文章不计其数，都是给有缘人看的。笔者在近 30 年的指导学生工作中，取得了一点点体会，总是有一种责任感促使我把它记录下来，在这里啰里啰嗦了一大通，还有可能出现词不达意的地方，限于本人水平和其他原因，也只能写到这里了，希望它对有缘的研究生，能够帮助参悟做研究的道理、做学问的道理和做人的道理，祝大家健康成长，成为德才兼备的栋梁之材。

谈谈情商

在网上查一下情商的概念，你会发现有很多种，有的说是指人在情绪、意志、耐受挫折方面的品质，也有人说是测定和描述人的情绪、情感的一种量化指标，指一个人运用理智控制情感和操纵行为的能力。通常认为情商由以下五种特征组成：自我意识、控制情绪、自我激励、认知他人情绪和处理相互关系。

这些概念看起来比较复杂，笔者将其归纳为以下四个方面：即思考、说话、办事和管控，高情商的人表现为会思考、会说话、会办事、会管控（情绪），实际上还可概括为一句话，那就是会做人。有些研究表明，一个人的成功20%取决于智商，80%则取决于情商。也有人更直白地说情商是决定人生成功与否的关键。从这些描述可以看出情商的重要性。下面从个人的经历、体会、感悟谈一下情商及其提高情商的必要性。

一、会思考

思考对每个人来说，随时随地都会发生，由于每个人的生活背景、文化程度、价值观、格局等的不同，所以思考的角度、层面、深度和广度等可能有很大不同，所得结论也可能有很大不同。因此，说人人都思考，但是并不是所有的人都会思考，都思考得正确。

思考似乎是与生俱来的。在小的时候，我们在思考着如何能多玩一会，如何能说服爸妈买个好玩具；长大了我们在思考拥有一个什么样的人生，找个什么样的对象，买个什么样的房子；年龄再大了我们会思考怎么样养老、怎么样过好退休后的生活。这些思考都显得那么自然而然，显得那么毫不经意。但是，对于年轻人而言，最重要的是思考如何实现自己的人生目标。

1. 会思考的第一层含义是根据具体情况去思考问题和解决问题

2008 年我从广州中山大学中山眼科中心调入重庆医科大学附属第一医院工作。中山眼科中心在我国眼科中总体实力位居第一，是国家眼科学重点实验室所在单位，有众多的全国知名眼科专家和教授。到重庆后发现，重医附一院眼科总共有 40 人，临床诊疗技术上无什么优势可言，科研上没有国家级研究项目，没有 SCI 论文，没有像样的科研成果，人才队伍上更是乏善可陈。面对这一局面，可以说心理上落差很大，当时北京、天津、上海、温州等有几家医院听说我到重庆后纷纷抛出橄榄枝，邀我前去工作。我这个人有点怪毛病，即承诺的事情就不会反悔，要毅然决然地走下去。没有退路，只有前行，那是我唯一能做的事情。于是与科里的同事们一起讨论眼科的发展规划。

根据我们的实际情况，制定出三大发展策略：即共赢策略、差异化发展策略和黄山策略（我将之称为品牌策略），并找到发展的三个切入点：以科研促进临床工作，以眼库发展促进眼表疾病研究，以葡萄膜炎带动相关疾病研究。

十多年来，在附一院党政领导、各行政处室领导和全国眼科同道的大力支持和帮助下，经过全体眼科同志们的共同努力，我院眼科得到了长足的发展：临床工作总量增加了 20 倍；眼科的辐射能力从原来的重庆地区到现在的全国，部分患者来自美国、加拿大、澳大利亚等国家；国家自然科学基金从无到现在的 55 项，SCI 论文从无到现在的 260 多篇，科研成果从原来重庆市科技进步三等奖 1 项和重庆市卫生局科技进步奖到现在省部级成果一等奖 3 项和国家科技进步二等奖 1 项；眼科还被卫计委确立为临床重点专科建设单位，是重庆市眼科唯一的两江学者设岗单位。在近年的复旦排名中，进入提名行列，在全国眼科科技排名中也位于前列（最好排名是 2018 年排在全国的第五位）。可以说重医附一院眼科从质和量方面都得以全面提升。

在我们眼科进步的过程中，我本人也得到了成长和提高，被选为中华医学会眼科学分会副主任委员、中国共产党十八大代表、四个国际性葡萄膜炎组织的执行理事、理事或成员，被选为两份 SCI 杂志 *Current Molecular Medicine* 和 *Ocular Immunology and Inflammation* 的副主编和编委，被国际上著名的 SCI 杂志 *Frontier in Immunology* 主编邀请组织眼免疫、遗传专题。以项目负责人获国家自然科学基金重点国际合作研究项目（3 项）、国家自然科学基金重点项目（2 项）、国家重点研发计划等，来渝后在 *Nature Genetics* 等 SCI 杂志发表论文 200 余篇，以第一完成人获国家科技进步二等奖 1 项、亚太眼内炎症学会杰出成就奖、亚太眼科学会成就奖、重庆市科技突出贡献奖、全国卫生系统先进工作者、中美眼科学会金钥匙奖、中美眼科学会金苹果奖、第六届中国医师奖，先后还获全国医德楷模、中国好医生、全国杰出专业技术人才、全国优秀科技工作者、重庆英才·优秀科学家、庆祝中华人民共和国成立 70 周年纪念章荣誉及称号。我们建立了全球最大葡萄膜炎临床数据库（近 30000 例）和葡萄膜炎患者样本库（30000余份）。在临床上将我国曾经最薄弱的葡萄膜炎诊治研究推向了世界，我被业界誉为"中国葡萄膜炎诊治第一人"。

2. 会思考的第二层含义是思考时着眼于长远利益

我到重医附一院后在第一次全体眼科人会议上表达了两个愿望：一个是把临床医疗工作搞上去；另一个是将科学研究搞上去。要实现这两个目标，我们所要做的一件重要的事情就是改变观念，改变我们以往的思维模式，特别强调如果只看眼前利益，不顾长远利益，就永远没有利益，永远没有前途。近年来，大家的观念逐渐发生了明显的变化，观念的改变及价值观的改变大大调动了大家的积极性，使临床、科研、教学工作得到协调发展，所以才有了今天这样的局面。

有人说病人是医生的衣食父母，这句话从某种角度而言有一定的道理，医生的服务对象是病人（当然预防为主也是医生的一项工作），如果没有病人，那么医生就没有存在的必要。所以医生应以全力救治病人、全力帮助病人为第一要义，如果是乱开大处方，给病人做一些不必要的检查，那就违背了医生的初衷，医生就不可能得到很好的发展，也就不可能实现人生价值。

3. 会思考的第三层含义是会换位思考

换位思考是正确处理诸多关系包括医患关系的一个法宝，大家经常会听到这样的故事：一些病人排队几个小时，甚至几天才看到教授，如果被教授三五分钟就打发走了，病人往往很有情绪。同时，也经常会听到一些医生说，一上午看六十个、八十个病人，水不敢喝，没有时间上卫生间，累死了。这些听起来都有道理，关键是我们要通过换位思考，了解对方的难处、对方的需要，才能很好处理医患之间的关系。

在这个问题上，我非常感谢我的病人对我的信任和理解，同时我也非常理解他们焦灼的心态和迫切的需求。患者不远千里甚至是不远万里前来重庆找我看病，有些是一家几口人全来了，其中有一些家庭经济条件并不怎么好，有不少病人是经过多家医院、多个医生治疗后效果不好的，抱着重庆是最后一站的心理前来就医的。可以想象他们是多么急迫地想见到教授，是多么希望第一时间就冲进诊室，是多么希望教授与他们能沟通上半小时，好好聊聊病情，聊聊生活起居、注意事项，多么希望医生能够花上20分钟甚至更长时间认真、仔细地为他们检查，并把病情详细地给他们解释清楚。所以笔者每次都是和颜悦色地询问病史和认真细致地进行眼科检查，再忙再累，都不敢懈怠。从病人的角度而言，他们从全国各地赶到我们门诊时，看到乌泱泱排队就诊的人群以及我在马不停蹄地为病人诊治时，很多病人流下了感动的泪水，绝大多数患者都能按规矩静静地排队候诊，从早上等到晚上也无任何怨言。特别是前几年我担任着医院副院长、党委委员的职务，在门诊时，时不时会遇到医院开紧急会议的情况，此时不得不暂时搁下门诊工作前去开会，病人都会理解我，静静地等着我，待我气喘吁吁、满头大汗赶到门诊时，病人往往不约而同爆发出阵阵掌声，使我非常感动。病人的信任和支持使我更加感觉到责任的重大，也更坚定了全心全意为他们服务的决心和信念。

为了加强医患沟通，使更多的葡萄膜炎患者了解医生的工作，医生更好地了解病人的需求，我们自2013年起组织了全国葡萄膜炎病友联谊大会。到目前已举办了六次，一般是在周五下午，我会花大约3个小时给病人详细解释葡萄膜炎是怎么回事，医生是怎么样给病人治病的，患病后生活起居应注意的事项以及病人及家属关心的其他问题。晚上举行一场盛大的晚会，是我们科室人员、病人及家属共同组织的，观众多达 500 至 800 人，持续 3 个多小时，你会听到病人患病后从沮丧崩溃到治愈后欣喜若狂的故事，会听到病人患病后与疾病抗争、家人不离不弃一直陪伴的动人故事，听到病人互相鼓励、真情相助的感人故事，也会听到医护人员如何帮助病人重获光明、重拾生活信心的一个个感人的故事。病人用歌声、舞蹈表达对医务人员真心付出、救死扶伤的感谢和敬佩，医务人员用歌声、小品感谢来自全国各地病人的信任和理解。那种场面，病人被感动了，医生被感动了，所有的观众都被感动了，在医患关系有些紧张的当下，这样的晚会可谓是一缕春风、一抹暖阳。

在下午的讲课中，很多病人会谈到希望在诊病时多给他们一些时间的问题，多给他们解释一下病情和注意事项，他们的要求也是我想要做的事情。但每个病人都想得到及时的诊断和治疗，在外边候诊的病人都有一种焦灼的心态，恨不得前边进去的病人马上就出来，在自己就诊时恨不得有半个小时的时间跟医生聊病情。在这样的情况下，医生没有其他办法，只有提高效率，分秒必争，以最快的速度满足大家的需要。不可否认，快速和高效率可能会出现遗漏的情况，这是每个医生必须清醒地认识到的问题，所以在提高效率的同时要力争避免出现影响病人治疗的遗漏。在此我还想给大家多说几句，诊病时医生花费的时间很重要，可能更为重要的是医生的技术、本领和长期工作的经验以及医生的智慧，一个医生潜心研究某种疾病几十年，在临床工作中认真、用心观察，不断总结经验，提高自己的诊断水平，把治疗疾病的技术推向了炉火纯青的地步，推向了艺术层面，其诊病时花费 2 分钟和一般医生花费半小时、一个小时的效果是不能同日而语的。真正的专家三句话的病史询问就已经知道疾病的大致类型了，经过眼科检查确定疾病的细节和特征，再辅以必要的辅助或实验室检查即可迅速确诊疾病，几十年积累的治疗经验、研究成果，可以使病人得到及时而又精准的治疗，使病人迅速恢复健康和光明。相反，一个医生如不熟悉这个疾病，即使是花费再多的时间，做再多的检查，最后还是不知道患者患有什么病、什么类型的病，这也是为什么大家在患病后都喜欢跑到大医院找专家、教授的主要原因。当然我们也应多给年轻人一些机会，使他们快速成长，以便更多、更好地服务于病人。

4. 会思考的第四层含义是要以全面、客观、辩证的视角去思考问题

每个人由于生活、生长环境不同、所处的位置不同，思考问题难免有失偏颇，要想掌握事物的本质和全貌必须要全面地、客观地、辩证地去思考。笔者在《葡萄膜炎诊断治疗秘诀》一文中指出四种思维（即系统思维、辩证思维、整体和局部思维、唯美思维）中的前三种思维方式即是讲的这个问题，诊断治疗疾病尚且如此，放大之人类生活和各种社会实践活动中更是如此。由于在那篇文章中对此已有详细描述，这里不再赘述。

5. 会思考的第五层含义是不受以往观点或权威意见所左右，而独立思考

人的一生中都在不断学习，学习前人的经验和观点，这种学习很大程度上使我们迅速获得知识和经验，避免走弯路，更加快捷地了解事物及其本质。但也不可否认，前人的经验包括书本的经验可能是在某种特定条件下形成的，可能具有一定的局限性，因此在学习中应具有批判性思维，不要拘泥于某些人、甚至某些名人的说法和观点，要学会独立思考，以形成独到的见解，所谓独到的见解指的是在独立思考下所得到的不同于常规的结论。

在我博士毕业后的最初几年里，我查阅了大量有关葡萄膜炎的多种外文资料，发现对同一个问题有不同的看法。我没有盲目地信任某些专家的观点，而是在临床实践中不断地去观察、去思考，最后判断出孰是孰非、孰对孰错，避免了一些不正确的治疗方法。

早在 1995 年，国际上即发表了有关 Vogt- 小柳原田综合征的分期标准，将其分为前驱期、葡萄膜炎期、慢性期（恢复期）和复发期，这个标准一直被国际眼科界所采用。在 20 世纪 90 年代，笔者即开始对我国 Vogt- 小柳原田综合征进行系统和动态观察，发现在疾病初期主要表现为弥漫性脉络膜炎、渗出性视网膜脱离，随着病情进展，炎症逐渐累及眼前段，但出现的是非肉芽肿性葡萄膜炎的体征，如果没有施以及时正确的治疗，则以后逐渐出现肉芽肿性前葡萄膜炎的特征，同时出现晚霞状眼底、Dalen-Fuchs 结节等典型的改变。这一动态变化与国际上的分期标准显然不相符合，通过反复临床观察、反复对比和思考，我们最后确定出在中国 Vogt- 小柳原田综合征患者中存在一个明显的进展规律，即炎症从眼后段逐渐蔓延到眼前段，炎症性质是从非肉芽肿性过渡到肉芽肿性。2006 年我们总结了 410 例中国 Vogt- 小柳原田综合征患者的资料，提出了一个新的分期标准，即前驱期、后葡萄膜炎期、前葡萄膜受累期和肉芽肿性前葡萄膜炎反复发作期，由于资料翔实、证据充分，最后文章被刊登于国际眼科界论著杂志影响因子最高的 *Ophthalmology* 上，更新了人们对此病病程进展的认识。

有关 Vogt- 小柳原田综合征的诊断国际上有三个标准，一个是美国葡萄膜炎研究组 1978 年制定的标准，该标准非常简单明了，但未能反映出疾病发生后不同时期的临床特点；第二个标准是日本人 Sugiura 于 1980 年制定的标准，此标准在国际上使用不多；第三个标准是于 1999 年在第一届国际 Vogt- 小柳原田综合征研讨会上制定的，该标准于 2001 年得到国际命名委员会认可，被称为改良标准。此标准虽然较前两个标准有很大进步，但是它非常复杂，将该病分为完全型、不完全型和疑似型，诊断所涉及的条目达 40 条之多，临床医生使用起来非常麻烦，并且把疾病诊断为疑似型，也就是说，你治疗的到底是不是 Vogt- 小柳原田综合征都不清楚，显然这样的诊断标准是有待于改进的。为便于临床医生诊断，我们根据大量中国 Vogt- 小柳原田综合征患者的资料，利用潜伏组分析方法制定出中国 Vogt- 小柳原田综合征的诊断标准，用已经确认的 Vogt- 小柳原田综合征患者的资料去验证这一标准，并与国际上的改良标准进行对比，发现两个标准的特异性及阳性预测值没有任何不同，但在敏感性和阴性预测值上，我们的标准显著优于改良标准。我们的文章发表于 *JAMA Ophthalmology* 杂志（国际眼科界论著杂志排名第二）上。同期还配发了国际著名葡萄膜炎专家 Douglas A. Jabs 的专题述评，称我们的标准为"中国标准"。

在我们 30 多年的葡萄膜炎研究中，诸如此类的例子还有很多，这些无一不是我们打破条条框框、冲破观念的束缚、独立思考的结果，正是这种求真务实的科研态度，敢于质疑、独立思考的品质，更新和完善了对葡萄膜炎的认识以及诊断和治疗方法，使得数以万计的葡萄膜炎患者获得了正确诊断和治疗，最大限度地提高了他们的视力，在一定程度上也推动了国际范围内的葡萄膜炎研究。

二、会说话

人人都能说话，但这并不意味着每个人都会说话，有些人还可能滔滔不绝地说，嘴皮子特别溜，但这并不代表他一定会说话。在临床工作中，有时会听到这样的话：某某医生诊断治疗水平并不怎么样，但很多病人却都找他。其原因在很大程度上可能是这个人会说话、会沟通，能说到病人心坎上，让病人舒服。

什么叫说话，说话是将你想要表达的东西通过有声语言传递给对方或公众的过程。这一过程包括了三个要素：内容（信息）、语气语调、表现及肢体动作，三个部分的有机结合，才能将信息充分地、完整地、有效地传递给对方，将语言的功能发挥到极致。三者的分离或不协调将会使信息传递出现问题，甚至会起到相反的效果。

在门诊时，时不时地会碰到下面情景：眼科医生总是会问经过前段治疗有没有好转的问题，如有一个病人经过 2 周的治疗，视力从眼前指数上升到 0.5，有的病人就会非常高兴地说，医生，你开的药或治疗方法挺有效的，我上次来时都是别人扶着来的，这次你看我都能自己来了，非常感谢你。说话间病人显得心情愉快、眉飞色舞，这是正常的回答，会使医生感到温暖、快乐，心情舒畅，激起医生工作的热情。但你也可能得到这样的回话：是好了一点，但视力才提高到 0.5。说话时一脸很不满意的样子，或是说我眼睛怎么怎么不舒服，视力为什么才提高到 0.5 啊？这样的回答，无疑是一种小小的打击，会激起医生的不满情绪，有的医生心里会想，那你另请高明吧。虽然不是每个人都会产生这么强烈的反应，但至少这样回答会给人带来一些负面的反应，使人不高兴，在这样的心境下工作和在非常愉快的心境下工作，效率、效果等都可能是不一样的。也有人说，医生不要小心眼了，这有什么关系呢？不要忘了，医生也是人，与你一样，心情的变化会影响他的喜怒哀乐，会影响他的诊断治疗及其工作效率。

说话的基本要求是口齿清晰和流利，吐字不清，使对方不能确切地了解你所要表达的内容；声音也很重要，声如洪钟、掷地有声、铿锵有力会给人一种信心、力量、振奋和不容置疑的感觉。如果说话吞吞吐吐、含含糊糊、中气不足、有气无力或声音在喉咙间打转，一是令人难以听清你所表达的内容；二则是让人怀疑你表述的信息内容的可靠性，给人一种没有底气、没有信心的感觉，甚至是让听的人感到一头雾水；三是没有感染力，达不到预期的目的。

我认为会说话包含以下八个方面的内容。

1. 真诚认真的态度

说话人的态度对信息的传递非常重要，说话时态度认真、真诚往往能给对方带来亲切、友善、不容置疑和舒服的感觉，自然而然说的内容就会令人信服，如果说话人吊儿郎当、嘻嘻哈哈、马马虎虎、心不在焉、顾左右而言他，往往给人一种轻浮、说话不可信任的感觉。如果在门诊时，医生一会儿接个电话，一会儿看一下微信，一会儿到外边走一圈，你对病人说的话，病人会相信吗？你开的处方，病人心里会感觉踏实吗？所以态度在某种程度上决定着你说话的信息量及正确与否，也决定着别人对你的信任程度。

2. 说话要看对象

说得通俗一点是看客下菜，请注意这不是平常说的见人说人话，见鬼说鬼话。说话看对象是指我们要根据信息传递的对象不同，采取不同的说话方式，以达到正确无误传递信息之目的。比如遇到不同的病人可能需要不同的解释，如是农民，一般而言他最关注的是患的疾病是不是能治好，那么你用最简洁、最直白的语言直接告诉他这个病的治疗及视力预后就可以了；如果遇到的是老师这样的知识分子，他不但关注这个病能不能治好，他还想知道这个疾病是怎么得的，所用治疗有无副作用、治疗需要多长时间等问题；如果遇到的是离退休的老干部，其中有一些不但关注治疗的效果，他还会计较在诊治过程中是否得到应有的尊重。与这些人交流治疗方法时，医生可能更要注意方式方法的问题。上述举例只是表明我们遇到不同的病人时，怎么样说话能更容易被对方所接受，完全是从交流的角度来谈如何能更好地达到医疗目的，没有任何歧视或分别对待的意思。

3. 说话人要摆正自己的位置

这一点也很重要，指的是你在什么位置要说什么样的话。《增广贤文》中曾说："力微休负重，言轻莫劝人。"就是说的这个意思。你在什么位置，决定了你说话的分量和说话的效果，也决定了你说话的方式和方法，否则即会出现问题。

在我博士毕业后没多久，曾遇到一次病例讨论，一位强直性脊柱炎伴发葡萄膜炎的男性患者，出现了并发性白内障，当时炎症已消退，讨论要不要为患者进行白内障手术和人工晶状体植入手术。由一位中心副主任主持病例讨论会，会上很多专家都发表了意见，认为葡萄膜炎并发的白内障非常复杂，现在病人晶状体已完全混浊看不到眼底，虽然电生理检查视网膜功能良好，但不能排除眼底有无炎症或其他病变，在这样的情况下给病人做白内障摘除手术并行人工晶体植入术是危险的，现在不宜进行手术。那位主持会议的中心副主任也持这种观点。但问题是不做白内障手术永远不知道眼底的情况。当时我博士毕业才3年，已看了大量的文献资料，在临床上也有了一些体会，知道此种葡萄膜炎基本上是眼前段的炎症，很少会出现明显的视网膜受累。当年由于年少轻狂、思考欠妥，就在会上发言，直接表达了自己的观点，此病眼底一般没有问题，可以立即进行白内障摘除联合人工晶状体植入手术。管床医生最后听从了我的建议，为患者进行了手术，手术后发现视网膜完全正常，视力恢复到1.0。本来病历讨论是一个很正常的事情，最后结果也验证了我的观点是正确的，但那位主持会议的领导会后很不高兴，说我骄傲、目中无人、自以为是，这种成见持续了相当长时间，在数年内一直给我带来负面影响。如果当时我把意见私下传递给那位领导，再由那位领导在会上说出这种观点的话，就不会出现这样的问题。

还有一个例子可以从另一方面再次印证在什么位置说什么话的正确性和重要性。那是 1999 年 9 月的一个周日上午，我在办公室查阅资料写文章，接到一位副校长的电话，说有一位病人患葡萄膜炎已有 4 个月，在我们医院（中山眼科中心）住院治疗，开始时经专家讨论制定了一个治疗方案，治疗 2 个月，病情没能得到控制，从北京请了几位专家前来会诊，会诊后又制定出一个治疗方案，主要是用大剂量糖皮质激素治疗，治疗时间设定为 9 个月，当时病人已按该方案治疗了 2 个月，葡萄膜炎仍然没能得到控制。那位副校长听说我专门从事葡萄膜炎诊断治疗及研究，就让我到病房去看一下这个病人。我询问了病史并为病人进行了眼部检查，当即确定他患的是 Vogt- 小柳原田综合征。副校长问我经过治疗到底能否治愈这位病人的眼病，我告诉他凭我的经验应该没问题。他当即对我说，这个病人就交给你了，一切治疗由你说了算。当时我已是中山眼科中心的副主任（中山眼科中心下设眼科医院、眼科研究所和防盲治盲办公室），但是资历还比较浅，别人也不知道副校长怎么跟我说的，觉得有些不妥，这次我接受了上次的教训。就对这位副校长说，如果邀请我治疗，你要组织全院会诊，在会诊会上你明确指出要我治疗才行，要不然别人会说我随便插手别人的工作、别人的治疗，那样我就会很被动。

第二天下午，那位副校长对该患者组织了全院大会诊。一些曾参与治疗的教授先后发言，几乎都在说同样的问题，这个病人在诊断上有没有问题？我们治疗方法要不要改动？大家都这么说，实际上并未表达出实质性内容。最后那位副校长点名要我发言，我当时说了两个意见：第一是北京的教授已为这个病人制定了 9 个月的治疗方案，现在才治疗 2 个月，还没明显效果，我们可以治疗观察几个月；第二，我们可以请北京的专家再来会诊一次，确定是否需要修改治疗方案。

当时我抛出这两个意见后，整个会场无一人接话。过了一会儿，副校长说话了：这位病人到现在已经治疗 4 个月了，总体上没有遏制住病情的发展，病情在变化，我们不可能再用原来的方案进行治疗，现在把这个病人正式交给杨培增教授，一切用药由他来决定，没经他的同意，任何人不得随意加减药物。

校长这一宣布使我有了底气。我当即问大家，对治疗有什么建议，请大家现在提出来，以免在治疗过程中加减药物影响总体的治疗方案，当时整个会场无一人出声。随后我将以往的药物全部停了下来，给病人制定了全新的治疗方案。病人治疗后，病情一天天好转，1 年后停药，双眼视力恢复至 1.0，现在已 20 多年，葡萄膜炎没有再复发。

从上述两个例子对比可以看出，人要懂规则、规矩，知道自己所处的位置，说符合自己位置的话，才能把事情办好。第一个例子虽然病人获得了很好的治疗效果，但因笔者当时说话的方式、做事的方式欠妥，给自己带来了负面的影响。第二个例子则说明笔者在做事和说话方面较前已有了一些进步，避免了一些不必要的麻烦，治好了病人，没留下任何负面影响，可谓是皆大欢喜。

4. 要换位思考

说话时换位思考特别重要，它显示的是一个人的修养。所谓换位思考就是能站在对方的角度去考虑问题，尊重对方，把对方放在心上，知道体谅别人的想法和意愿，特别是对层次低于你的人，或是有求于你的人，说话更是如此。有人说，越是层次低的人越是需要尊重，这话有一定的道理，如果是位置高的人或优秀的人，他往往不会太介意你说什么。层次低的人，自己本身就有一种自卑感，如果别人再说几句瞧不起的话，往往会有一种雪上加霜的感觉，如果你说几句鼓励的话、正面评价的话会使他感到非常温暖和鼓励。

在门诊诊治病人的时候，我特别注意那些来自农村或是家庭条件差、社会地位低的病人，与他们好言相对，使他们感到特别温暖。说实在的，这些病人在一些医院或一些医生那里可能没有得到足够的重视，这些人甚至可能得不到应有的说话的机会，三句话或两句话即被打发走了。这是非常不对的，病人不管来自什么样背景的家庭，不管是富裕还是贫穷，都一样值得我们尊重。

在门诊上，我曾遇到各种各样的情况，其中有在候诊时接到电话说家人突然生病的、突遭变故的，甚至是突然爷爷或奶奶、父亲或母亲病亡的，病人在这个时候往往非常着急，想马上看完赶回去。对这样的病人，我往往让护士给其他病人解释一下，提前给他检查和治疗，给他们提供方便，以便能及时赶回家中。当然其中也有说假话的，我就遇到一个病人，在不到两年的时间里，他三次以他爷爷病故的理由让我提前给他检查和治疗，每次我都答应了，我的同事问他，你爷爷怎么会死三次呢？我说算了，他如果能拿出这样的理由让我提前给他治疗的话，一定会有急事，要马上赶回去。有时也会遇到一些人用不是理由的理由要求我提前看病的，我会以我幽默的方式将事情化解。有一次，一个小伙子对我说，杨教授请你早点给我看眼睛，我说你有什么事吗？他说他有急事要马上赶回去，我问他你有什么急事？他说他哥哥后天要结婚，我笑着对他说，兄弟，你哥哥结婚，又不是你结婚，你着什么急啊！一句话说得病人不好意思了，他也不再说让我提前给他看眼病了。

换位思考的一个重要表现是，说话要留有余地，顾及他人的面子，点到为止，不要让对方难堪。有些人以耿直为荣，口无遮拦，不分场合，不顾别人感受，想说什么就说什么，给别人造成了深深的伤害。

5. 要善于夸奖别人

我在广州 21 年，在餐馆吃饭的时候经常会看到这样的情况，喊了几次服务员来点菜，可能没有人搭理你，你一喊靓女来点菜，服务员马上就会高高兴兴拿着笔和纸过来，这句话非常受用。所以说，人的天性是喜欢别人夸奖和赞美，不喜欢批评，那么在生活中不妨也多点表扬和夸奖。夸奖别人在一定程度上也是一种优秀的品质，看到别人的长处和优点，称赞别人、鼓励别人，会给人一种温暖、如沐春风的感觉。

赞美夸奖别人一定要有度。虽然人人喜欢这一口，但如果太过了的话，会让人有一种虚情假意的感觉，会使人产生不愉快，甚至出现厌恶感。

我们都在赞美老师是辛勤的园丁，古人即有"一日为师，终身为父"的说法，如果总是这么说的话，反倒给人一种说套话、没有真情实意的感觉。2010 年，我的导师张效房教授九十大寿，举行了一个学术报告会和庆祝活动，让我代表学生讲几句话，我开头是这样说的，人到中年回到家中，最幸福的是能喊一声爹娘，学生毕业二十年、三十年，最幸福的是在遇到困难、遇到专业问题时，还有老师为你指导。当时我的演讲引起大家热烈的掌声，都说讲得好，实际上我讲的就是"一日为师，终身为父"这个意思。去年是张效房教授 100 周岁，为了表达对老师的敬意和祝福，我写了一首歌词，名叫《祝福老师》，开头是这样写的："人到中年回到家中，最幸福的是能叫爹娘一声，毕业三十年回到母校，最开心的是看到您那熟悉身影。"中国人祝寿最常用的词是"寿比南山，福如东海"，如果在歌词中用这两句就显得太俗套，也不合适，我做了如下变通，在副歌部分写道："南山青松为你送来祝福，东海浪花向你欢呼致敬。"既表达了为老师祝寿的意思，也给人以清新、别致和高雅的感觉。

大家知道演员费雯·丽因在《乱世佳人》中精湛的演技获得第十二届奥斯卡最佳女主角奖，奥斯卡评委称赞她："她有如此的美貌，根本不必有如此的演技；她有如此的演技，根本不需要有如此的美貌。"这一评价要比"你无比美丽、非常漂亮，演技特别高超"不知要强多少倍！

赞美是一把双刃剑，它能给人以鼓励，催人向上，但也可能使人飘飘然，停滞不前。虽然批评让很多人不高兴、不喜欢，但善意的批评特别是对你好、想让你成才、使你优秀的批评，可能更为重要，所谓良药苦口利于病，忠言逆耳利于行，就是这个道理。对自家人来说，对自己的学生而言，老师的批评代表了一种责任，一种恨铁不成钢的愿望，如果老师对你不闻不问，总是跟你客客气气点头说好，要么是老师不负责任，要么是老师感觉到你与他已经没有任何关系了。

6. 说话要有幽默感

幽默体现说话人的智慧。俄国文学家契诃夫曾经说过："不懂得开玩笑的人，是没有希望的人，这样的人即使额高七寸，聪明绝顶，也算不上真正的智慧。"德国哲学家康德也说过："不学会幽默，人就太苦了。"从这两位名人的话里，我们会感觉到幽默对人生、对事业是多么的重要。

幽默是人际沟通的润滑剂，可以缓和矛盾，化解难堪的场面，淡化消极情绪和负面影响，消除沮丧和痛苦。

有很多家喻户晓的幽默故事，这里不再赘述，特摘录几段与我有关的故事与大家分享。

我所从事的葡萄膜炎是一类非常复杂的疾病，不少病人因没有及时得到正确诊断和治疗，导致视力严重下降，病人从全国各地赶来找我时，往往非常焦虑、惊恐不安，见到我后既激动又紧张，有时紧张到浑身哆嗦、语无伦次的地步。在问病史时，病人有时紧张得竟不知道如何回答。对这些病人，如果呵斥他们不配合，对他们而言那简直是雪上加霜，为了缓和病人紧张的情绪，我会问他们是从哪里来的，他会说从某某地方来，我说某某人民勤劳而又勇敢（某某是病人所来自的地方）！病人听后就会一下子放松下来，在随后的病史询问和检查中就会显得特别顺畅。还有遇到一些病人说，杨教授我这个病已发生 5 年了，很后悔没有找到你。我对他们说，没找到我不是你的错，都是月亮惹的祸。病人一高兴连连说，我说怎么回事呢，总是看不到月亮。这样病人紧张的情绪就会一扫而光，病人与医生的距离一下子就拉近了，他们会感觉到医生和蔼可亲、值得信赖。

患葡萄膜炎的人多是中青年，最害怕眼睛瞎掉，在我给他们开药后，他们总是会小心翼翼、战战兢兢地问我：杨教授，很多医生会说我这个眼睛会瞎掉，所以我经常吓得睡不着觉。我看了看这个病人有 40 多岁，就告诉他，一定会瞎的。病人听后猛然一惊，我又不慌不忙地说，60 年以后肯定会瞎。一下说得病人破涕为笑，连连说："不用 60 年，30 年就够了，就够了……"

有一次我给学生们讲课，我上到讲台上环视了一下全班同学，开口讲的第一句话即把大家弄得哈哈大笑：同学们，我就是你们日夜想念的杨教授。学生们可能会想，我们没有日夜想念你呀，你却说我们在日夜想念你，我们要看一下你有什么本事、什么特别之处，让我们能日夜想念你，我们不想念你行不行。我这么一说整个教室气氛非常轻松、愉快，激起了同学们的好奇心，这一堂课下来，学生们一点都不会有累的感觉，没有一个学生打瞌睡。

机智与幽默往往连在一起，机智是指聪明、灵活、反应快、能随机应变。机智基础上的幽默常能化解尴尬的窘境，给人带来意想不到的效果。

7. 会说话的另一种表现是会倾听

有人说学会聊天是修养，懂得闭嘴是教养。海明威曾说过，我们用两年学会说话，要用一辈子学会闭嘴。曾听说过一个这样的故事：有两个老朋友有 5 年没见面了，见面后甲对乙滔滔不绝地讲述了过去 5 年中他是怎么样过来的，成立了几个公司，公司的规模如何，赚了多少钱等，一口气讲了半小时，突然意识到不对劲，他笑笑说，不好意思，只顾讲我自己的事情了，让你也来说一下吧。这个故事可以很好地说明，你不管嘴皮子再溜、口若悬河，那都不一定是会说话的表现，只有把别人放在心上，让别人能充分表达自己的观点，适时插入必要的、恰如其分的话语，表达自己的关切、理解、同情、赞美、鼓励、支持，才算是会说话。

8. 说话要找到独特的视角

独特的视角比常规的视角更能引起人们的关注，比如人们都说花红叶绿，会感觉到老套，如果你画出了黑色的花、紫色的花、黄色树叶，可能更会引起人们的重视，比普通视角更能达到意想不到的效果。

记得 2009 年，我申报了重庆市突出贡献奖，这个奖实际上是重庆市科技界的最高奖（在国家层面叫最高奖，在各个省市自治区层面叫突出贡献奖，重庆每两年评一次，评出不超过两名，也可能是一名获奖者），主要奖励为重庆社会、科技发展做出重大贡献的科学家。

我当时来重庆才一年多时间，虽然为重庆的发展尽心尽力了，但时间太短，很难让人信服在这么短的时间会对重庆社会、科技发展做出重大贡献，我的一些同事也告诉我，获这个奖非常难，以往基本上都是院士获得的，你来重庆时间较短，并且看起来还比较年轻（52 岁），所以胜算不大。他们也是好意，怕我没评上心灰意冷。我当时也是抱着试试看的心理。非常幸运的是，我通过了第一轮评审，要进入第二轮的答辩，如何把自己过去的工作组织好、讲好，把重点突出出来是一个最为关键的问题。总共 10 分钟的演讲时间，我花了 8 分钟讲我们所做的工作及取得的成就，后边用了两分钟主要强调了三点：第一，我们将葡萄膜炎这个专业推向了国际最前沿；第二，我来重庆虽然时间不长，但每年为重庆带来第三产业收入就达 3000 多万（从重庆以外每年前来诊治葡萄膜炎的患者多达 1 万余人，陪伴的家属朋友有 2 万多人，在重庆吃住和消费每人至少 1000 元）；第三，我还比较年轻，这个奖会对我有更大的激励和鞭策作用，抱着奖就会马上又去实验室工作。后来听说一些领导和专家认为我说的有道理：有一些专家在本领域做出了很大贡献，但是由于历史的原因，很难说把专业推至国际最前沿；每年为重庆带来至少 3000 万的第三产业收入还是相当可观的；另外，大家觉得也应该鼓励一下相对年轻的科学家，激发他们为重庆社会和科技发展更加努力奋斗的决心和斗志。最后在 30 位评委中，我以 27 票获得通过。这个事情不是说我一定比别人强，但让别人了解你的与众不同之处，确实非常重要。

从不同视角说话还可起到意想不到的幽默效果。1994 年到 1995 年，我在荷兰国家眼科研究所工作了一年，荷兰的同事都非常热情好客，也乐于帮助我，给我留下了深刻的印象。在我完成任务即将回国的时候，他们请我到中餐馆吃饭，席间要我讲一下对荷兰的印象。我先是讲了荷兰一大通好处，最后话锋一转说，不过在过去一年中，我也有三大遗憾：第一遗憾是每天太阳从西方升起落在东方（我这个人有个毛病，总是迷失方向，在荷兰一年中一直把东方当作西方）；第二个遗憾是每次我进入研究所的大门都感觉大门要撞我一样（荷兰国家眼科研究所的大门是电动门，总是对着来人打开），有一种一不小心即被打着的感觉；第三个遗憾是我在过去的一年中，与女性握手仅仅只有那么几次。我一说大家都笑了起来，一些女同事，又是握手，又是拥抱的，弄得气氛相当热烈和融洽。

三、会办事

一个人活在世上要生存，要生存的重要本领之一就是会办事，得到别人的认可和支持，这样你才可能顺利发展，达到自己的目的和目标。

会办事有一个基本原则，那就是利人利己的事一定要做，利己不损人的事要做，利己损人的事和损人不利己的事都不能做。

在《如何建立个人品牌》一文中我专门提到好好工作是建立个人品牌的重要保证。好好工作与会办事有一些重复的地方，但也有不同之处，在上文中已提到的内容这里不再赘述，本文着重谈一下对会办事的一些思考和感悟。

1. 会办事首先体现在态度上

以积极的心态去用心做好应该做的每件事情或领导交代的事情，不折不扣地完成任务，是会办事的重要含义。如果态度消极、拖拖拉拉、敷衍了事、马虎了事，你不可能把事情办好。有一次我在科室会议上，列举了我科的一些同事应该做的事情，并分配了某某人负责某种事情，要求有些半年内完成，有些一年内完成。之后我还不断地催促，提醒工作进度，但到最后，完成的情况相当不尽如人意，这样一种办事态度和效率是我们发展不够理想的主要原因之一。

现在微信、短信已在我们生活和工作中扮演着重要角色，及时回复是一种态度，用心回复则是一种智慧。有些人回复得非常及时，并且把对方要求办的事情或愿望吃得很透，有热情、有温度、有细节、有落实，让人通过手机屏幕即看到了你亲切、友好、可靠的面孔。也有人就写上一两个字：行、好的，你虽然写的是"好的"，但给人一种敷衍了事、冷冰冰的、不友好、不可靠的感觉，这是绝对不可取的。多说几句也不需要你多花钱，这么简单的道理不知道有人为什么就是不懂。

2. 要用心和智慧去办事

办事的能力和水平是把事情能否办好的重要因素，但要把事情办得完美，还要靠用心和智慧。我们进行的科学研究也可以被笼统地划在办事之列，做实验不是用手在做，不是熟练掌握了某种技术就能做得很好的，而是要用心去做，用智慧去做，对出现的结果善于分析，找到一般人不能发现的或被忽略掉的蛛丝马迹，再抓住不放、进行深入的研究，才有可能找到"大的东西"，获得突破性进展。

日常生活中办事同样需要智慧。在 2005 年前后，我与几个同事在一家餐馆吃晚饭，下午 5 点多就到了餐馆，一位来自信阳的大堂经理接待了我们，因为大家是河南老乡，就聊了起来，在聊天中知道她来自河南信阳农村，高中没有毕业就因家庭贫穷南下广州打工。在广州虽然才有短短的两年多时间，但已升至大堂经理。她升迁得如此之快，引起了我的好奇心：一位高中未毕业的小姑娘在没有背景、没有熟人的情况下，在两年内竟然走到了大堂经理的位置，每月工资高达 7000 元。是什么让她走到这一步的？小姑娘告诉我：从农村出来没有背景，全靠自己打拼，她每天观察同一件事，不同人去做会有什么差别，为什么会有人这么去做，有的人那样去做，最后结果有什么不同，不同顾客喜欢什么样的接待方式，她都会认真仔细地去琢磨和思考。在一年多的时间里，她学会了白话（广州当地话）、潮汕话和客家话，与客人交流起来特别顺畅，很受顾客的欢迎和好评。我一下子明白了，为什么有的人打工 10 年还是在原地踏步，工资待遇仍然不足 1000 元，有的人在短短的时间内上升特别快，原来他们工作的方式不同，有些人是在用手工作，而有些人是在用心、用智慧工作。

在网上流行这么一个故事，一位领导让两个人分别到市场看一下有没有土豆卖。一位去看后回来告诉领导，有土豆。领导问他土豆多少钱一斤，他又去了菜市场，回来告诉领导说，0.8 元一斤。领导说，你再去问一下如果买得多了，可不可以便宜一点。他第三次去了菜市场，回来对领导说买 1000 千克可以便宜到 0.6 元一斤。另一位去菜市场后回来告诉领导，在市场上有两个品种的土豆，一个是淀粉含量高的，每斤 0.8 元，适合炸土豆片用，另一种淀粉含量低，适合做土豆丝、炒菜用，每斤 0.75 元，如果要 100 千克两个品种都可以打 9.5 折，如果要 500 千克可以打 9.3 折，如果要 1000 千克可以打 9 折。另外，我还问到一个途径，我们如果直接去原产地购买的话，可以节省成本 30%。你说，领导会喜欢哪个人呢？两个人去菜市场看土豆这件事，使我们也明白了什么叫用心去做事。

3. 不要找客观理由

不少的人在工作没完成、事情没有做好之后就找出一大堆客观原因：没有完成任务不是我的能力问题，不是我不积极干的问题，而是有多方面的客观原因，等等。有人说，一旦你为自己失败找到第一个借口，以后你就会不停地为自己找借口，甚至为一件没做成的事找到一百个借口。借口只能说明你无能，不能说明任何问题。经常找借口的人永远不可能堪负重任，也不可能获得领导和同事们的认同，更不可能获得成功！

我刚从广州中山眼科中心到重庆医科大学附属第一医院的时候，有一些科里同事跟我说，杨教授，我们眼科不受重视，主要是我们与上级领导没有搞好关系。我当时就告诉他们，周一上午 10 点钟门诊就没有病人了，一周没几台手术，科研没有优势，上级领导凭什么重视你？凭什么要支持你？你要干、要拼命地干，要干出成绩，上级领导才会重视你啊！我来后经过半年多的努力，眼科即成为重庆医科大学附属第一医院四大优势发展学科之一，眼科实验室也顺利获批为重庆市眼科学重点实验室。这一切都源于努力的结果，而不是抱怨的结果！

4. 不要斤斤计较

如果领导给你布置一件事情，你总是想到有利还是没利的问题，不可能把事情办好，也不可能得到领导的赏识和后续的支持。

种瓜得瓜，种豆得豆，是老祖宗传下来的朴素道理，这么简单的道理，有些人就是不懂，总是想着自己眼前的利益，总是认为别人让我这么费力地干活是吃亏了，是别人利用了我，殊不知你如果连被利用的价值都没有了，你还有存在的价值和必要吗？

做事有些看起来是为别人做的，但实际上都是为自己做的。我经常跟学生说，三年的硕士研究生、博士研究生阶段是一生最宝贵的时间，经过大学期间学习，有了一定的知识积累，经过层层考试和复试迈进了研究生、博士生的门槛，老师为你提供了实验平台，经过千辛万苦，为你争取到实验经费，你不在实验室好好做实验，不在临床上好好去研究，吊儿郎当、无所事事，你对得起供你养你的父母吗？你能对得起老师对你的一片苦心和教育吗？能对得起当你入学时潜心实验、泡在实验室好好做实验的承诺吗？

我的学生在毕业后无不感慨地对我说，杨老师，你给我们提供的条件太好了，毕业后分到新的医院，要什么没什么，连打印个材料都要跑到医院对面的小商店里。还有一位来自合肥的学生说，杨老师，我在硕士期间发表的一篇论文对我影响很大，我很快晋升为副教授，能带研究生了，又被评为皖江学者，如果在研究生期间多做一些，现在会发展得更好。是啊，不少人不知道这个道理，你做的一切都是在为你自己做的，你所发表的文章，在上学期间所做的所有事情，包括你的感悟、素质的提升、知识的获得都将伴随你的一生，别人都是拿不走的。

一些人计较于一时的得失，总想着这是我的，别人不能动，不看长远和未来是不可能成就大事的。我听朋友说过一件这样的事情，他的一位博士后在站期间做了一个实验，写了一篇文章，她非要将她男朋友的名字写上，导师说你男朋友也没参与你的实验，把他的名字写上不大合适吧。她给导师说，男朋友帮了她很大忙，给她以精神上的支持和鼓励，所以一定要写上男朋友的名字。导师说，如果说帮助支持你力度大的，可能莫过于你的父亲、母亲，要不要把他们的名字也都写上去？到后来这位博士后怕老师看到作者的名字，干脆不让老师看了，据说投了很多杂志，不是退稿就是修稿，修改以后还是退稿，十多年过去了，文章还是没有刊出来。自以为是聪明，实则是愚蠢！

大家知道潮汕人非常精明，很会做生意。我有一位病人是潮汕人，有一次我请教他，潮汕人是怎么做生意的？他告诉我，如果这个生意是你帮我牵头做成的，我赚了 1 元钱，我会给你 9 毛钱，我与这个人做的第二笔生意，虽然你没再起什么作用，但我赚到 1 元钱中我会给你 8 毛钱，第三次我会将我赚的 1 元钱中 7 毛钱给你……这样的做法会让所有的人来帮你。

5. 不要耍小聪明

做事贵在踏实认真，耍小聪明有时可能骗得过一时，最后还是会被揭穿的。

有一位教授讲了一个这样的事情。他有一位博士在攻读博士学位期间做了两个实验，第一个实验发了一篇 SCI 论文，用于博士毕业，另一个实验她想写篇文章，作者的单位写成毕业后分配工作的单位。

老师很为难，认为这样不妥，如果博士期间学习单位知道此事肯定是不会同意的，可能会带来不少的麻烦。导师反复给学生解释其利害关系，学生仍然要坚持自己的观点，老师最后不得不做出妥协，但考虑到责任的问题，给学生出了一个变通的方法，即让学生写好文章后，把它发到老师邮箱，文章署名单位是博士学习期间的单位，待老师确认文章后可以投稿时，学生略微改动后再从自己的邮箱投给杂志。谁知这位学生给老师邮箱发的是复印稿，也难为这位博士了，她找的可能是全世界最差的复印机，在复印的文稿上面根本看不清楚图表和数字，阅读文章都非常费力，并且把老师的 Email 地址都给改了，原来老师地址是他的拼音全称，改后成为导师名字的前两个字的拼音。我问这位教授，为什么她将非常模糊的复印件发给你，而不是从邮箱直接发打印文稿呢？导师叹口气说，可能是怕老师在文章中做一些改动或老师自己去投稿吧。我问这位教授，你会将学生的文章自己投吗？他坚决地说，绝不可能！这位导师当时已经有近百篇 SCI 论文了，还差这一篇吗？我问这位教授最后结果怎么样，他说他告诉这个学生在文章中把老师的名字去掉吧，最后这篇文章发在了一个等级较低的杂志上，本来可以发在好一点的杂志上，结果没人帮助这位学生修稿，一退再退，最后就那样了。我又问这个教授那最后呢？他说，以后啊，有好几次事情本来都可以帮她的，但是，你知道啦，都没了……听了这个故事我感觉很诧异，为了一点小事要小聪明，置长远利益于不顾，最后可能吃了大亏连自己都不知道为什么，碰了墙壁还不知道是怎么回事，可悲啊！

我在《我是你的眼》一书中写了"也谈尊敬老师"一篇文章，专门提到，好的老师是你一辈子的财富，老师一句话，可能顶你干 3 年，如果没有老师的推荐和支持，你可能永远上不了那一个台阶，也可能永远达不到人生的目标！

6. 低调做人、好好做事

有人说人的成功80%源自做人，20%源自做事。虽然说得有点夸张，但从某种角度而言，也确实有一定的道理。

人作为一个独立的个体在社会中必然与各式各样的人接触，很多事情不是一个人能完成的，所以必须学会联合他人，得到别人的帮助才能达到目的。正确处理与他人、与社会的关系是一门大学问，很多人的失败就是由于不会做人而导致的。

做人通俗地讲是指为人处世，待人接物。在为人处世的过程中，人品是非常重要的，有人说人品是最高的学位，只有德与才完美结合才能彰显智慧，成就大写的人。

会做人包括很多方面，如宽容之心、慈悲情怀、善良正直、知恩图报、谦让随和、以礼待人、尊重他人、敢于担当、拼搏进取、胸怀坦荡、懂得进退、善于应对、淡泊名利，等等。

在这里我着重谈一下善良的问题。善良是指心地纯洁，没有恶意，心地好。易中天先生说过，善良的底线是恻隐之心，恻隐之心就是不忍之心，不忍心人家受到无辜的伤害。善良对每一个人都很重要，尤其是对医生更为重要。因为医生面对的是患病的人，人在患病时最为脆弱，每天医生都会面对着一群非常脆弱并且把希望完全寄托在医生身上的人，不是全心全意地为他们服务，而是乘人之危、胡乱开检查，开一大堆可有可无的药，那真的是坏了良心。这里需要说明一下，医学是治病救人的科学，其中有许多不确定性，因此治疗效果可能不尽如人意。美国特鲁多医生的墓志铭这样写道："有时治愈，常常帮助，总是安慰。"在为病人诊治过程中，医生往往根据病情要做一些必要的实验室检查或辅助性检查，以确定病因或判断疾病严重程度、治疗效果，对有些患者，为了不遗漏诊断，医生可能开的检查多一些，如果这些是出于诊断疾病的目的，那是无可厚非的，如果明知道这些（项）

检查是不需要的，这些药物是没用的，还让病人检查或使用，是应该坚决抵制的！

7. 与正能量的人在一起

和什么样的人在一起特别重要，中国有句老话叫"近朱者赤，近墨者黑"。与什么样的人在一起，耳濡目染你就会变成什么样的人。与善良的人在一起，你会变得仁慈；与漂亮的人在一起，你会变得越来越爱美丽；与积极的人在一起，你会感到信心满满、朝气蓬勃、干劲冲天；与勤奋的人在一起，你不会懒惰、不会颓废；与智慧的人在一起，你会更加睿智、不同凡响、追求卓越；与有目标的人在一起，总是会去想办法、想出路和充满希望；与负能量的人在一起，你会总是抱怨老天不公平，与老板唱对台戏；与悲观的人在一起，你会总是感到世界一片漆黑，世界末日就要来临。你没有办法选择出生，但你有权利选择与谁在一起，有些人以平凡自居，总是与那些整天不想干活、说东道西、婆婆妈妈的人在一起，最后也往往把自己废掉。

我的一位朋友告诉我一件事情，在他们单位有一位目光短浅、斤斤计较、整天抱怨世界不公平的人，领导为了单位的发展，曾帮他争取到好多次机会，但他仍然抱怨领导不把所有的机会给他，并且在单位拉帮结派，有两个刚进入单位的同事，不明就里就被他拉上了。此后，这两个年轻人也跟他学上了，处处与领导作对，分配的任务不做，患得患失，本来这两个年轻人天赋还算可以，结果与那个人搅在一起了，不求上进、稀里糊涂、浑浑噩噩，数年后工作上无进步，业绩平平，最后被辞退了。由此可以看出，与一些负能量的人在一起问题有多么的严重！

8. 与人为善，多做善事、好事

我们有幸成为眼科医生，多为病人着想，努力学习，提高诊断治疗水平，为病人带来光明，是最大的善事。

9. 错误的事情绝对不能做第二次

人的一生中难免犯错误，做错事，没关系，只要认识到，下次改正就好。但有些人明知错了，还要再犯第二次、第三次。有人说，第一次做错事，可以原谅；第二次犯同样的错误，就是你自己缺心眼的问题；第三次犯同样的错误，那是你有意而为，是绝对不可饶恕的！每个人都要为自己的言行负责，千万不能一错再错，这样没有人会再相信你！

四、会控制（情绪）

人是情感动物，所以对各种外界的、良好的和不良的刺激都有反应。但是如何把反应控制在适度的范围内则是一门学问，也是判断一个人情商高低的重要标准。尽管我自己情商不高，但多少年来也经历了大大小小的事情，遇到各式各样的人，也摔过很多跟头，有体会有感悟，有经验也有教训，在此与大家分享如何控制情绪和提高情商的一些体会。

1. 要控制住自己的情绪，不要轻易发脾气

这个世界上，什么样的人都有，有人羡慕你、嫉妒你、讨厌你、瞧不起你、恨你、藐视你、爱你、骂你、污蔑你、猜测你、折腾你，这些都很正常，特别是当你小有成就时，难免会招来一些人的嫉妒和不满，这时应保持清醒的头脑，不要因一些负面情绪而烦恼、失落，甚至抓狂。如果控制不住自己的情绪，就可能失去理智，失去正确的判断，而把事情搞得很糟糕，这可能正中了某些人的下怀。记住，在情绪不佳的状态或生气的时候，不要做任何决定，有人说冲动是魔鬼，

这句话一点都不假！

在工作中，我时不时在控制情绪方面犯一些错误。我承认硕士、博士研究生都很优秀，但可能其出生和成长环境，与我小时候有很大不同，因此对待生活和工作的态度、方式、方法都可能有较大的不同。也怪自己责任心、使命感太强，总是想把他们每一个都培养得很优秀，在工作中看到他们没有如期完成工作，或完成的情况不尽如人意时，就会发脾气，特别是为他们修改论文时，看到错别字一大堆，语法错误、逻辑矛盾和书写格式上的问题，免不了大为光火，好在学生们都了解老师的一片苦心，与我不一般见识，所以也就相安无事了。

2. 理性对待，不纠缠

有一些人可能为了达到不可告人的目的，散布一些不实消息、言论或谣言，在网上发布一些所谓的坏消息，对此应有足够清醒的认识，别人挑事就是想让你应战，打乱你的脚步，干扰你的发展。对此应不予理睬，不予反驳，认定自己的目标，一直向前。

我曾遇到一位教授，有一个人在网上说他的坏话达两年之久，这个教授对此完全置之不理。后来，骂他的人再也不出声了，一拳打到棉花上，没有任何回应，再打一次，还是没有反应，以后还好意思再打吗？如果遇到了反应激烈的人，对手可能会愈战愈勇、愈战愈烈，把你消耗在无谓的争论中，确实没有任何必要！

记得当年我在收集病人病史、保存病人资料时，有些人在背后说各种各样的闲话：所有门诊病人的资料都是病人保存，他怎么能把病人的资料自己保存呢？在有些人眼中，病人的资料可以丢掉、毁掉、扔掉，但医生不应该保存，研究不研究葡萄膜炎没关系，反正是各种心态都有。当时我对此置之不理，照样收集和保存病人的资料。过了两三年，那些人也不再出声了。如果当年听到一些人的闲言碎语就停止这项工作，哪有现在这样宝贵的葡萄膜炎临床数据库呢？说得有点夸张，我们建立的葡萄膜炎临床数据库，不但为我们研究中国人葡萄膜炎的临床特征、进展规律和诊治提供了重要资料，还为世界葡萄膜炎研究提供了重要的资源，做出了我们自己应有的贡献。

3. 要懂得改变自己

情商高的一个重要方面是懂得适应和改变。有人说，如果不能改变风的方向，你就要想办法调整风帆，如果不能改变游戏规则，你就要想办法让自己适应规则，如果不能改变事情结果，那你就要改变自己的心态。如果自以为是，以我为中心，我行我素，那必定会碰得头破血流，适者生存是自然界普遍的法则。

五、小结

情商体现了一个人的智慧和品质，高情商是立足于社会，取得人生、事业成功的法宝，主要体现在能够正确地思考问题，有良好的与他人、公众的沟通能力，善于正确处理生活中和工作中所遇到的各种问题，还要管控和调整好自己的情绪和心态。提高情商是每个人的必修课，要不断完善自我，真正做到会思考、会说话、会办事、会管控自己的情绪。希望本文为你的家庭、事业、人生带来有益的启示和帮助。

演讲的技巧

　　演讲又叫讲演或演说，是在公众场合发表的针对某个（些）问题的见解、认识、主张、希望和要求。演讲有很多种类型，如政治类（就职、述职、竞选、政治动员等）、学术类（学术报告、专题讲座、年度进展报告等）和教学演讲、读书报告、答辩类等。但不管何种类型，基本上是表达观点、传递思想和价值观以及传播知识和文化等。

　　演讲分为两个部分，一部分是讲，另一部分是演。讲主要是讲述和表达演讲者的观点、意见和要传播的理念、价值观等；演则是如何把你想要表达的内容生动地、活灵活现地呈现给大家，使大家能够更好、更准确地接受你所讲的内容，在演讲者和听众之间达到同频共振的认同和共鸣。笔者在过去的生活和工作中作为演讲人参与过各种各样的演讲，如老师授课、硕博研究生答辩、工作汇报、年终总结、基金答辩、成果答辩、课题进展报告、述职报告、励志演讲、竞选演讲，等等。在这个过程中有经验也有教训，现不揣浅陋给大家分享如下。

一、演讲前的准备工作

演讲能否成功在很大程度上取决于是否有充分的准备工作。在接到邀请（任务、通知）后应充分考虑以下几个方面，并做出相应的准备工作。

1. 确定演讲的时间

不同的演讲有不同的要求，如基金答辩、成果答辩有严格的时间要求，多一分钟都不行，而研究生答辩、工作汇报、学术报告等则对时间要求得没有那么严格（也可能有的对时间要求比较严），有一些专题讲座、励志报告对时间没做硬性的规定。演讲人要根据时间要求来准备 PPT（幻灯片演示文稿）。不过记住，即使没有时间要求的讲座，把握好时间也是非常重要的。另外，应提前 10 分钟进入会场，在演讲前试放一下 PPT，熟悉一下会议现场的环境也是非常必要的。

2. 要充分了解演讲的对象

中国人有句老话叫看客下菜，对演讲者而言，充分了解听众是非常有必要的。你给农民讲城市市政管理，你给医生讲机械化生产，这些不看对象而乱讲的，肯定是对牛弹琴，是不可能获得认同和共鸣，演讲不可能获得成功。

确定了演讲的对象之后，接着要考虑听众感兴趣的事情。我曾经在中山大学为文理科和医科的博士生讲过"思维·艺术·人生"的课，实际上是一堂政治课，政治课往往会给人以枯燥、刻板的感觉，所以学校把它改名为"马列主义与现代技术革命"课。

当时接到这个任务后，我在反复琢磨给他们讲点什么，文史类的知识我不如文科博士生知道得多，数理逻辑我不如理科的博士生知道得多，医学知识一个眼科教授也不一定有基础类或临床类博士生知道得多。我想这些博士生可能最想知道的就是如何规划人生，如何训练自己的思维方式，怎么样才能少走弯路、不走弯路，如何把自己的事业推向艺术层面，获得人生成功。基于这一考虑，我确定了"思维·艺术·人生"这个题目，结合自己的专业，详细介绍了思维方式的重要性、艺术的概念及其对自然科学研究的影响，以及我们是如何把葡萄膜炎这门学科推至艺术层面和思想层面的，还介绍了人生的意义、如何确定人生目标及如何达到自己的目标等内容。整个课程长达3个小时，穿插了很多个人工作中、生活中的经历及故事，完全没有说教的东西，所有学生在听的过程中都聚精会神，没有一个交头接耳、打瞌睡的，听后他们说倍感振奋、受益良多，没想到一个眼科教授能如此懂他们。由此可见，演讲人在演讲之前一定要知道听众想知道什么，还有以什么样的方式才能把信息最大化地传递给他们。只有了解他们、理解他们，从他们的愿望出发，才能获得他们的认同，才能打动他们、鼓舞他们，获得很好的效果。

确定了听众的兴趣点后，还应该找到合适的切入点。记得我在中山医科大学（当时与中山大学尚未合并）时，研究生院给了我一个任务，要我给全校的硕博研究生导师做一个报告，谈谈如何做一名合格的导师。接到任务后我感觉很为难，我当时四十多岁，面对的好多都是我老师一辈的教授，讲得不痛不痒会被人讥笑为没有水平，讲得重的话，会被认为此人不知深浅、不知天高地厚。后来我进行深入的思考，选定了一个切入点，从"一日为师，终身为父"谈起。我一开场讲中国人有一句老话，叫"一日为师，终身为父"，这句话是什么意思？然后环视了一下会场，有七八百人，有的教授已白发苍苍，听了我问这个问题，大家都在私下议论，可能有人会说，问这么浅显的问题，也可能有人说，这谁不知道啊，表达的是学生对老师的尊敬呗。等大家议论二十秒后，我提高嗓门说，这句话有三层含义。我这么一说大家又小声议论起来，可能是不明白我说的什么意思，也可能与他们的想法不一样。接着我说，第一层意思是学生把老师当作父亲，表达的是对老师的尊敬、尊重。第二层意思是老师的责任，父亲不是随便当的，是有责任的，你不会不管你的儿子、女儿吧，你会考虑怎么样给儿女提供学习的机会，提供经费支持，严加管教，促其成才，我们对学生这个儿子、女儿尽到责任了吗？我这么一问整个会场静得出奇，没有一个人出声。紧接着我说还有第三层意思，那就是学生的权利，他有正当权利要求你提供平台、提供科研经费，有权利使用你的影响力，他们给我们这些导师提出过这些要求吗？我们是否想过给他们提供这些吗？在我讲这些的时候，整个会场鸦雀无声，导师们都在望着我，企盼着我接着回答如何才能做一名合格导师这一问题。紧接着我给各位老师讲了自己如何申请基金、如何与学生一起做实验、平时如何严格要求他们、如何改文章，等等。大家听得津津有味，整个讲座持续了一个半小时，最后大家报以热烈的掌声。试想如果一上来就说，你们知道什么是合格的导师吗？我是经过多年努力成为一名合格导师的，估计大家都会嗤之以鼻，认为你目空一切、盛气凌人，接下来的讲座肯定是失败的。

3. 认真用心做好准备工作

演讲不但是向听众表达观点，传播思想、文化、知识的重要媒介，也是展示个人形象、才华、睿智的重要场合，同时也是树立个人、公司、单位品牌的绝好机会，还是争取一些重要机会甚至改变人生轨迹的重大机遇。因此不可马虎和掉以轻心，应做好认真、充分的准备工作。

（1）要反复思考，积极准备

认真查阅相关文献资料，对所讲的内容和相关知识做到心中有数，不讲自己不熟悉的专业或事情，不讲没准备好的题目，不讲空话和套话。如果是重要的基金答辩、成果答辩或晋升答辩，不但要查阅资料，掌握相关知识，还要对专家可能提出的问题进行预演式的回答。

（2）做好PPT

对于初次演讲或是特别重要的演讲及答辩，好的PPT是必须的，好的PPT不是把所有讲的内容全部写上去，而是把相关的资料，按逻辑关系或时空顺序艺术地呈现出来，一张PPT通常不超过7~10行，每行通常不超过20个字，图片和表格安排适度，不要过于拥挤，整个画面四周要留出空白，不要把整个画面填得满满的，更不要把内容成段成段地搬上去。PPT的内容是演讲的提纲，它提醒你演讲的顺序和条目，不是让演讲者去念的。应特别注意的一点是，一些重要的答辩中，千万不要认为你幻灯片上内容越多给评委的信息量就越大，恰恰相反，你幻灯片上的图表越多，你越不可能在短时间内把所有问题讲清楚，如是这样，倒不如把重点及要表达的内容清晰地、简洁地呈现在PPT上，使听众、评委一下就能抓到要害，理解演讲的内容，获得更多信息。

在准备PPT过程中，除了演讲内容的编排、版面美观清晰外，标点符号和文字中有无错别字对演讲都特别重要。笔者在以往的各种答辩的预演试讲过程中发现，一个标点符号错误、一个错别字都会影响到演讲时的心情。因此，消灭PPT上的任何错误对保证演讲或答辩的成功都显得特别重要。

如果有些场合没有PPT设备或不适用PPT，那么你要写出演讲的提纲，并对每个条目下的内容反复准备，以达到心中有数。

（3）要反复试讲

一个好的演讲，特别是各种重要的答辩，反复试讲是绝对不可少的，幻灯片上哪些内容要讲，哪些内容是帮助听众或专家理解的一定要弄清楚，一定要通过反复试讲把它确定下来，最后达到每张幻灯片讲几句话、花费多长时间都不能有半点差池。记得在 2003 年，我去参加国家自然科学基金创新群体项目答辩，整个生命科学部有 8 个项目答辩，经过答辩选出 5 项，淘汰 3 项。当时我们的项目是以葡萄膜炎作为主要研究对象，这个病在眼科领域都不属于主流的疾病，在整个医学领域更是一个小得不起眼的疾病，那就更不用说在整个生命科学中的地位了。由于专业小、领域比较窄，发表文章的影响因子也比主流学科的影响因子小得多，经过激烈答辩，最后我们的项目胜出，获得批准。一位国家自然科学基金委的领导对我说：你们的基础可能不如有些项目，你们的影响力也可能不如有些项目，但你的 PPT 做的是一个字不多，一个字不少，你讲的是一个字不多，一个字不少，打动了评委，评委感觉把钱给你们放心！

二、演讲的基本要求

演讲中既然有演的成分，那就要求演讲人要充分发挥演的作用，使其所表达的内容能够更有效地、更充分地传递给听众。

1. 要自信，信心满满，消除紧张情绪

根据演讲内容和对象，大致上可将演讲分为以下三种类型：第一种是教授、专家的授课、专题报告、专题演讲等；第二种是研究生答辩、汇报性年度总结、进展报告、述职报告等；第三种是重要的答辩活动，

如国家自然科学基金重点项目答辩，国家杰出青年基金答辩，省部级、国家级成果奖的答辩，晋级答辩，竞选演说，等等。第一种情况的演讲者面对的是学生或专业领域中一般人员，因此一般都会淡定、从容，有风轻云淡的感觉，甚至有的是口吐莲花、江河倒悬，发挥的余地也很大；第二种情况的演讲者一般为初出茅庐或是被上层、高层审视、挑剔，所以大部分时候有紧张、恐惧的心理，难免出现紧张忘词、大脑空白、心跳加速、声音颤抖、手抖、腿抖或全身发抖等现象；第三种情况的演讲者一般都是本领域中有名的专家，甚至是久经沙场的教授，但在这样场合也难免出现紧张的情绪。我记得 2006 年 7 月份在北京九华山庄答辩国家自然科学基金重点项目，我曾遇到一位从澳大利亚回国的教授，在准备答辩前的两天内，他说非常紧张，紧张得恨不得有人踹他几脚。还有一次遇到一位女教授，答辩国家杰出青年基金，在答辩之前的一个小时内，上了六次卫生间，可以想见那种紧张和对人的折磨是多么的残酷！

如何化解紧张情绪，能够潇洒自如地演讲是成功的关键。笔者对此有如下建议。

（1）在战略上藐视它，在战术上要重视它

在很多场合，演讲者是本演讲题目所在领域的专家，或者是准备了很多基础、背景资料，自然知道的就比听众多，如果你把听众当成学生或外行，那么你就不会有胆怯的心理，对演讲就有信心、有把握。但在战术上要确保不打无把握之仗，就应充分考虑听众、评委的心理、感受、期望值及演讲要达到的目的，充分掌握演讲题目所涉及的领域及背景知识，此即所谓手中有粮、心中不慌，如对所讲的内容不是很熟悉，当然就会特别紧张。

（2）借助 PPT 反复练习

前已述及，PPT 的制作对稳定演讲者的情绪和心理特别重要，好的 PPT 对演讲者有引导作用，使所讲内容有条不紊地呈现出来，并序贯向前推进，而逻辑混乱、时空顺序颠倒的 PPT 则加重演讲者的心理负担，特别是看到充满表格、图片和密密麻麻的文字时，更不知道从何讲起，就会出现"卡壳"或语无伦次的现象。做好 PPT 后应反复练习，以达到完全背诵每张幻灯片的内容，演讲者心中有数，这本身就有助于稳定演讲者的心理。

（3）抓住机会，多练习

多练习是提高演讲技能、消除紧张情绪的一个有效途径。我在大学期间不要说演讲，就是老师在课堂上提问，我都胆怯得不得了。在我博士毕业后，抓住一切机会，多练习，反复练习，不断提高自己的演讲技巧和能力。记得 1991 年至 1994 年，我连续四次参加了中山医科大学中青年论坛，每次都是反复修改 PPT，反复试讲，最后取得两个一等奖、两个二等奖的好成绩，并为以后各种场合的演讲、答辩打下了坚实的基础。我做的 PPT 也被我原来所在的中山医科大学、中山大学和现在的重庆医科大学及附属第一医院的老师们拿来作为模板，我也有幸多次被邀请参与项目、成果的预答辩和正式答辩，我还有幸被邀请在华西讲坛、湘雅讲坛、协和讲坛等数十家单位做"思维·艺术·人生"及"如何建立个人品牌"的讲座，在全国各种眼科学术会上做了数百场学术报告或专题演讲，向全国眼科同道及其他学科的老师们学到了宝贵经验，提高了自己的演讲能力、技巧和水平。

在网上还有多种可以减轻或有助于消除演讲人的紧张情绪的方法，如呼吸松弛法、回避目光法、自我调节法、注意力转移法、语言暗示法、自我陶醉法，这些方法或许有一定的作用，大家可以根据自己的情况，灵活应用。

2. 台风的修炼

台风指的是演讲的视觉呈现，包括步伐、站姿、视线、面部表情、动作以及服饰等各种要素。

社会心理学家梅拉宾说过，一个人对他人的印象，约有 7% 取决于谈话内容、措辞，辅助表达的方法如手势、语气、说话声音大小、语速则占了 38%，肢体动作、视线、表情等则高达 55%，后者即是台风的主要因素。由此可见，台风是多么的重要！

演讲者应着装正式，衣着整洁，上台步伐矫健有力，给人以朝气蓬勃、积极向上的感觉，上台后先鞠躬和退场时向观众再鞠躬致意是一种基本的礼貌，表示对观众的尊重，也往往会赢得观众的掌声和好感。

演讲过程中始终保持微笑，犹如春风拂面，给人一种自信、洒脱的感觉，也给观众带来亲切感，还可以拉近与观众的距离，消除自己的紧张情绪。

一般场合，多是站着演讲，但有时演讲者年龄大、身体不适等原因也可坐着讲。中国人讲究的是站有站相、坐有坐相，站立者要身体放松，挺稳身躯，张开双脚，与肩同宽。另外一种是一脚在前，一脚在后，两脚呈 45 度角。在演讲过程中可以根据需要变换姿势，并在开放的空间内酌情走动，有效贴近观众，但一定不能左右摇晃、松松垮垮或腿部抖动，背对观众。坐着的演讲者应腰板挺直、前胸微倾，切忌弯腰弓背。据笔者的体会，站着讲更易发挥肢体语言的效果，整体提升演讲的效果。

在演讲过程中还应发挥视线的作用，应用眼神不停地与观众交流，特别是对那些投以善意、温柔和非常感兴趣的目光报以赞许、首肯的目光，对冷淡的目光则不予理睬。

话筒的位置应与胸部平行或保持 30~70 度的倾斜度，话筒千万不能遮盖面部，根据麦克风的音量调节话筒离嘴的距离，一般在 2~8 厘米为宜。激光笔应合理应用，讲到关键时用激光笔点到强调的文字或图片，切不可一直用激光笔指指点点，更不应该拿着激光笔在屏幕上不停地晃动，这样会把观众、评委晃晕，给你的演讲或答辩带来不利的影响。

在演讲中还应合理运用手势，它可以帮助听众理解演讲人的内容、观点和思想，调动观众的情绪，吸引观众的注意力，使演讲更加生动、更有感染力。手势应多用手掌，充分伸展，可用竖起大拇指表达赞许。

3. 八种发音的利用

英国诗人威廉·柯珀指出："声音能引起心灵的共鸣。声音作为交流的媒介，能够表达情感，传递情绪，缩短心与心之间的距离。"前面已提到，演讲中演是非常重要的，声音作为表达内容的载体，在演中起着重要作用。利用语言、语速、语音、语调的轻重缓急、抑扬顿挫则是表达情感、增强演讲感染力和生动性的重要方面。

整体而言，声音洪亮、语速适中、发音准确、语调丰富、变化有度是对演讲人的基本要求。一般而言，"轻"用于描述内容的细节和过程，为下一个高潮作铺垫；"重"则主要用来讲述、强化或突出主题、重点、警句；"缓"则用于讲述关键点，特别是在大家全神贯注、睁大眼睛、伸长脖子、急于知道结果时，减缓语速、压低声音则更加能够吸引观众的注意力，引起人们的兴趣，引发人们的思考和重视；"急"则用来提高渲染力，烘托场面，多用对仗、排比或递进的语势，像机关枪一样突突地快速迸发出来，会大大增强和突出演讲效果；"抑"主要用于讲述深情和动情的细节，压低声音，放缓情绪，起到渲染场面的作用；"扬"则主要用于讲述高潮和结论，声门放开，情绪激昂，给人以鼓舞、振奋的感觉；"顿"则用于讲到关键之处，听众期待着结果或结论，此时突然停顿，可立即将观众的注意力集中起来，强调和突出重要信息，加强震撼效果；"挫"则用于描述连续的事件之后突然有个转折，语气、语速、语调迅速转变，可加强演讲的渲染力和生动性。在演讲中切忌声音低微、音调平平、扭扭捏捏、羞羞答答，也切忌一直处于亢奋状态，一直波涛汹涌也会使人感到麻木。

4. 创造强大的现场感

演讲有一个很大的特点就是现场感。演讲人要把信息很好地传递给观众，创造足够大的现场感是非常有必要的。演讲者要用自己充沛的感情，利用声音的轻重缓急、抑扬顿挫使听众入戏，讲到高潮时，听众与你一起感受群情振奋、山呼海啸、万马奔腾、波涛汹涌之感觉，讲到悲壮伤心处，也让听众与你一起感受天地悲怆、日月无光、山河哽咽的感觉。

在演讲中要根据现场氛围实时调动听众的情绪，把场子暖热，千万不要不顾听众感受，把听众晾在一边，自己讲自己的。

现场感是演讲者与观众共同缔造的，观众的微笑、赞许的眼神和目光是对演讲者最大的鼓励，听众无精打采、目光呆滞、打瞌睡、玩手机是对演讲者的最大打击。遇到这种情况，演讲者应调整自己演讲的内容，穿插进一些动人故事，利用幽默方式营造良好的现场氛围，把自己从冷场尴尬中解救出来。

三、演讲的三个基本要义

1. 通俗易懂

通俗易懂是演讲的第一个基本要义，很多时候我们面对的听众可能来自不同的专业、亚专业，特别是在基金、成果答辩时，在座的评委专业跨度很大，如当年我参加国家自然科学基金创新群体项目答辩时，在座的专家中有搞小麦、水稻的，我参加的重庆市科技突出贡献奖的评委中有行政领导、农业专家、桥梁专家和汽车方面的专家，可以说根本不懂医学知识。但是，你必须让他们能听懂你讲的内容，这是非常关键的，浅显的语言、通俗的话语、直白的表述可以使不懂行的人了解你说的内容。如果别人听不懂你说的是什么，那么不可能给予你支持。

我在广州中山大学工作期间，我的一个朋友跟广州美术学院的一位领导说，你们应该请杨教授为你们讲一下课。那位领导问杨教授是什么专业的，我朋友说是眼科教授。那位领导又问，是让杨教授给我们讲眼科知识吗？我朋友说，不是，是讲艺术。这一说把那个领导惊得快掉了下巴：眼科教授给我们美术学院搞艺术的老师和学生讲艺术，有没有搞错啊？我的那个朋友说没搞错，你们可以试一下，肯定对你们会有帮助的。

那位领导也不好再拒绝，在随后的周五晚上，那位领导亲自开车来接我，在路上问我需要讲多久，从她问话中我知道她的担心：如果讲的过程中听课的人都走了，如何收场。我跟那位领导说，如果大家有兴趣我就多讲一会儿，如果大家不感兴趣，我们就早早收场。那天晚上的讲座是在一个阶梯教室作，座位有 300 个左右，座无虚席，并且过道和教室后边的空间都挤满了人，我讲了 3 个小时，没有人打瞌睡，没有人交头接耳，没有人进进出出，在 3 个小时中竟爆发出 30 多次掌声。

我不懂艺术，但是我对艺术的理解和表达，让搞艺术的人都感到很特别，也很有启发性。我将艺术归结为三大特征：（1）看得见，看不懂；（2）看得见，吃不到；（3）看得见，碰不到。

讲到第一个特征"看得见，看不懂"时，我打出了一幅画，是美国画家杰克逊·勃洛克画的《第五号，1948》，幻灯片上显示出像地板砖样条纹的画面。不要说不搞艺术的人看不懂，就是搞艺术的人也不一定能看出表达的是什么意思。我接着说，在国外一些医院里看到墙壁上挂一些抽象的画，我近看、远看，站着看、蹲下来看，正面看、侧面看都看不懂，那就叫艺术，说明我们有必要进一步提高艺术鉴赏能力！

讲到第二个特征时，我打出了一幅静物画，画面上有一个盘子，盘子中有香蕉、苹果、梨子。我解释道，都说艺术来源于生活又高于生活，那什么叫来源于生活呢？我指着静物画说，香蕉、苹果、梨在我们日常生活中有，这叫来源于生活，那什么叫高于生活呢？这些香蕉、苹果、梨只能看不能吃，如果给你弄一盘香蕉、苹果、梨的话，那不叫艺术，那叫水果！

讲到第三个特征时，我打出了一张《印象刘三姐》的海报，演员站在一个形似弯月的物体上。由于距离太远，很多人拿望远镜观看，虽然他们用望远镜是能看得到，但是也不能靠近，并不能接触到演员们。

大家想一下，在美术学院的讲坛上，老师们都是在循规蹈矩地给大家讲艺术的概念，这些书本化的概念往往有很高的概括性，有深奥感、神秘感、晦涩感，所以理解起来非常费劲！经我一概括，用通俗的话语把艺术的特征活灵活现地表达出来，易懂又易记，怎能不引起大家的共鸣？如果我用书本上的知识和概念去讲解，那是班门弄斧，绝对不会引起大家的兴趣，演讲肯定会失败。有一次，我与我的一位天津病人（他是一位雕塑家）谈起艺术的三大特征时，他非常惊讶地告诉我：说实在的，艺术就是这么点意思，被你惟妙惟肖地表达出来了！

2. 讲故事而不是讲道理

从小我们就喜欢听别人讲故事，长大了还是喜欢听，一生都不会改变，为什么人们喜欢听故事？那是因为故事是有情节的，能打动人心，并且容易被记住，又能引起人们的思考，所以我们在听故事的时候很专注，不会有任何抗拒的心理。故事中往往寓意着深刻的道理，传递着信念、文化、知识、感情和价值观，你记住了故事，也就记住了故事中所传递的各种信息，自然而然会对你价值观的形成，平时的行为，做事的方式方法等产生很大影响。

道理的概念是道之理也，是非曲直也。也有人说"道"是衍生万物的本源，"理"是存在于一切事物中的"道"的分支，其实就是事物遵循的法则。从这些概念，我们知道道理没有故事那么好玩，相对故事而言，它显得机械、刻板、深奥而难以记住。难以记住的东西，会让人分心走神，或干脆就不关注它。

演讲的一个要义就是讲故事，而不是讲道理，在讲故事过程中，吸引人们的关注，引起人们的思考和共鸣，才能达到演讲的目的。原来在广州中山大学期间，有一位领导作报告的时候，都是讲的一大堆道理，仔细听起来，条理清晰，道理都对，但这些道理叠加道理，道理紧接着道理，一个小时下来把听众都搞晕了，要么打瞌睡，要么在翻书，要么在交头接耳讨论自己感兴趣的事情，可想而知，这样的演讲报告传递给大家的信息是非常有限的，甚至听众一句话都没记住，完全是浪费时间！

记得1999年中国驻前南斯拉夫大使馆遭美军轰炸后，中山医科大学做了一次爱国主义讲座，在我前面有马列主义教研室的老师、学生代表在演讲，他们演讲的内容很好，都是激情澎湃、慷慨激昂的。但是在演讲过程中，听众都在下面嗡嗡地交谈着，主持会议的党委副书记数次走上讲台要大家安静，注意听讲，但都无济于事。轮到我讲的时候，我首先提了个问题：为什么美国敢炸中国大使馆？我这一提问，学生们异口同声地说，那是因为中国不够强大。我又接着说如果我们每一个中国人都强大起来，中国会不会强大？大家都说会。我接着说：那么我就告诉你怎样才能使你自己强大起来，我们马上就要进入21

世纪了，你应该持有什么样的"通行证"才有资格进入新世纪。这样一说，大家都来精神了。接着我讲述了自己如何从农村赤脚医生成为一位博士、博士生导师的一个个故事，讲述了如何才能使自己强大起来。讲了整整一个多小时，整个会场鸦雀无声，没有人打瞌睡，也没有人私下说话。

记得在北京参加党的十八大会议时，在重庆市代表团的学习讨论会上，待到我发言时，我没有打草稿，主要讲述了如何将科学发展观落实到治病救人、提高诊断和治疗疾病水平上，从系统思维、辩证思维、整体和局部思维、唯美思维层面解释了什么叫以人为本、以病人为中心的理念，在汇报发言时，穿插了一些例子和故事。最后领导带头鼓掌。当时获得掌声的代表只有两个，另一位是巫山的一位村支书严克美女士，她在发言中结合自己的体会，着重强调了如何将科学发展观落实到带领农民脱贫致富的一些做法和想法，听起来不落俗套。在发言结束时，她对巫山做了如下推介，"一江碧水、两岸青山、三峡红叶、四季云雨、千年古镇、万年文明"，也赢得了大家热烈的掌声。

在 2019 年重庆市委组织的"榜样面对面"优秀共产党员的宣讲活动中，我也看到有些人拿着稿子在念，说自己如何努力践行新时代社会主义思想，如何不忘初心、牢记使命等，做了大量的工作，但未能以故事和事例的形式展示出来，显得没那么生动、鲜活、吸引人。在我的报告中总是以故事和事例的形式来诠释不忘初心、牢记使命的内涵，在十多家单位的宣讲过程中总是获得阵阵掌声，较好地达到了宣讲的目的。

在演讲过程中，合理恰当运用单一故事，往往可以达到有效传递信息、观念、价值观等目的，但成串的故事（也就是几个故事连在一起）则更能突出主题，有更大的感染力，比如我在讲葡萄膜炎危害性及对家庭和社会影响时用了以下几个故事。第一个故事是一个福建的女病人，20 岁，患葡萄膜炎一年，在一些大医院诊治了一年，用了大量的激素，出现严重的满月脸、水牛肩，肚子上、胳膊及大腿上出现了很多类似妊娠纹样的改变。病人与她母亲第一次找我诊病时，病人第一句话就问：杨教授，我还有没有希望？我告诉她，只要党在就有希望，有党就有希望！病人听后突发的惊喜将过去一年中对眼睛、对前途、对命运的绝望、无助、恐惧一下全宣泄出来了，瞬间发生了精神分裂症（就像"范进中举"一样），在精神病院治疗好转后，我为病人治疗葡萄膜炎，经过一年多的治疗，葡萄膜炎痊愈，视力提高。此时我接着讲了第二个故事。一位河南新乡的女性患者，30 来岁，长得特别漂亮，双眼患葡萄膜炎 4 个多月，视力严重下降，在多家医院治疗，没有任何效果，病人陷于绝望之中，这时她要离开这个她看不见的世界，但考虑到有一个 8 岁的女儿，她走后女儿怎么办？于是她就逼着女儿和她一起喝药，最后她被救了过来，女儿却永远离开了这个世界！这个病人在我们治疗 1 年后双眼视力都恢复至 1.0。说到这里，我压低着声音问，你们说这个女人后半生怎么活，是她亲手毒死了自己的女儿！听到这里，听众发出了阵阵唏嘘声。停顿了 5 秒钟后，我又接着说，我曾经遇到一位来自深圳的男性病人，20 多岁，身体非常强壮，患葡萄膜炎后，当地医生告诉他，你只能找杨教授了，如果他说治不好，你就不用再治疗了。这个病人非常紧张，见了我第一句话就问：杨教授，你说我这个葡萄膜炎还能不能治得好？我问他，干什么？他说：你要是说治不好，我回去把我的仇人一个个先干掉！我连声说能治好！能治好！经过治疗后，这个病人葡萄膜炎获得痊愈，要不然不知道要死多少人呢！讲到这里我突然抛出一个问题：你们说建立和谐社会要从什么开始？这时听众异口同声地说：从治疗葡萄膜炎开始！从上面这个例子可以看出，三个故事叠加在一起，将会场的氛围、听众的情绪逐渐推向高潮，让听众在你的抑扬顿挫、轻重缓急的讲述中，或是激情澎湃，或是情难自抑，或是伤心落泪，故事的逐次递进将演讲的主题慢慢烘托出来，最后达到像山洪暴发那样的效果和感染力！

在学术会议上总会看到一些病例报告、病例分享讨论的会场气氛相当热烈，因为这些病例像故事一样有情节，能吸引人的关注，引发人们的思考。如果只是讲疾病的诊断和治疗，则有时会让人感觉很难记住，就会走神，演讲的效果就比较差。

故事的生动性、说服力、影响力与故事发生在什么人身上有一定的关系，发生在领袖身上的故事，影响力最大，其次是名人，再次是身边的故事和自己的故事，不过讲自己的故事更能挖掘出体会、经验和教训，有时会有更大的说服力。不管讲什么样的故事都要注意故事的情节，情节越是生动越能打动人心，如果是平平淡淡，演讲人无精打采，人们听后同样是无兴趣、无感动和无反应。

3. 简洁和简单

简洁就是简明扼要，没有多余的内容。简洁非常重要，莎士比亚说过，简洁是智慧的灵魂，冗长是肤浅的藻饰。

世界上任何事物，在我们对其尚不完全了解时总是显得非常复杂；当你把它研究透彻之后，又显得那么简单，核心的或本质的内容、原理或法则也就只有那么一点点。例如，《我是你的眼》一书中有篇文章，叫《人生三宝》，六个字：感恩、珍惜、坚持，简洁利索，让人一看即能抓住重点和核心，如果说你的人生体会有十多条，有的重要，有的没有那么重要，如混在一起，就会把重要的东西掩盖住，使读者不得要领。

人们认识事物一般都是从简单开始，随着研究的不断深入，你会感到非常复杂，待研究到某一程度时，你会感到豁然开朗，感到十分简单，从最初的简单到最后的简单是人们认识事物的质的飞跃，才算是真正认识和掌握了事物的本质。在我开始研习葡萄膜炎时，感觉这类疾病非常复杂，经过多年临床实践和研究的不断深入，发现了疾病的特征和规律，每种疾病用三五句话即可概括出来。

演讲的一个重要要义是简洁和简单。简洁指两个方面，第一是幻灯片做得要简洁，简明扼要、条目清晰，对听众理解所表达内容无帮助的表图及各种点缀、花里胡哨的东西坚决不要。对于一些很长的表格，其中有意义的可能仅有三两行，对此应重新制作，突出这一部分，其余部分可以去掉。我记得在广州时，一位教授进行国家自然科学基金重点项目预答辩，在每一张 PPT 的右上角都有一个小人一直在翻跟头。有一位教授说你应该把这个翻跟头的小人去掉，要不然会把评委翻晕的。此部分有关内容已在演讲前的准备工作中做了详细介绍，这里不再赘述。

第二是讲解时应抓住重点，不啰嗦，不拖泥带水。讲一个问题，如果你讲得简单明了，相信大家都会听明白的，切忌翻过来倒过去，反复讲同一个问题。做医生的都有一个体会：如果一个病人反复问你同一个问题，三遍以后，你就会晕，甚至会崩溃。

简单主要有以下两个含义：（1）用简单的词、关键词或短语来提示或概括你所要讲的内容，不要用冗长的、完整的、太专业的句子来呈现你讲的内容，更不要成段成段的文字表达。如果是英文 PPT，切忌不要句子套句子。演讲时，听众是听你讲的，而不是听你读 PPT 的，如果文字太多，就会分散听众的注意力，一面在听讲，一面在读文字，最后是没听好也没读完，听众对你传递信息的理解度和接受度就会很低。记住：你写得越多，听众得到的信息就越少，你写得越简明扼要，听众得到的信息可能就越多。（2）用简单易懂的话语来表达所传递的信息，前面对此已有叙述，这里不再赘述。

四、开场白

开场白是指演讲开始时说的那些话。开场白很重要，开场白的作用是给人以良好的第一印象，拉近和听众的距离，与听众快速建立认同关系，引起听众对你所讲内容的兴趣，打开场面引入所讲的内容。

好的开场白往往以新颖的视角、幽默的言语、睿智地掌控会场的能力在瞬间吸引听众的目光，集中学员的注意力，为后续的演讲做好铺垫。一般的开场白通常为：感谢××的邀请，来到美丽的××，十分荣幸能在这里向大家介绍、讲解、汇报××内容，等等，接着就直奔所讲的内容，这样的开场白虽然显得客套，但还是被大家常用，略显不足的是没有特色，不够吸引人，下面给大家举几个常见的开场白的例子。

1. 提问式的开场白

提问式是常见的开场白，其好处在于一下子集中大家注意力，跟随着你思考这个问题，听众往往有一个答案，但他想知道你的答案究竟是什么。比如我在中山医科大学曾经给硕士生导师、博士生导师做过一次"如何做一名合格的导师"的报告，开场我即问大家：什么叫"一日为师，终身为父"，它究竟有什么含义？虽然这句话大家都耳熟能详，都知道是指学生对老师的尊重，你现在提出这个问题，难道还有别的含义吗？大家会立即思考这个问题，也想知道你对这个问题的看法，这样一下子就把听众的注意力都集中在一起了。接下来你再娓娓道来这句话的含义，特别是独到的见解会使听众赞同和信服。

再比如我做"眼内液在葡萄膜炎诊断中的应用"的学术报告时，往往在开场时问大家：在葡萄膜炎诊断中，你们对葡萄膜炎患者做眼内液检测吗？如果做的话，你们通过这个检查确诊葡萄膜炎病因和类型的比例有多少？本来大家对葡萄膜炎这类疾病的诊断都感到头痛，听到这一问题，为病人做过这项检查的医生会想，我做了检查后确实仅在少数人中获得病因和类型诊断，那为什么比例会如此低呢？没为病人做过这个检查的医生会思考，我们以前没有为病人做这项检查，是不是我们以后要对这些患者进行此项检查呢？要对哪些患者进行这项检查呢？这样一个问题，一下子使大家的注意力都集中起来。紧接着我列举了一些例子、数据给大家详细讲解了眼内液检测的适应证、结果的解读、注意事项和检测中的误区，听众从头至尾会保持对所讲内容的好奇心和兴趣。

使用提问式开场白应注意，所提问题一定要与讲的主题吻合，与主题无关的问题只会令人感到突兀、费解和对演讲者失去兴趣，另外提的问题不能太难，听众对一无所知的东西是不会关注和有兴趣的。

2. 列举案（病）例的开场白

开场的时候先给大家介绍一个案例或病例，通过分析会极大地引起听众的兴趣，能将听众一下子带入主题，让观众参与进来，注意所举的案（病）例必须具有典型性，有确定的答案，不能使人产生歧义，不能太难以理解，也不宜浅显得听众都知道答案。

3. 套近乎式的开场白

观众对演讲者的印象在某种程度上决定了对演讲人的接受度和认同感，接受度和认同感越高，听众参与度就越高，演讲人控场能力也就越强，演讲即会达到非常好的效果。因此，调动听众的积极性就显得特别重要，套近乎式的开场白即有这种作用。

有一次在沈阳做学术报告，我的开场白是这样的：非常感谢 ×× 教授对我的邀请，来到美丽的沈阳与大家交流葡萄膜炎诊断和治疗的有关知识和经验。实际上我特别喜欢沈阳这座城市，主要是因为我父亲与沈阳有渊源，在 1920 年他闯关东就是到了咱们沈阳，在沈阳工作和生活了多年……这么一说大家都打起来精神："哦！原来杨教授与我们还有关系呢。"一下子拉近了与观众的距离，接下来的讲课就显得特别顺畅。

去年 9 月 30 日我受河南省濮阳市眼科医院张清生院长的邀请参加濮阳市眼科医院建院 30 周年的学术活动。整个会议室坐得满满的，走廊里还有 100 多人进不来，我当时很吃惊：家乡人民学习的热情如此高涨！后来张院长告诉我，因为这次学术活动是省级继续教育的学分，不管是眼科还是内外妇儿等专科的医生、护士都来了，是来拿学分的。我的开场白是这样的：同志们、朋友们、女士们、先生们，大家好！濮阳是我的家乡，你们都是我的亲人！今天这么多朋友，热情这么高来拿学分，我不但让你拿到学分，还想把我几十年做学问、做事业、做人的经验分享给你们，让你们收获满满、满载而归，你们说好不好！这时，大家都说"好"，我说既然这样，一个都不能少，请在走廊的朋友都到讲台两边来，这一下子有 100 多人进到会场，或是在讲台两旁席地而坐或是站着。我给大家讲了如何建立个人品牌，讲述了我是什么时候离开家乡，怎么样打拼，如何治病救人，如何把中国葡萄膜炎推向世界的一个个故事，会场中时不时爆发出阵阵笑声和掌声，能够感觉到在聆听过程中，他们的心跳随你的心跳而跳动，随着故事的高潮而热血沸腾，不能不说其中老乡的认同感起到了一定的作用。

有一次，我在郑州讲课，我的导师张效房教授也在场，为了把自己代入河南老乡听众的大场景中，我是这样开场的：尊敬的导师张效房教授，在座的各位老乡、同道，非常高兴再次来到家乡郑州给大家汇报工作，这几年我回家乡郑州很多次，每次都感觉到郑州的巨大变化，但我也发现有三个方面始终未变，第一个是家乡人的热情好客、诚实厚道没有变；第二个是郑州烩面的味道没有变，还是家乡的味道，记忆中的味道；第三个是我导师张效房教授始终未变，仍然是精神抖擞、红光满面。这么一开场，全说到听众心里了，创造了极大的认同感，大家使劲地鼓掌。

4. 讲故事式的开场白

前面谈到，演讲最重要的是通过讲故事把道理、知识、信念、观念等传递给听众，开场白如能以动人的故事开场将会起到引人入胜的目的。

有一次，我在做一个有关"我国葡萄膜炎诊治误区"的专题讲座，开场白就用了一个故事来做引子：在中学时我们就开始学哲学，一直学到现在，我都没有弄清楚哲学是什么意思，恐怕在座的不少眼科同道与我有同感（把听众也带入了设定的场景中），但有一个故事使我们明白了什么叫哲学（大家会急不可耐地想知道是什么样的故事）。我就接着说，有一个农村的孩子考上了大学，学的是哲学，他父亲是个农民，不懂什么叫哲学（与大家一样），就问他儿子，你学的这个哲学是什么东西？他儿子从口袋中掏出一元钱说，你看，我可以把它说成一块，也可以把它说成是两块，还可以把它说成是三块。他爹一听明白了：哦，你原来学的是抬杠，抬杠就是哲学。说到这里我话锋一转：在我们治疗葡萄膜炎中，很多方法使用了很多年，大家都以为是正确的，但我们通过思辨、思考却发现是错误的。这样一说马上引起大家的好奇心：到底在葡萄膜炎治疗中哪些是错误的呢？我接下来对这些误区一一道来，显得是那么的自然，听众在我预设的情境下，轻而易举地接受了我的观点。如果我一上来就说，在葡萄膜炎治疗中有很多错误和误区，你们要改正过来，就会使大家一头雾水，心里有抵触情绪，甚至会引起反感，演讲效果就会大打折扣！

5. 以图片或数字开场的开场白

图片或数字比文字更具有直观、形象和冲击力，能够给人留下深刻的印象，所以以图片或数字的开场不失为一种好的开场白。我在有关葡萄膜炎的严重性、致盲性的演讲中，先打出一张幻灯片，显示出一些葡萄膜炎所引起的眼部病变，包括眼球萎缩、虹膜膨隆、视网膜大片坏死病灶及全身病变（白癜风、脱发、阴部溃疡、皮肤溃疡），使人看后有一种不寒而栗的感觉，立即就会引起听众的重视和极大关注。

6. 引经据典式的开场白

权威专家的话、权威著作、名言往往能引起听众的关注，因此可以这些作为开场白。

有一次，我在做有关葡萄膜炎危害性及诊治的学术报告时，开场即打出一张幻灯片，是国际上非常有名的葡萄膜炎专家，美国哈佛大学 Foster 教授在一本葡萄膜炎著作中写的一段话："葡萄膜炎通过旷日持久的炎症进展，造成患者及其家庭经济上及精神上的浩劫！"从他的这段话中，我们可以看出，葡萄膜炎不但给病人造成经济上的沉重负担，还造成病人及其家庭精神上的浩劫！特别是"浩劫"一词，给人有非常大的震撼力！这一开场，使所有听众立即警觉起来：我以前怎么不知道它有如此严重呢？接下来听听教授讲的这个病到底有多么严重，这样一来就把患者的注意力全部带进预设的场景中。

7. 幽默诙谐式的开场白

在《谈谈情商》一文中已谈到幽默可以带来很多积极的效果，幽默的开场白可以立即拉近演讲者和听众的距离，使听众精神为之一振，特别是对那些已连续听讲两三个小时的听众而言，前面的讲座可能已使人昏昏欲睡、无精打采了，幽默的话语如同兴奋剂一般，会使人一下子清醒过来。

我在中山大学时，给文科博士生、理科博士生和医科博士生讲"思维·艺术·人生"的课，开场是这样的：同学们，如果说讲思维，根据我自己多年来做人、做学问的一些感受，还可以给大家讲得出来；如果说讲艺术人生，我还不够资格（说到这里，大家的好奇心就来了，就会全神贯注地盯着你，看你到底怎么没有资格）。有人说把你的悄悄话与另外一个人分享那叫知己和闺蜜（大家频频点头同意）；把你的生活与一群人分享，那叫博客；如果你把你的故事与全国人民一起分享，那叫……我顿了顿，环视整个教室，发现人人都在伸长脖子，睁大眼睛，在等待着你的答案，这时我提高了嗓门：那叫艺术人生（大家"哗"一下笑了起来）。接着我又说：我第一没有什么故事，第二是知道的就这么一个小的范围，所以谈不上艺术人生，但是，我会把我几十年工作、生活中的感悟、经验和教训分享给大家，期望对大家有所帮助！话音未落，掌声就响起来了，你看听众那种喜形于色、大力鼓掌的劲头就知道场子暖得热烘烘了！

民国奇人辜鸿铭先生，人称生在南洋、学在西洋、婚在东洋、仕在北洋，辛亥革命后拒绝剪辫子，总是拖着小辫上课，他一上讲台，台下学生禁不住发出笑声。辜鸿铭先生这时会用目光扫视一下台下，不紧不慢地说，我头上的小辫只要一剪刀就解决问题了，可要剪掉你们心里的小辫子那就难了，这一说大家面面相觑，不敢造次，只有好好听课了。

五、演讲的主体

演讲的主体即是演讲去了开头和结尾中间的部分，是演讲者主要表达或传递的信息、文化、思想、价值观等内容，要想获得听众的认同，使他们掌握得更多，除了前面谈到的准备工作和开场白以外，合理运用演讲技巧将会达到事半功倍的效果，根据自己多年的体会，现总结出以下几点，供大家参考。

1. 幽默

前面几次提到幽默在演讲中的作用，可以说幽默的作用不管怎么强调都不为过。幽默使人在笑声中受到教育和启迪，可以收到意想不到的效果。

幽默的第一个特点是可笑，突破常理、常识、概念逻辑的话或事，常使人们忍俊不禁、开怀大笑，带给人们的是欢乐；第二个特点是智慧，幽默传递给人的是"心灵的光辉与智慧的丰富"；第三个特点是体现了人生态度、价值观和世界观。

有人说幽默有三个境界：第一个境界是听完后使人立即笑出声来；第二个境界是听完后没有笑，但转了一圈，想了想，笑了；第三个境界是听完后没使人笑，转一圈也没笑，睡了一夜，第二天早上洗完脸，吃完早餐，想想笑了，这是真幽默，大幽默！

幽默制造有很多技巧和方法，如反差法、偷换概念法、夸张法、曲解法、回避法、双关法、类比推理法，等等。这些技巧的训练需要多读书、看报、勤思考、多积累素材和多练习。下面举出几个我在讲课中的例子，以期起到抛砖引玉的作用。

在我为学生们讲创新的重要性时，我以幽默的方式讲了对创新的辩证解读：创新是做前人没做过的事情，但做前人没做过的事情不一定叫创新，比如把角膜移植到大腿上，就不叫创新，那叫瞎胡闹（因为给病人移植后病人永远没有视力）；创新是打破常规，但打破常规不一定叫创新，比如你每天帮爸妈在家洗碗做饭，你要打破常规，不洗碗不做饭了那也不叫创新；创新是独树一帜、标新立异，但独树一帜、标新立异也不一定叫创新。

第二个例子是我讲疾病治疗的思维时所用的几个幽默故事。经过多年的临床实践，我总结出疾病治疗的四种思维，即系统思维、辩证思维、整体和局部思维、唯美思维。在讲到辩证思维时，强调了要辩三个方面，即辩疾病、辩治疗方法和辩患病的人，辩人就是要根据患者的体质、年龄、性别、基础疾病、治疗期望值、经济条件和不希望出现的副作用等方面考虑药物的选择，特别是一些药物的副作用，对有些病人来说是难以承受的，如糖皮质激素大量长期应用可引起生长发育障碍，对儿童患者而言，出现此种副作用那是不能忍受的，但对于成年人而言，完全不需要考虑此种副作用；有一些药物如环磷酰胺、苯丁酸氮芥可引起不孕不育，对少年儿童患者、未结婚或结婚后尚未生育的患者而言，这种药物副作用是不能忍受的，但对于已经有几个孩子的患者而言，这样的副作用可能不是任何问题。紧接着我举了两个患者的例子。

一个未结婚的 20 多岁的小伙子，在当地用环磷酰胺治疗一年，我诊治时了解到这一病史，建议患者立即进行精液检查，结果是无精子，病人当时很激动，他说回去要找原先给他治疗的那个医生算账。后来我给患者做了大量的思想工作：保住眼睛要比有孩子重要得多，没有眼睛，有再多的孩子都没有用，最后患者接受了我的劝告，没有与原来诊治的医生发生医疗纠纷。第二个也是一个未结婚的年轻病人，他患的是白塞病，此病在葡萄膜炎中是最为头痛和难治的葡萄膜炎类型。我给他建议使用苯丁酸氮芥治疗，为了不影响他以后的生育，在用药前、用药后不同时间要进行精液检查，如发现问题可以及时减药或停药。

列举这两个例子，我们可以清晰地看出从药物副作用这一层面为什么要有辩证思维，第一个例子是从正面叙述了应该根据患者不希望出现的副作用来选择药物；第二个例子表面上看起来病人不介意这一副作用，而恰恰从事物的另一面强调了药物引起不育对尚未结婚和有生育要求患者的重要影响。两个事例从事物的不同侧面，强调了辩证思维的重要性，以幽默风趣的形式强化了主题，给人留下一生不会忘记的印象，在听众以后临床工作中再也不会忽略、忘记药物副作用对病人的影响。如果换另一种方式，我们反复强调苯丁酸氮芥和环磷酰胺会引起精子减少或无精子，会引起不育，有生育要求的人一定不要使用，听众一离开会场说不定把这个事情全忘记了。

还有几个例子是有关学习党的十八大精神心得体会的报告。我有幸于 2012 年参加了党的十八大会议，会议结束后，在我院、重庆市科委、重庆市卫生局等单位作了学习十八大精神的心得体会的报告，其中着重讲解了创新驱动战略的重要性，党中央把实施创新驱动发展战略摆在国家发展全局的核心位置，以创新驱动社会发展、引领未来。在谈到创新引发的科技革命对世界产生的重大影响时，我列举了六次科技革命的作用。第一次科技革命出现于 1710 年前后，标志是近代物理学的诞生，推动了蒸汽机的发明和使用；第二次科技革命是 1870 年，标志是电力蒸汽机和机械革命；第三次科技革命是 1940 ～ 1950 年间的原子能、航天技术、电子计算机和生物工程的发明和应用；第四次科技革命发端于 20 世纪 80 年代，以生物工程技术、纳米新材料技术、信息网络技术、系统遗传学、系统医学为标志；第五次发端于 20 世纪末，以 IT 技术和信息通信技术为标志；第六次科技革命正在向我们走来，在 2011 年 6 月至现在 1 年多时间里，中国科学院对第六次科技革命，用了三种不同的表达方式来预测，第一次用的是"即将来临"这个词，第二次用的是"初见端倪"，已经看到曙光了，第三次用的是核心专利争夺战已悄然展开，可以听到脚步声了，更近了。前面五次技术革命每一次都会给世界带来全新的进展和革命性的进展，那么第六次科技革命是以什么为标志呢？会给我们带来什么样的变化呢？它将以生命科学、信息科学、纳米科技这三大科技交叉融合为标志，将会为世界和我们的生活带来重要变化。我举出以下几个例子：第一个是可以为大脑充电，将一个芯片往脑袋上一贴，就可以把知识输入到大脑，人们再也不用天天读书、学习了；第二个是人类可以改造遗传密码了，可以消除遗传性疾病了；第三个是仿生人、再生人的出现，人类有一个梦想，那就是长生不老。虽然第六次科技革命尚达不到这一目标，但可以实现某种程度上的人体永生，如心脏出了问题，弄一个再生的心脏换上。接着我顿了顿说第四条，也是与我们每位在座的同事密切相关的，那就是人造子宫的出现，使男人生孩子也成了可能。我从不同侧面展示了第六次科技革命为我们带来的颠覆人们常识性的、革命性变化，令人期待、令人向往，也鼓舞人们为之拼搏、为之奋斗！

2. 善于思考、总结、提炼

前面已经谈到，想要让听众记得住所讲的内容，就必须简洁、易懂，要想把讲的内容简洁、简单化就必须善于总结、提炼，从复杂事物中总结出规律和核心的东西。

爱因斯坦曾说过："学习知识要善于思考，思考，再思考！我就是靠这个方法成为科学家的。"从这一段话中，我们可以看出思考对学习知识的重要性。人们认识世界、认识疾病的规律更是需要思考！思考是认识事物的重要一步，通过分析总结和不断升华，则最终才能抓住事物的本质和疾病的核心。

如何进行思考，我在前面有关章节和治疗疾病的指导思想中提出了四种思考模式：系统思维、辩证思维、局部和整体思维、唯美思维，这里不再赘述。关键是想谈一下目前在我们科学研究和临床工作中一种不可忽视的现象，那就是大家都在飞速地快跑，停不下来，没有时间去思考、去感悟、去提升。我们经常看到一些医生整天忙于临床工作，一天看了多少个病人，做了多少台手术，加班到晚上10点、11点，等等。如果每天都是这样，一是对大家身体健康不利，二是也不利于我们诊断技术水平的提高。

要想提高诊断和治疗水平就要停下来，认真思考一下所诊治的病人，所做的手术是否有问题，有什么样的问题，疾病有无规律可循，怎么样可以再改进和完善治疗方案，怎么样提高我们的诊断水平等问题，所以这也是为什么临床医生不但要治病做手术，还应该写论文、写著作，在此过程中，人们会反复思考、认真梳理，总结出经验，找出失误和不足。这个过程本身就是自我提高、完善和升华的过程，有人说不写论文也能当一个好医生，我们不能排除这样的例子，但至少这种说法是不全面的。前面所说写论文、出版著作是一个总结经验和教训的过程，同时还是与业界交流、传授知识和经验的过程，也是通过交流发现问题、摒弃偏见、修正错误的一个非常好的途径。笔者在早年查阅有关葡萄膜炎文献时，即发现对同一个问题，不同作者有不同的看法，这与研究者所研究的对象、标准、条件等有密切的关系，所得结论也有一定的局限性，甚至有时可能是错误的，后来经过自己在临床上反复对比和思考，才最终知道孰对孰错、孰是孰非，所以文章、著作的交流甚至是学术报告、演讲，不是单纯地向别人交流自己经验的过程，从整体知识结构而言，也是一个认识真理、纠正错误的过程。

自1998年至2016年的18年中我写了4本中文葡萄膜炎专著，分别为《葡萄膜炎》《临床葡萄膜炎》《葡萄膜炎诊断和治疗》《葡萄膜炎诊治概要》，我在为眼科医生讲课的时候，总结和提炼出四本专著的写作要点、核心内容以及它们之间的不同，我是这样讲的：第一本《葡萄膜炎》专著是源自我对知识的好奇，是我于20世纪90年代中期完成的，当时我国有关葡萄膜炎的书籍很少，葡萄膜炎的基本知识尚缺乏，所以出版这本专著的初衷是传播知识，书中重点介绍了常见葡萄膜炎类型的临床表现、诊断和治疗的基本知识；第二本专著《临床葡萄膜炎》是源自对苍生的爱，对患者的爱和责任，所以书中传播的不仅仅是有关葡萄膜炎的知识，更多的是深层次阐释人与疾病之间的关系，特别是开篇写的"葡萄膜炎诊治中问题的哲学思考"，以思辨的方式对当时国内葡萄膜炎诊治中的误区和起源及其危害进行了深入的剖析，指出如何透过纷繁的临床现象把握疾病的本质和规律，将诊断和处理疾病推至哲学层面；第三本专著《葡萄膜炎诊断和治疗》是源于感动，患者从祖国四面八方，甚至从国外不远千里、万里前来重庆就诊，家人不离不弃一直陪伴的一幅幅画面，曾使我感动得一塌糊涂，不少患者对我说，我们追你比追刘德华还要紧，这些话语使我非常感动，这些感动使我把葡萄膜炎当成一门艺术去敬畏，用心和生命去雕刻和塑造，将对疾病的思考、感悟逐渐升华，形成了一整套治疗疾病的思想、原则和方法，书中传播的不单单是知识，更多展现的是处理疾病的艺术和思想，将处理疾病推至美的极致；第四本书是源自信念和信仰，为患者治病、为他们带来光明是我毕生的追求，这一信念和信仰已深深植入于我生命的每一个细胞，融化在血液中，深入至骨髓和灵魂中，使我无怨无悔地走下去。经过 20 多年的积极探索、思辨、删繁就简、抽丝剥茧，最后直指事物的核心、疾病的本质，将我前面三本书 400 多万字，浓缩为 60 余万字，全是干货和硬通货，为临床医生提供按图索骥、读文开方之便利。四本葡萄膜炎专著源于四种背景和考虑，成为四部曲，代表了认识此类疾病的四个层次、四个境界（知识层面、哲学思考层面、思想艺术层面和信念、信仰层面），可谓是言简意赅、精准到位，展示了人们认识疾病从浅到深、从低级到高级的过程。

前面已经提到，在我讲"思维·艺术·人生"时，总结概括出艺术的三大特征，即看得见、看不懂；看得见、吃不到；看得见、摸不到。

一个艺术的门外汉道出了艺术的本质和内涵，无不是深入观察、认真思考的结果。

3. 巧用中国文化元素"三"

"三"在中国文化元素中特别重要，它是一个数字，但又不是一个单纯数字，被赋予了深刻的文化内涵。《道德经》说："道生一，一生二，二生三，三生万物。"讲的是三为万物之基、之始。《说文》中把三解释为天地人之道也，体现了天人合一的整体观。

概括起来中国文化中"三"有以下内涵：（1）最高、最大、最广；（2）至高、至尊、至强；（3）万物起始之源、人类社会之根基；（4）牢固、稳定、和谐；（5）一个吉祥数字，代表着神圣、高雅、忠诚、喜庆等。因此，在中国文化有关三的表述非常普遍，如《三字经》、"三不朽"（即为立德、立功、立言）、三军，在《三国演义》中"三"更是数不胜数，如"桃园三结义""三英战吕布""三顾茅庐""三让徐州""三气周瑜""三国归晋"，在以后的文学作品中可以看到"三打白骨精""三打祝家庄"等故事，这些"三"字都暗示出其在自然界、社会和人民生活中的重要性。

在各种有关答辩、汇报、总结、规划等的演讲中也经常看到"三"的身影。"三"在中国文化中的魅力和影响力是因为"三"代表了稳固牢靠，可以说一点不多、一点不少，多于"三"显得累赘，难以记住，少于"三"显得单薄，不够全面，所以巧用"三"将能很好地表达你的信息和思想。对事情的分析，我们经常说是找到三大原因，我们对当前存在的问题归结为三大问题，制定出三大措施，要实现三大目标，等等。在我们做科学研究中，往往要提炼出三个科学问题，通过三个方面的研究，最终解决三个关键问题，诸如此类，不一而足。

从上面的例子来看，"三"字有着无穷的魅力，我们在日常生活中、工作中，特别是在演讲中一定要穷尽"三"的用途，下面举出演讲中我们自己的事例，以期为大家提供参考和帮助。

2008 年 4 月，我从广州中山大学中山眼科中心移师重庆，在重庆工作三个月后，当时医院组织了一次汇报会，让我向科委有关领导汇报一下我到重庆后的工作，希望能得到科委的支持，建立重庆市眼科学重点实验室。我当时是这样总结的：尊敬的各位领导，非常高兴有机会汇报我们的工作，我到重庆刚好三个月，在三个月中我们做了三件事情，第一件事情是，实现了角色的转变，我原来所在的单位是我国眼科实力最强的单位，到了重庆医科大学附属第一医院眼科，面临的是一个县级水平的眼科，所以思考问题再也不能站在国家级眼科中心的角度或层面，而是应该站在我们现在的眼科基础上谋划我们的发展和未来，经过三个月的磨合和适应，我已完全实现了个人角色的转变；第二是实现了葡萄膜炎研究的无缝连接，在过去三个月中，医院领导、医院各处室的领导对我们的工作给予了大力支持和帮助，很快建立起国际水准的眼科学实验室，葡萄膜炎的研究工作没受到任何影响；第三是实现了我国葡萄膜炎患者的第二轮大集结，我在广州中山眼科中心花了八年的时间，将全国葡萄膜炎患者吸引到广州，建设成我国第一个葡萄膜炎诊治中心，我到重庆三个月时间，葡萄膜炎患者从全国各地涌向了重庆，实现了患者的第二轮大集结，建成了我国第二个葡萄膜炎诊治中心。三个月、三件事，第一件事代表了个人的转变，没有个人的转变就不可能在重庆扎根；第二件事说的是重医附一院各级领导对我工作的支持，是我要在这里扎根下去不可缺少的土壤；第三件事指的是全国病人都来重庆了，为重庆已经带来了一定的影响，现在是万事俱备，只欠科委的支持这个东风了。科委领导听了我的汇报，感觉到我们已有了很好的基础和条件，应给予大力支持和帮助。所以我们的眼科学重庆市市级重点实验室很快获批，从此跃上一个新的台阶。

我在为多个单位做"如何写好基金"的专题演讲时，我将基金对个人的作用归结为三块石头、三个指标。三块石头分别是个人成长过程中的铺路石、个人成功大厦的基石和个人成功的里程碑。在大学工作，不管是在临床医院还是在基础部、学院，科学研究都是非常重要的。科学研究基金特别是国家自然科学基金在某种程度而言是你前进道路上的铺路石，有了它你的道路才会坚实，路面才不会塌陷，你走起来才会安心；如果你想做一点事情，追求人生成功，国家自然科学基金则是筑起成功大厦的一块重要的基石，有了基石，建筑才会稳固，才具有抗震作用；如果你真想干点大事，国家自然科学基金杰出青年基金项目、教育部长江学者奖励计划等，则是你前进道路上的里程碑事件，它一方面代表了已取得了相当大的成绩，另一方面也预示着你上了一个新的台阶，未来的道路会更加宽广。

三个指标是指衡量你个人学术水平的指标，衡量你所领导团队能力的指标，也是你晋升职称的一个重要条件和指标。对一个在大学工作的老师，教学很重要，对一个大学附属医院工作的医生而言，诊断治疗疾病非常重要，但教学和医疗不是老师和医生工作的全部，你还承担着培养人才、科学研究的重任，一个老师自己不懂科研，怎么谈得上指导学生进行科学研究？承担国家自然科学基金和其他高级别的基金，本身就是提高自己科研能力和教学能力的一个重要环节。因此，争取拿到高级别研究项目，并进行认真科学研究是一个人能力和水平的一个标志。在大学副高、正高职称的老师往往都带领一个大小不一的团队，团队要进行科学研究，当然需要领头羊为他们解决研究经费问题，高级别的研究项目则通常代表着团队的研究水平。第三个指标是对个人晋升职称的影响，也许有人说我只做好教学工作、临床工作就行了，我不想成名成家，但是我想几乎没人会拒绝晋升职称，在很多大学，基金特别是高级别基金则往往是晋升的重要条件之一，从这一角度而言，科学基金对老师、医生也是必要的。

综上所述，我从基金作为三块石头、三个指标的层面阐述了对不同需求的大学老师、医生的重要性，凝聚起大家的注意力，使讲座的作用得以充分发挥。

在谈到医学领域，我们经常研究某种分子在某种疾病中的作用，我将研究概括为三个层面：第一层面是表达层面的研究，要想确定某种分子在疾病中的作用，首先要探讨它在疾病不同时期的动态变化，在空间分布上的变化，如果没有这个层面的研究，不知道该分子在疾病状态与正常人、疾病模型与正常动物表达方面的差异，人们会质疑进行此方面研究有无必要性，研究会不会落空等问题。只有发现疾病和正常对照者该分子表达有时空差异，才可以说此种分子可能参与了疾病的发生和发展，因此，表达层面的研究是基础，是不可能缺少的一部分；第二层面是分子功能的研究，在第一步研究的基础上，我们应探讨表达异常的分子具有什么样的功能和作用，可在体外、体内两个维度研究此种分子对细胞或其他蛋白、分子有什么样的影响，此部分是第一部分的延伸和推进，只有发现它具有某种功能才有可能说明其在疾病中起着一定作用；第三个层面是对该分子机制的研究，在了解某种分子表达异常和具有某种（些）功能之后，我们应进一步探讨此种分子的作用机制，也就是探讨此种分子是通过哪种通路、何种分子引发一系列后续反应和改变，进而造成疾病的发生、复发或慢性化，其中可在干预实验、敲除或转染技术等不同维度进行研究，只要到这一步，我们才触及事物的本质，才可能找到疾病的分子靶标，为以后预防和治疗研究奠定基础或找到重要突破口。一般而言，单纯第一方面研究，获得基金的可能性微乎其微；如果涉及第二个层面，并且研究标书写得很清楚，有一定的工作基础，有可能获取高级别基金（有碰运气的成分）；如果研究涉及第三个层面，并且书写规范，有很好的基础，那么获取基金的可能性就比较大。同样，第一个层面研究的论文可能会发在影响因子 1~2 分的 SCI 杂志上；涉及第一、第二层面研究的论文可能会发在影响因子 3~5 分的杂志上；涉及第三个层面的研究，并且设计合理，结果有重要意义的论文可能会发到影响因子 5 分、10 分甚至更高的 SCI 杂志上。

2019 年我们申请了国家自然科学基金重点项目，并有幸进入了答辩环节，在答辩时我简要叙述了我们研究的三大内容，从三个层面、三个维度探讨肠道菌群在葡萄膜炎发生中的作用。接着我强调了我们的工作基础有三大优势，即病源和资源优势、平台优势和科研优势。

病源和资源优势是指三个方面（也是"三"）：第一，我们已建立起国际上最大的葡萄膜炎诊治中心，病人来自全国 31 个省市自治区，部分来自美国、加拿大、澳大利亚等国家；第二，我们建立起国际上最大的葡萄膜炎数据库，达 2 万余份，病人随访观察已近 30 年，数据资料具有一致性、连续性和完整性（也是"三条"），第三是我们建立起国际上最大的葡萄膜炎患者样本库，达 3 万多份，这些宝贵的资源对本项目提供了不可或缺的支撑。

平台优势则表现在三个方面（也是"三"）：第一是我们实验室是重庆市重点实验室（省部级重点实验室），牵头建立起我国重大致盲眼病协同创新中心，有国际水准的实验平台；第二个是国际合作平台，与美国 Casey 眼科研究所、荷兰马斯特里赫特、首尔国立大学、新加坡国立眼科研究所等建立了合作关系；第三是组织架构平台，申请人是四个与葡萄膜炎相关国际组织的执行理事、理事或成员，是 *Curr Mol Med* 和 *Ocular Immunology*（均为 SCI 杂志）的副主编和编委，作为大会主席连续举办了七届国际葡萄膜炎专题会议，已成为国际葡萄膜炎领域中的一个品牌会议。国际水准的实验平台、国际合作平台和组织构架平台则显示了本项研究是在国际大平台上进行的,有利于在进行本项目研究中对课题实时完善、拓展和深化。

研究优势包括三个方面(也是"三"):第一,申请人曾获得国家自然科学基金杰出青年基金、教育部长江学者特聘教授奖励计划,以第一完成人获国家自然科学基金创新群体、重点项目、重点国际合作项目,说明有很好的研究背景和基础;第二,以第一和(或)通讯作者在 *Nat Genet* 等杂志发表论文240多篇,近十年发表的SCI论文总数、总的影响因子和10分以上杂志的数量均排在国际葡萄膜炎领域中的第一位,使评委相信,获得该项目后也会有很好的产出,独立出版了有关葡萄膜炎著作三部(人民卫生出版社,450万字),说明有较好的科研产出;第三,以第一完成人曾获国家科技进步二等奖2项、三等奖1项,省部级一等奖6项,还获得重庆市科技突出贡献奖(重庆市科技最高奖)、中华眼科杰出成就奖、中美眼科学会金钥匙奖及金苹果奖、亚太眼内炎症学会杰出成就奖等,这些奖的获得也反映出在科研领域有较大的成就。

从这一例子可以看出,在叙述我们的基础时,我们用的是"三"中有"三"的结构,在简洁中突显出优势和理由的独特性、充分性和坚实性,赢得了评委的支持,最终我们的项目获得顺利通过。

在有关章节里,我提到艺术的三大特征,品牌概念的三句话、人生三宝等,这些总结和概括中都以中国文化中特有的"三"作为表述,显得简洁、精练而又不失全面,相信大家通过细心体会、反复琢磨、不断感悟,一定会悟出"三"的内涵,为你的人生、工作、事业增添色彩。

4. 巧借伟人、名人的故事

前面讲到演讲的三个基本要义时谈到,演讲要讲故事,不要仅讲道理。故事有很多，选择什么样的故事才能打动人、才具有更大的影响力呢？在这里我给出我的答案，首先要选伟人的故事，其次是名人的故事，再次是自己的故事，最后是身边他人的故事。

伟人大家都知道，伟人往往代表着崇高、伟大、榜样，其影响力和感染力就大，伟人的故事更容易引起人们的关注；名人是著名人物，通常是家喻户晓的，代表着时尚、潮流、价值观等，是人们争相效仿、模仿、学习或批评的对象，所以名人的故事，容易引起人们的关注，影响也相当大；演讲者自己的故事，通过现身说法，有体会、有感悟、有经验、有教训，还会引起人们换位思考、将心比心，所以也有较大的影响力；周边人的故事，说的是张三、李四的事情，从影响力的角度而言稍显弱了一些，但如能把故事讲得生动有趣，也将会有很大的感染力，起到很好的作用。

5. 善于使用公式、图、表

公式有直观、醒目的特点，用数学符号清楚地表示各个参数之间的关系，所以借助于公式的演讲使听众更加容易掌握所讲信息。例如我在讲思维重要性时用了"成功 = 激情 × 能力 × 思维方式"这样一个公式，显示出成功有三要素，三个要素之间是相乘的关系，而不是相加的关系，如是相加的关系，思维的重要性即大打折扣。有能力、有激情即可得到不错的分数，但相乘的关系，则将能力和激情的作用发生了根本性的逆转，思维方式可以是 2 或 0.01，也可以是负数，最后的结果则大相径庭，大于 1 的思维方式可以出现事半功倍的效果，小于 1 的思维方式则事倍功半，甚至是完全相反的结果。我举了一个例子，希特勒是一个非常有能力、有激情的人，但思维出了问题，给全世界带来了深重的灾难。

图片具有美感和视觉的冲击力和感染力，在 PPT 中善用图片更能吸引观众的注意力，强化视觉效应，产生情感上的共鸣。但一定要注意选用有助于听众理解你表达的内容和信息的图片，选用能使问题简单化的图片。用比列举数字更能说明问题的图片，能让听众跟随你的情感发生共振的图片，千万不要用一些哗众取宠、与演讲无关的图片。实际上在笔者听的各种讲座中，就有不少人在 PPT 中乱用图片，非但无助于听众理解演讲的内容，相反却使人有一种一头雾水的感觉。

表格也是一种传递和表达信息的重要工具，合适的表格会帮助你的演讲，使你要表达的信息一目了然。但是切忌使用复杂的表格，表格越复杂，听众能接收到的信息就越少。

我在参加 2019 年国家自然科学基金重点项目答辩时，汇报我们申请的项目，在讲到我们的科研优势时，打出一张 PPT，显示出近 10 年在葡萄膜炎领域国际上 10 个最有影响力的团队，列举了 SCI 论文总数、总的影响因子及影响因子大于 10 的论文总数这三大指标，我们团队在三项指标中均居第一位。这一张表清楚地展示了我们团队在国际葡萄膜炎领域中的地位，给各位评委留下了深刻的印象。

6. 换个角度加深印象

惯用的说法往往给人以客套、死板的感觉，也不容易引起对方的重视。我在讲白塞病重要性、严重性时，列举出下面一个例子，一个 20 多岁的男性病人单眼患了白塞病性葡萄膜炎，治疗一段时间后视力恢复，认为没事了，就自行停药，过了一段时间又复发，出现了明显视力下降。病人问我：杨教授，我这个病有多严重？我告诉他，你这个病非常严重，可以严重到把你的工作变成别人的工作！听我这么一说他害怕了，明白了严重性。在这里我说的不是严重到眼睛瞎掉，而是换了一种说法。在场的眼科医生听我这么一说，对白塞病引起的严重后果也有了充分的认识。

在做"如何建立个人品牌"的讲座中，曾谈到学生在学习期间总是抱怨我管得多、管得严，让他们努力工作、做实验，没有其他有些老师的学生自由自在。但是，他们毕业拿着论文去找工作时候却非常顺利，受到用人单位欢迎，才知道老师对他们的好。我没有用这样常规的表达，而是换了如下表述：在他们拿着 SCI 论文找工作的时候，才知道杨老师好，杨老师亲！这样独特幽默的表述把学生对老师的感激之情表达得淋漓尽致，也给听众留下了深刻的印象！

六、演讲的结尾

演讲的结尾在整个演讲中有相当重要的作用，特别是在长篇演讲之后，更需要强化主题、加强印象、呼吁行动、提出希望、鼓舞人心。因此，应重视结尾的方式和技巧，一般而言，结尾有以下几种。

1. 总结式结尾

即对本次演讲的主要内容进行一个简要总结回顾，起到画龙点睛的作用，目的是使听众抓住重点、强化印象，这是一个常用的结尾方式。

2. 感谢式结尾

即对本次活动组织者表示感谢，对听众表示感谢，对资助单位、承办单位表示感谢，这也是一种非常常用的结尾方式。

3. 以幽默故事结尾

在长篇演讲后，听众疲劳、氛围沉闷，此时用故事再幽默一把，往往使人精神振奋，令人回味无穷。

我的讲座一般要持续两个小时，其中用了很多故事，令人捧腹大笑，也难免会由于讲的时间太长而使个别听众有疲劳感，我曾用这么一个故事结尾：有一次一位老师在上课，发现一个学生打瞌睡，老师就给打瞌睡旁边那个学生说，请你把你身旁那个睡着的学生叫醒。那个学生看了看老师说，谁把他弄瞌睡的，谁把他叫醒，不是我把他弄瞌睡的。听众听后"哗"一下爆出掌声，我接着又说：感谢大家给我面子，没让我叫醒大家。紧接着又是一阵掌声。演讲在掌声中结束，听众仍有一种意犹未尽的感觉。

4. 以名言、警句、诗词结尾

以名言、警句、诗词结尾，强化主题，可以加深印象，引发人们的思考，我在做"眼内液检测在葡萄膜炎诊治中的应用"的报告中反复强调了眼内液检测仅适用于少数几种特定类型的葡萄膜炎，绝大多数葡萄膜炎是临床诊断，即根据病史、临床检查即可做出正确诊断，结尾时引用了国际著名的葡萄膜炎专家美国国立眼科研究所的 Nussenblatt 教授在其写的 *Uveitis: fundamentals and clinical practice* 一书中的两句话："A careful and detailed medical history is one of the keys to correctly diagnosing of the patients with uveitis. It has been estimated that over 90% of diagnosis can be made on the basis of the medical history alone." 意思是说，"详细的病史询问对葡萄膜炎正确诊断非常重要，据估计，根据病史 90% 以上的患者可以获得正确诊断"。这一名家之言大大加深了听众的印象：特别是绝大多数患者仅靠详细询问病史即能获得正确诊断，强化了临床诊断的重要性，起到了画龙点睛的效果。

5. 以图片结尾

图片有直观明了、清晰等优点，选用突出演讲主题的图片可以再次点明、强化主题，给听众以视觉冲击的效果。

6. 号召呼吁式结尾

以激情动人的语言、慷慨激昂的陈述点燃听众的激情，将会鼓舞人们的斗志，催人奋进。此类结尾多见于施政演说、年终总结之类的报告。

总之，结尾不管用什么方式，都是为了强化主题、加深印象，千万不要啰嗦和重复、画蛇添足。

七、结语

演讲是每个人的必修课，是一门艺术，面对每一次演讲，我们要充分了解观众的需要，演讲的目的，做好充分准备，不放过任何机会。正所谓人生没有彩排，每次都是实战。在演讲中不断学习和丰富技巧，掌握演讲的基本要义，增强自信，以生动有趣的故事表达你的信息、知识、思考和价值观，摒弃怯场、啰嗦、肤浅之陋习，使演讲这门艺术对你的人生、事业起到重要的提升和促进作用。

第四部分

医者情怀

诊室花絮

在《我是你的眼》一书中，我写了一些在门诊时与病人交流的故事，这些故事看起来有点滑稽可笑，表达的却是如何化解病人紧张情绪的一些小技巧。

概括起来这些小技巧基本上是用幽默的形式表现出来，所谓幽默就是突破常识概念、逻辑的话语或故事，因此它常常是即时而作，没那么中规中矩，也许没那么高雅甚至有时稍显粗俗，难登大雅之堂。但在特定场合，特别是在病人高度紧张、彷徨、焦虑甚至绝望崩溃的情况下，突然使他们看到生的希望，破涕为笑，就像一只即将膨胀到极限的气球被插上一只排气管道，瞬间避免了一场爆破灾难一样，可谓是起到药石无法达到的效果。

这些幽默故事或对话，不管以什么形式表达出来，都体现了笔者的爱心，传递出对病人的怜悯之心、温暖之情和治病的智慧，使病人在笑声中感受到医生的亲切和善意，消除对疾病的恐惧，坚定战胜疾病的信心。与病人幽默对话已成为门诊工作中的一些小插曲和医患关系的润滑剂，现记录一些这样的小故事，以期起到抛砖引玉的作用。

带什么回去

一位从哈尔滨来的葡萄膜炎患者，经过半年的治疗后炎症消退，视力明显好转，最近前来复诊，我给她检查完毕并将处方交给她，她突然问我："杨教授我带点什么回去？"我说："带药啊，还可以带点土特产。"她不好意思地说："是带药，带药，土特产就算了。"

难道你是……

有一位湖南的葡萄膜炎患者叫秋香，每次前来就诊时都特别紧张，为了舒缓她的紧张情绪，我说："难道你就是当年唐伯虎点的秋香不成？"她不好意思地笑了笑，随之紧张的情绪一扫而光。以后她每次复诊时，我即会问她："难道你就是……"没等我说完，她就会打断我的话："杨教授，不好意思，不说啦！不说啦！"

勤劳，但不一定勇敢

一位北京来的葡萄膜炎患者，在门诊上见了我显得特别紧张，说话都有些口吃，我问他："你是哪里人？"他说："北京的。"我说："北京人民勤劳而又勇敢，还包括你。"他不好意思地说："勤劳还算得上，勇敢就谈不上了，你看我见到你都害怕得不行。"

会不会瞎

一位 50 多岁的浙江葡萄膜炎患者在多个地方诊断治疗，治疗了一年多没有好转，他听一些病友说此病可使眼睛瞎掉，对此他特别担心，专程前来重庆就诊。我给他检查后，排除了感染性葡萄膜炎和肿瘤所引起的伪装综合征，告诉他："不用担心，好好遵医嘱治疗就行了。"

可他还是非常担心，怯怯地问我："杨教授，我眼睛会不会瞎掉呀？"我看着他，用坚决的语气告诉他："会的，一定会的，你 50 年后一定会瞎。"他眼里突然放出异样的光芒，兴奋地说："不用 50 年，30 年就够了！30 年就够了！"

让太太帮着挠挠

一位来自内蒙古的葡萄膜炎患者前来就诊，我给其检查完准备开药时，他说："杨教授，我入冬以来感觉皮肤瘙痒咋办呀？"我看了他一眼问他："你结婚了没有？"他说："结了。"我说："那就让你太太帮您挠挠吧。"他有点不好意思地说："好，好。"

改名字

有一位河南葡萄膜炎患者叫王瞎孩，他前来找我看葡萄膜炎，待我为他检查完眼睛，他小心翼翼地问我："杨教授，我患的是不是葡萄膜炎？"我说："是。"他又问："我为什么得这个病？"我指了指病历上他的名字："你看看，你叫什么，谁让你用这个名字？"他不好意思地说："我回去后要给我爸妈说一下，要改一下名字。"

心不花

一位来自上海的 70 多岁的老先生在他太太的陪同下前来看葡萄膜炎，他告诉我最近一段时间看不清楚，有眼花的感觉，我告诉他："眼花不要紧，只要心不花就行。"他连说："是，是，是，心不花。"他太太在一旁不屑地看了他一眼说："关键是想心花，也花不动了。"听后老先生一脸通红："我能花动的时候也没花过。"他太太在一旁说："你看你急的！让杨教授先给你治眼花吧。"

南阳多了两圣

有一位男性葡萄膜炎患者，就诊时说与我是老乡，我问他来自河南哪里，他说来自南阳，我对他说："南阳出圣人，有医圣张仲景、商圣范蠡、科圣张衡、谋圣姜子牙、智圣诸葛亮。"他点头说："南阳是出了很多圣人。"我问他："你是什么圣？"他不好意思地说："我小名是狗剩。"

还有一次遇到一个南阳的女病人，她 20 来岁，也想与我套近乎，说是来自南阳是我老乡，我一字不差复述了前述的话，最后问她你是什么圣，她腼腆地说："杨教授，不好意思，我是学生。""哦，哦！"我连声说："学生也是 Sheng。"

采花大盗

有一个安徽的女病人前来就诊，我看到病历上写着她的名字叫"采花"，我随口说了一句："谁给你起的名字？这么好听。"她说是她爸爸起的。我说："你爸挺有水平的，你弟弟的名字肯定是大盗。"

她说弟弟的名字不叫大道，叫大路。

不动刀子

一个黑龙江的女病人前来就诊，待我检查完给她开处方时，病人特别紧张地问我："杨教授，我要不要动刀子？"我一脸惊愕对她说："和平年代，动什么刀子，再说你又不是阶级敌人，还不至于动刀子哟。"病人哦了一声，说不动刀子就放心了。

不能吃亏

一个沈阳的 6 岁小女孩患葡萄膜炎和并发性白内障，经过治疗后炎症得以控制，准备安排她住院进行白内障超声乳化和人工晶状体植入术，女孩哭着说不做手术，我问她为什么不做手术，她抹着眼泪说："痛。""那你看看这样行不行，做手术也不能让你吃亏，让你爸爸妈妈先给你买个玩具，这样就扯平了。"我进一步给小女孩解释着。听了我的话后，小女孩连连点头同意："不对，杨教授你得给我作证，让他们一定给我买，要不然我白内障手术不是白做了，那我就亏大了。"我说："那是肯定的，决不让你吃亏，可是有一条，手术中不能哭啊！"小女孩坚定地点了点头说："不会哭的。"做了白内障手术后她的视力恢复至 1.0，小孩也得到了她心仪的礼物。

睡觉尿床个人特长

有一位河南的 10 岁男孩，患葡萄膜炎，他父母带着他前来找我看病，我详细询问了病史，过去有无关节炎、皮肤病变、发热等，他父母一一作答，最后我问还有什么其他全身疾病吗？他母亲说："不知道晚上睡觉尿床是否与葡萄膜炎有关？"我说："睡觉尿床，那属于个人特长类，与葡萄膜炎无关。"他母亲睁大了眼睛说："我还真不知道睡觉尿床是特长呢。"

不要炫富了

有一个患者前来找我看病，他姓甄，名有钱，待我为他检查完眼睛，开处方后，我跟他开玩笑说："有钱，给你商量个事吧，我想买房子，借我点钱好吗？"他苦笑了一下说："杨教授，我没钱啊。"我看了他一眼："你是甄有钱，怎么说没钱呢？"他强辩说："我是叫有钱，但真的没钱。"我说："那好吧，以后不要再炫富叫有钱了。"

一字之差

前段时间一位来自河南的病人前来找我诊治葡萄膜炎，经过 2 周治疗后有明显好转，视力提高了不少。病人复诊时告诉我，他感觉到很后悔。我问他为什么。他告诉我："10 年前就有医生推荐让我找你，但是那位医生把你的名字写成了杨增培，结果到处找，就是找不到你，在过去 10 年中花了很多冤枉钱，由于炎症反复发作，视力下降到 0.1 以下了，找到你后才两周视力就恢复至 0.4 了，你说我能不后悔吗？"我看了他一眼，对他说："你知道一字之差的严重后果了吧。"

啃猪蹄

一位广东的老太太带着孙子前来看病，我为她小孙子检查完并开药后，老太太问我："杨教授，你能不能帮忙治一下他的坏毛病。"我对她说："你说吧，是什么坏毛病？"老太太不好意思地说："他老是啃手。"我说："那好办，你给他买个猪蹄啃一下，他就不啃手了。"老太太怔了一下，说："好，好，我给他买个猪蹄啃啃。"

扛人民币不要扛病

一位来自江苏的患者告诉我："杨教授，我患葡萄膜炎2年多了，复发了很多次。"我问他："你过去都是怎么治疗的？"他说："没治疗，每次都是我扛过去的。"我说："病是要治疗的，不是要扛的，如果是人民币扛一下还可以，你扛过人民币吗？"病人不好意思地说："没扛过，连见人家扛都没见过。"

不能再说了

有一位来自江苏的老太太，患葡萄膜炎多年，最近前来重庆找我诊治葡萄膜炎。她特别健谈，从进入诊室那一刻到出诊室那段时间，她不停地跟我诉说着她的眼病和家里的各种事情，诸如某某医生说她的眼睛治不好了，某某医院眼科医生服务态度差了，有一天给老公拌了两句嘴，眼睛就红了……此时我忍不住了，轻轻地对她说："老大姐，不能再说了，再说就会把你家里存折的密码说出来了。"她"哦"了一下，笑嘻嘻地说："杨教授，我还真没有把我家存折的密码告诉过别人。"我对她说："这就对了，不能再说了，再说的话，说不定就会把存折的密码说出来的。"她说："那好吧，我听你的，不说了。"

本事不大

一位来自辽宁的葡萄膜炎病人经过我两年多的治疗，病情得以完全控制，视力也从 0.1 提高至 1.0，病人最后一次前来复诊时特别高兴，对我说："杨教授，你真厉害，我的眼睛在很多医院诊治过，都说治不好了，经你治疗后却完全恢复正常了，你真是无所不能啊！"我看了他一眼说："我的本事不大，你看给你治疗眼病后也没让你变成个千万富翁。"他不好意思地说："杨教授你别内疚，千万富翁这个事儿还真不是你管的。"

罪加一等

一天，一位女病人找我看病，我看病历上写着眼压 28 mmHg，就问她："你以前有眼压高吗？"她告诉我从来没高过。我给病人检查完眼睛也没发现什么问题，又问她你感觉有什么不舒服吗？她说："没有，可能是测眼压时，我眨了几下眼睛造成眼压测量不准。"我问她："你检查时，对我们的医生眨眼放电啦！"她说："不是，做检查的是一位女医生。"我说："那就更不应该了，你眨眼作弄我们的医生那是罪加一等啊！"

试试看

一位南京的老先生前来找我看病，他自己 60 多岁，他太太 55 岁左右，陪他前来就诊，在为患者检查完后问他："你可能需要使用环磷酰胺，该药影响生育，你介意不介意？"他看了一下他太太，嘟囔着说："她也生不出来了呀。"我说："你还可以找其他人生啊！"他太太在一旁说道："他很早都生不出来了。"这位患者不以为然地说："要不试试？"老太太在一旁气鼓鼓地说："你试试！看我怎么打断你的腿。"

在医院吊吧

在门诊遇到一位来自四川的女性患者，我检查完眼睛后告诉她，你葡萄膜炎挺重的，需住院输液治疗，她说："要住院吊水啊？"我说："是啊！这样会好得快一些。"她说："我回家吊吧，让我姐夫吊。"我说为什么让你姐夫吊，她说姐夫挺好的，是个医生，我开玩笑说："你没听说过姐夫最危险吗？"她也被逗乐了，说："我怎么没想到这一点呢，好好！那就在你们医院吊吧。"

别人帮不上忙

有一位来自长春的30多岁的女性葡萄膜炎患者，经我治疗后痊愈，她非常高兴，着急地问我："杨教授，我怎么样才能怀孕啊！"我说："让你老公努力、勤奋就行了。"她听后不好意思地说："就这些？"我说："还能怎么样？这个事情别人也帮不了你啊！"她笑嘻嘻地说："确实别人帮不上忙。"

老公太勤奋

用激素和免疫抑制剂治疗葡萄膜炎过程中，我们建议患者不要怀孕，以免对胎儿造成影响，有一位来自河北的女性葡萄膜炎患者，找我复诊时问了一个使我非常困惑的问题："杨教授，我已经有3个孩子了，怎么又怀孕了？"我告诉她："这事儿我还真不知道，你得问一下你老公。"

找到杨教授就不怕了

一位浙江的病人患葡萄膜炎很久，治疗效果不明显，当他来到门诊时，看到很多来自全国各地的患者，他们之间交流后发现此种疾病相当顽固和凶险，在我检查后给他开药时，他对我说："杨教授，我很害怕以后眼睛会瞎掉。"我跟他说："根据我的经验，你患这种葡萄膜炎只要好好治疗，按时复诊，治愈的可能性很大，不要担心。"

患者还是不放心，一直对我重复他很害怕，很担心。我打趣地说："国家现在这么好，腐败分子被打倒了，杨教授你也找了，还有什么可怕的呢？"病人不好意思地笑了笑说："找到杨教授就不怕了。"后来经过一年治疗后，这位患者彻底治愈，视力恢复到 1.0，随访 5 年未复发。

漂亮姐姐的作用

一位来自江苏的 7 岁男孩患葡萄膜炎，经过我治疗半年后，炎症得到完全控制。但因有并发性白内障，视力仅有 0.3，于是我建议孩子可以进行白内障超声乳化和人工晶状体植入手术了。当我说到为他安排住院手术时，小男孩摇头表示不答应，我问他为什么，他说痛，害怕，我给他解释说："做完手术就可以看见了，也不会太痛的，就像打个针一样。"孩子还是不答应，最后我想了想给他使出了最后一招："给你找个漂亮的姐姐陪着你做手术，怎么样？"小男孩眼里忽然闪着兴奋的光芒，迟疑了一小会儿便点头同意了。我愕然不禁感慨："漂亮姐姐的作用真大啊！"

不要命只要钱

一个四川小孩，4 岁患葡萄膜炎，前来让我诊治，给患者治疗了几个月后，炎症得到控制。小女孩总是畏惧进行裂隙灯显微镜检查时的光线照射，一进诊室总是喊："救命啊！救命啊！"我笑着对她说："你来我们这里看病，我们不要你的命，但要收你的钱。"小孩听了后噗嗤笑了："那好，我让我妈妈给你钱，不要给我检查了。"我对她说："我倒是愿意，但你妈不同意啊！"小女孩拉着她妈的手说："你给杨教授钱吧，别让他给我看眼睛了。"

不让老公知道

有一个江苏老太太前来我院诊治葡萄膜炎，经过几次治疗后效果明显，视力从眼前指数提高到 1.0，她非常满意。这次又来找我复诊，病人在诊室刚落座，就喋喋不休地跟我说："杨教授，这几天我都没有休息好。"我问她："为什么啊？"她说："这不是来看你的吗，一想这些就激动了，一激动就睡不着觉了。"我对她"嘘"了一声，小声告诉她："这事可不能让你老公知道。"她腼腆地笑了一下说："好，不让他知道。"

到底什么事情不能干

一位浙江的小伙子患葡萄膜炎三年，经过我精心治疗一年后完全治愈，在复诊时，我告诉他，现在可以停药了。他很高兴也很激动地对我说："杨教授，您的话以后我一定听，您告诉我以后什么事不能干吧。"我跟他说："坏事决不能干。"他说："杨教授，能够具体一点吗，要不然我不知道哪些是坏事。"我说："那好吧！请记着：1. 欺骗老婆的事不能干；2. 发了奖金不准瞒报漏报；3. 不准开着奥拓硬说奥迪难看；4. 不准在火车上打电话，谈几个亿的生意。"

该努力了

我有一个来自福建的葡萄膜炎女病人，结婚一年多没生育，当她第一次找我看眼病时，她告诉我想生育，不吃影响生育的药。我对她说："你患的葡萄膜炎比较重，要用激素和一些免疫抑制剂，这些药对生育一般无影响，但在用药期间不要怀孕，以免对胎儿产生不利的影响。"她问我："大约需要多长时间治疗？"我说："大概需要一年多吧。"

后来病人按时服药、按时减药，到一年半时炎症完全控制，我告诉她："现在可以停药了。"她问我是不是我马上就能让她怀孕，我说，我没那个本事，我指了指陪她前来看病的老公说："我的任务完成了，就看他是否努力了，他要是不努力的话，这个事弄不成。"她老公在一旁嘿嘿笑了一下，不好意思地说："到了我该努力的时候了。"

不要微信和电话了

在门诊时，有不少病人要加我的微信或要我的电话号码，以方便以后沟通，按说是一个好事情，以前也曾给过一些病人，但后来发现有不少的问题，有些人不管在夜里还是凌晨喜欢给我发一些信息，并且是一些无关紧要的信息，比如说他家狗狗怀孕了，他小孩考试得了多少分，他的邻居跑步崴着脚了问我有什么好的办法等诸如此类的信息，有时半夜刚入睡就听到微信或者信息的声音，吵醒后就很难入睡。

实际上为了方便病人询问有关情况，我们专门给患者公开了一个 Email 信箱、一个公开的咨询电话，但不少人感觉还是不够直接，非要加微信或要电话号码。这时我就会给要电话的女性患者说，那个不行，很可能会弄出绯闻来，你老公（男朋友）吃醋就事大了。对男性患者说，那可不行，以前我曾给人微信，他们有事没事总是给我转钱，那谁受得了！听了我的解释，他们都会笑着说："那算了，不要你的微信和电话了。"

是不是亲老婆

有一位贵州的男性葡萄膜炎病人，于 10 年前找我治疗，经过治疗后炎症得到完全控制，双眼视力均恢复至 1.0。我嘱咐病人，以后每半年至一年来看我一次，如果有什么问题要及时前来复诊。10 年后这个病人和他老婆才来找我，此时一个眼已经无光感了，另外一个眼仅剩光感，我为患者检查后发现葡萄膜炎引起了青光眼和白内障，有光感的眼睛的炎症相当严重，很是替病人惋惜。

我问陪他来的这个女人是谁，他说是他老婆，10 年前就是她陪着来看葡萄膜炎的。我说那肯定不是你亲老婆，如果是的话，她早就带你来复诊了。他老婆在一旁用不容置疑的口气说，我就是他的亲老婆，因为家里穷，为了省钱就在当地医院看，当地医生说能治好，直到现在他们说没有办法了才让我们来找杨教授。望着这对夫妻，我很是替他们惋惜。再补充一句，该患者有光感的眼经过治疗后恢复至 0.4，算是不幸中的万幸。

没有意见

一位来自江西的患者来找我复诊，上次她是 4 个月前来的，她对我说，杨教授，不好意思这么久没来复诊了，我看了一下她说："怎么回事？对我有意见啦？"她说，没有，没有，你给我治疗后视力恢复这么好，哪敢对你有意见呢？这一段不是新冠肺炎疫情不能来复诊嘛。我看了一下她说，哦，原来这样，只要不是对我有意见就好。

不辜负杨教授的期望

有一位陕西的葡萄膜炎病人，经过 6 个月治疗后获得痊愈，当她来复诊时，兴奋地告诉我，她要结婚了。我跟她说，不好意思，我也没有什么嫁妆送给你。她笑着说："你把我的眼睛治好了，比什么嫁妆都好。杨教授，你还有什么交代的。"我说："出嫁后要好好听公公婆婆的话，多赚钱、少吃饭、爱老公、保护眼。"她笑着说："杨教授，我一定不辜负你的期望！"

送老婆不行

一位来自福建的葡萄膜炎病人经治疗后得到了明显控制，但是还需要继续复诊和治疗。他总是以生意忙、抽不出时间为理由不按时复诊，这次复诊距上次检查快一年了。检查时发现他的葡萄膜炎症很重，视力降至 0.05 了，这一次是他老婆陪他就诊的。我告诉他："如果葡萄膜炎再复发，就算是把你家里的别墅给我，把你的老婆给我，都不一定能把你的视力挽救过来。"听闻此言，他老婆在一旁说："他倒是想把老婆送出去，我跟他也十多年了，也烦了，不想跟他了，杨教授你要不要？"她老公在一旁激动地说："不行！杨教授，你不能要！我送别墅可以，但是送老婆不行。"

不会难受

一位来自大连的葡萄膜炎病人，经我治疗一年后病情得到控制，视力从 0.1 提高到 0.8，最近一次复诊时，他告诉我他的眼睛好多了，但是眼前有黑影飞动，感到很难受。我问他："如果眼前飞的不是黑影，是人民币，你还难受不？"他说："当然不会啦，如果飞的是美元，那更不会难受。"

她的话还是要听的

有一位来自黑龙江的男性病人，患的是巩膜葡萄膜炎，发病一年多，眼红痛非常严重，当地医生介绍他前来找我诊治，他老婆陪着他来到重庆。经过一周的治疗，他感觉眼不红痛了，视力也有所提高。我告诉他，现在用的药都有一定的副作用，回家后要每两周检查一次肝肾功能、血常规和血糖，每两个月来重庆复诊一次。他说："杨教授你让我干什么我就干什么，现在我只听你一个人的，市长说的话我都不听。"我看了看他，指着旁边那个女人说："这个女人的话难道你也不听吗？"他一下子变得没有那么慷慨激昂了，嗫嗫地说："哦哦，她的话嘛，还是要听的。"

把美丽女人认成自己老婆

有一位安徽来的男性 Vogt- 小柳原田综合征患者，前来就诊时告诉我，他患病后记忆力明显下降，丢三落四很是苦恼，问我以后能不能恢复过来。我告诉他，一般来说经过治疗都能恢复，但也有极少数病人不能恢复。他听后忧心忡忡地问我，会不会加重啊？我说一切皆有可能。他又问我，如果加重的话，能达到什么程度。我说，那可吓人啦！会严重到你总是想把自己的钱装进别人口袋里，还会在大街上把很多美女认成自己的老婆。他不好意思地说，第一种情况是挺可怕的，第二种情况倒是没有什么问题。他老婆在一旁说，你不怕挨打就认吧。

隔壁老王也看电视

2020 年春节前，一位四川的女性葡萄膜炎病人在儿子的陪同下前来找我诊治。经过两个多月用药，葡萄膜炎明显减轻，视力也从原来的 0.2 提高到 0.7。由于新冠肺炎的影响，有三个月没来就诊了，也停药三个月了，近两个月视力又逐渐下降，这次复诊检查发现视力为 0.5。在我为她检查完眼睛后，她儿子告诉我，他妈整天看电视把眼睛看坏了。他妈在一旁气呼呼地说："哪是看电视的事啊？我们家隔壁老王天天看电视，视力一直都是 1.0，这次视力下降肯定是停药的事，不是看电视的事。"她儿子不依不饶地说："隔壁老王没有葡萄膜炎，可以看电视，你有葡萄膜炎就不能看电视！"他妈气急败坏地说："你小子，我养你这么大，你倒管起我来了，看我回去怎么收拾你。"

生活中的小幽默

差钱

近年来，笔者外出开会的机会比较多，坐飞机的次数也比较多，成了某航空公司的金卡会员，在乘坐其公司飞机时，空姐常常是弯下身来，笑容可掬地说："杨教授，欢迎您乘坐我们的航班，从××城市到××地需要2个小时，路途中有任何需要请告诉我。"我看着一脸真诚的空姐，感觉到没有什么需要就有点对不住她，就说了一句："差钱。"空姐一脸为难地说："杨教授，对不起！我们钱也不多。"

太隆重了

2016年在苏州参加全国眼科年会期间，有一天我从卫生间出来，看到我科几位同事在卫生间门口等我，就随口说了一句："上个卫生间还弄得这么隆重。"他们几位互相看了一下，说隆重吧不对，说不隆重吧，也不对，个个面面相觑，张了张嘴，竟都没说出话来。

从 1840 年鸦片战争以来……

2018 年 11 月的一个上午，我和同事周春江、王瑶正在筹划举办一个学术会议，突然办公桌上电话铃响了，小周赶紧拿起电话，对方说赵勇在他们那里买了东西，留下这个电话，他们发现有一些问题，要与赵勇核实。小周告诉对方："您打错了，我们这里没有赵勇这个人。"说完即挂了电话，过了数分钟，对方又打来电话，还是说要找赵勇核实一些事情，小周又给对方解释了两遍：我们这里没赵勇这个人。

在后来的一小时内，对方又打来三次电话，坚称赵勇留下的就是这个电话，他一定是我们这里的人。小周接到第五次电话时，听到又是同一个人，即挂了电话。对方还是不死心，过了 5 分钟又打了过来，我对小周说我来接电话，对方不厌其烦地诉说赵勇就在我们这里，他留的电话经过他们单位两个帅哥三个美女确认是无误的，一定要我找到赵勇接电话。我沉默了十几秒后跟对方说："自 1840 年鸦片战争以来，我们这里就没有赵勇这个人，兄弟，我没办法帮你找到这个人。"那个人听后再也不打我们的电话了。

不知道为什么它这么熟悉

有一次，在一个小饭馆吃饭，服务员介绍说小包间有雅座，如何干净、卫生，我们一行人都想目睹一下这个小包间的风采。上菜后，有只苍蝇在桌子上面飞，我问服务员："你们还养这东西啊？"服务员马上争辩说："不是，我们没养这东西。"我接着说："你说不是你们养的，你看它这么熟悉，一飞进来就到桌子上面了。"小姑娘脸上红一阵白一阵的："我也不知道它为什么这么熟悉。"

没时间陪它玩

有一次在台湾开会，闲时逛了一下商店，看了钻戒吓人的价格后，即准备出商店，被化妆品柜台的服务员叫住了："先生，请您看一下我们的香水吧。"我说你看我是那种能用香水的人吗？她笑着说："谁都可以用呀，您看一下这一款，瓶盖造型很好玩的。"我看了看，瓶盖确实挺别致的，我笑了笑对服务员说："是挺好玩的，可我没时间陪它玩啊。"

两次算的都一样

有一次，在商店买衣服，一位服务员非常热情说，先生，这款衣服非常适合您，现在还打八折。我看了看，问她折扣完多少钱。她拿着一个计算器急忙算了一下说，950元。我"哦"了一声。她说，先生，我再给你算一下，她又算了一遍，告诉我还是950元。我说你是怎么搞的，两次算的都一样。她不好意思地说，若两次算的不一样，我们肯定就会被开除啦。

三年寒窗苦

我是1990年博士毕业的，当年举行博士论文答辩的程序是先由研究生报告论文，然后由答辩委员提出问题，研究生准备半小时后再一起回答各位委员的问题。在我准备问题的半小时内，我用了 15 分钟即做好了准备，剩余时间感到无聊，遂做了一首打油诗："三年寒窗苦，只为一下午，讲了半小时，大家都糊涂。"后来，我做了博士生导师，经历过了无数次研究生答辩，每次答辩的时候都会想到这首打油诗，有时感觉还真的是这样啊！

敢于同坏人坏事作斗争

硕士、博士生答辩对于学生来说是一个非常重要的时刻，他们有时准备多日，在讲的时候仍免不了紧张，心中发慌，头上冒汗。其中有一个环节是让导师介绍学生在校学习情况和政治表现，为了缓解学生的紧张情绪，我会以幽默的方式缓和现场的气氛。有一次，在导师介绍学生情况时，我是这样说的："某某同学热爱党，热爱社会主义，敢于同坏人坏事作斗争，问题是……我们这里没有坏人。"在场的答辩委员和学生一下子都笑了起来，学生在随后的答辩中紧张的心情一下子放松下来，整个答辩过程显得轻松、愉快和顺利。

真有其人

3 年前在门诊遇到一位儿童葡萄膜炎患者，给我留下了难以忘怀的印象。说他难忘，不是因为他患了非常特殊的葡萄膜炎类型，也不是因为他出生显赫或特别贫穷，更不是因为患病孩子做错了什么，也不是出现了什么大的医疗纠纷，在病人中间或社会上引发了大的争议，而是因为他的父亲……

大约在 3 年前的一个周二早上，我正在门诊上接诊来自全国各地的葡萄膜炎患者，我的同事们、硕士研究生和博士研究生们都在葡萄膜炎门诊流水线不同岗位上紧张而又有条不紊地工作着。此时，我忽然听到门外一阵嘈杂声，我跟坐在桌子旁边开处方的同事小周说："你去看一下，是怎么回事。"

小周赶紧去了解情况，原来是一位 40 多岁的父亲带着他儿子前来就诊，嫌等的时间太长，还没挂上号，吵闹着要马上见我。门诊接诊护士反复给他解释，现在排队看病的都是 1~2 个月前预约的，大家应按预约的顺序就诊，杨教授正在抓紧时间给大家看病，等看得差不多了，再考虑给没挂上号的病人加号。孩子的父亲非常不理解：我早上 6 点钟起床从北碚（重庆一个区，离我们医院大概 1 小时左右车程）赶过来，现在已经 11 点了，为什么不给我的孩子看病？护士又详细地反复给他解释，指着接诊台上上百份病历说："您看一下吧，这些都是全国各地来的病人，有黑龙江的、北京的、上海的、江苏的、新疆的、云南的、广东的、浙江的……他们都是提前几天到来的，您还是在这排队加号吧。"病人仍不依不饶地说："那不行，杨教授必须先给我儿子看，我儿子非常聪明，都说是天才，现在眼睛看不到了，他必须赶快看我儿子的眼睛。"

这时候，周围的病人都在指责他不讲道理，要他排队，但此人仍是不听劝告，还是大声与护士争吵。

我了解情况后跟小周说："也可能他小孩的葡萄膜炎太重了，赶紧给他加个号，提前给他儿子看一下，免得他一直与护士吵架。"

加上号后，护士给他优先安排了就诊（感谢来自全国各地病人的谦让和对我们工作的理解和支持，他们都没再说什么）。小孩的父亲告诉我，小孩双眼发病已经 1 年多了，在重庆几家医院均诊断为葡萄膜炎，都开了口服激素和点眼的药物。他看到激素说明书上写有多种副作用，如引起生长发育障碍、满月脸、水牛肩、血压升高、消化系统溃疡、胃肠穿孔等，感到非常恐惧，他不让孩子用这些药物，怕毁了孩子的身体和前程。由于没能按医嘱服药，病情越来越重，多家医院的医生最后推荐他到我这里来。

我又细致地询问了孩子发病最初的情况和之后进展的情况，并进行了认真细致的眼部检查，发现双眼视力数指（即只能看到眼前手指）、眼压升高、睫状充血、角膜雾状混浊、大量羊脂状 Kps 等，虹膜 360° 后粘连，虹膜膨隆得像鼓起的山包一样，还有白内障、白头发和白癜风等表现。根据病史和检查结果可以断定孩子患的是一种叫 Vogt– 小柳原田综合征的疾病。

Vogt– 小柳原田综合征在我国相当常见，如治疗不及时或方法不对，常常导致不可逆的失明（即不像有些眼病是可治疗的，治疗后可以恢复视力，Vogt– 小柳原田综合征一旦引起顽固性眼压升高、视神经萎缩、眼球萎缩等并发症是没有办法恢复视力的）。近 20 多年来，我们对此病进行了一系列深入的研究，已揭示出此病的免疫和遗传机制，已摸清了此病的临床进展规律，制定出针对不同阶段、不同患者体质、经济条件和具体要求的科学化、简单化的治疗方案，治愈率达 90% 以上，患者整体脱盲率达 80%，如果患者在发病后两个月内就诊的话，脱盲率可达 100%。我们还根据我国患者的临床资料制定出此病的诊断标准和分期标准，在国际权威杂志上发表。*Progress in Eye and Retina and Eye Research* 杂志主编专门邀请我们写了长篇文章，详细介绍了我们的研究成果。我们的研究成果还发表在 *Nature Genetic*、*J Allergy Clin Immunol*、*Ophthalmology*、*JAMA Ophthalmology* 等国际权威杂志上。

为孩子检查完眼睛后，我心情特别沉重，20 世纪 90 年代，由于经济水平较低和医生对此类疾病认识所限，Vogt– 小柳原田综合征表现出严重的炎症和并发症还比较常见，但近年来随着人们生活水平的提高，以及我们在全国范围内大力推广葡萄膜炎诊断和治疗的知识，全国各地诊疗水平都有了很大的提高，很难再见到如此严重表现的 Vogt– 小柳原田综合征患者了。即便如此严重，根据我 20 多年的临床体会和治疗经验，将病人葡萄膜炎治愈的可能性及使病人视力恢复的可能性还是比较大的。考虑到病人病情和后果的严重性，我详细给孩子的父亲讲解了抓紧治疗眼病的重要性，首先要争分夺秒地治疗炎症和降低眼压，紧接着要马上进行虹膜周切手术，打通前、后房交通的通道，使房水能够流出到眼外。在这种情况下，炎症和高眼压才能得到快速控制。在此基础上，正确使用药物，使炎症彻底消退，再进行白内障超声乳化及人工晶状体植入手术，将可能达到恢复视力和永久保存视力之目的。听了我一席解释后，孩子的父亲脸上出现一种难以捉摸的表情，我也说不清楚是疑惑、惊讶、诧异，还是什么的，唯独没有担心的感觉。他沉默了一会儿，忽然问我："你说这些治疗方法有没有副作用和并发症？"我对他说："任何一种有效的药物在使用中都可能有副作用，不同的药物副作用是不一样的。不过，请你不要担心，我们已经治疗过成千上万的病人，我们会根据孩子的情况选择对孩子生长发育影响小的药物，并会根据治疗中出现的问题及时调整药物和治疗方案，一般来说不会出现大的问题。关于手术的并发症，据我的经验，并发症发生的比例很低，即使出现了并发症，我们也有相应的处理措施和方案。"孩子的父亲听后，用怀疑的目光看着我说："难道非要用西药和手术的方法进行治疗吗？"我非常肯定地说："一定要用西药治疗，并且应在治疗的同时尽快进行手术治疗，否则后果不堪设想。"这时，他父亲也用坚定的口吻对我说："他不能接受西药和手术治疗的方法。"听闻此言，我甚是吃惊："你为什么拒绝西药和手术治疗呢？"他父亲跟我说，孩子是独生子女，是他全家唯一的希望，孩子非常聪明，学习特别好，在学校被很多老师誉为天才（我也不知道是否有人说过，也不知道此言是不是别人的客套话），他不能忍受孩子受到哪怕是一点点的伤害，包括药物的副作用和手术并发症。我反问了一句："那你能接受什么样的治疗呢？"他父亲说："自然疗法和物理治疗，譬如说吃点中药，按摩之类的。"我看着这位父亲，想着自己是不是在梦里，用右手拍了一下左手，发现还真痛，确信不是在梦里，就再次劝这位父亲："单靠中医中药治疗你儿子的病真的不行，一定要用西药治疗。现在治疗还来得及，如果再耽误就晚了，可能就没有希望了。"

这位父亲还是坚持不用西药，最后我已经有点失去耐心了："你说你的孩子是天才，他要有眼睛才能发挥他的天才呀！"可这位父亲还是用固执的眼神看着我，坚决拒绝西药治疗。

在 19 世纪初，牛痘接种法和手术治疗技术相继传入，在随后几十年得到广泛的认可和推广，使一些疾病的治疗获得了革命性的进展。但是，时至今日，竟然还有这样抱残守旧，拒绝现代治疗方法的人。如果说将中药作为治疗葡萄膜炎的辅助性药物，为改善患者的主观症状和减少西药的副作用，笔者是完全赞同的，甚至也不排斥某些疾病以中医中药作为主打治疗的方法，但对于不管是什么疾病都一味强调单纯使用中药或自然的方法治疗疾病，可谓是一件非常可悲的事情，也是一个天大的笑话！

当他拉着孩子走出诊室的那一刻，我的心猛地颤抖了一下：我敢肯定这个孩子的双眼，更准确地说是这个孩子的前程被这个无知的父亲断送了。但我还是在心里暗暗为这个无辜的孩子祈祷：但愿有奇迹在这个可怜的孩子身上出现，为他带来好运吧！

荷兰印象记

    我于 1994 年 8 月 2 日至 1995 年 8 月初，受国家教委公派前去荷兰国家眼科研究所留学一年。后来又先后赴荷兰 3 次，作短期访问和合作研究。虽然时间已过去 20 多年，但很多事情仍历历在目，现记录下来与各位分享。

一、赴荷兰的第一个晚上

    我于 1990 年博士毕业后，留在中山医科大学中山眼科中心工作。当时人们争相出国留学，一来是镀金，二来是开开眼界，提高自己的科学研究水平。1992 年秋后，学校举行了一次外语考试，考试合格者经过卫生部（现为卫计委）的一个评审后被纳入国家教委出国留学计划。1993 年 9 月至 1994 年 1 月我在四川外语学院（现为四川外国语大学）

培训 4 个月，即正式被确定为出国留学资助人员。我的博士生导师毛文书教授的女儿陈之昭教授帮我联系到 Aize Kijlstra 教授，他是国际上著名的生物学家和免疫学家，荷兰国家眼科研究所免疫室主任，是 *Ocular Immunology and Inflammation* 杂志创立人，主要从事葡萄膜炎的免疫学研究。他与陈教授是好朋友，知道我是毛教授的学生就欣然应允我前去学习和工作一年。

我买了 1994 年 8 月 2 日从北京到荷兰阿姆斯特丹的机票。出国前曾与 Aize 教授传真联系，告诉他我所乘航班和到达时间，他回复说将安排人前去机场接我。

因为是第一次出国，既激动又忐忑不安，激动的是马上就能看一下西方世界到底是什么样子；忐忑不安的是自己第一次出门，对国外不熟悉，也不知道对方是否能在机场接到我，那时候最使我没底气的是手里没钱，万一遇不到接机的人该如何是好？但不管怎样，心情还是相当兴奋的。从北京首都机场乘机大约 10 个小时到达德国法兰克福机场，在此短暂停留然后转机到荷兰阿姆斯特丹史基浦机场，到达机场时已是当天下午五六点钟了，太阳马上就要落山了。偌大的机场人来人往的，我也不知道往哪里走，就跟着人群往出站口方向走去。到了出站口找了半天也没看到接我的人，心中不免嘀咕起来：是对方没有派人来接，还是来接的人在阿姆斯特丹中央车站等我，眼看着天色已晚，不敢再耽误了。经过打听，买了地铁票就直奔阿姆斯特丹中央车站。到达车站时，大约是晚上 9 点，自己一手拉着一个大行李箱子，一手拎着一个小包。出了车站，发现街上冷冷清清、行人稀少，好不容易碰到一个人，向他打听怎么去 Wibautstraat（Aize 给我的传真说是位于这个地方），那个人给我指了一下对面的地下车站，让我乘地铁去，看到我一个人拉着个大行李箱，就又补充了一句：看好你的行李。这一说不打紧，吓得我出了一身冷汗，双手拉着箱子，一刻也不敢放松。

乘 4 站地铁到了 Wibautstraat（后来知道这个地方是人口聚集密度大的市区），当时大约晚上 10 点，出站后街上路灯昏暗（绝对没有国内城市那种灯火辉煌的感觉），整个大街上看不到一个人影，偶尔有一辆汽车从身旁呼啸而过，然后就快速钻进了黑色夜幕里。

我呆呆地站了一会儿，找不到一个问路人，最后看到一家窗户亮着，就前去敲门，出来一位中年妇女，40 多岁，黄头发，蓝眼睛，标准的荷兰人。我把我的情况做了个简单介绍，告诉她我要找荷兰国家眼科研究所。她告诉我 Wibautstraat 没有这个研究所。我拿出 Aize 给我的电话号码，让她帮我联系一下，号码是单位的，没人接，她说明天一早再帮我联系。

这时她给我拿来牛奶和面包，告诉我可以住在她的房车里。这使我感到特别意外，难道国外还有活雷锋吗！为了怕弄出误会，我用英文求证了一下是不是我听错了，那位女士微笑着说，是的，如果你愿意。她给我拿来被褥和拖鞋，我简单洗漱了一下，就和衣睡下，躺下后心里才算踏实下来，从早上北京坐上飞机到现在已经十八九个小时了，一路的紧张、兴奋和害怕总算是过去了。到达 Wibautstraat 的那一刻我真害怕找不到地方，拉着行李去找旅馆，一是根本不知道哪里有旅馆，更重要的是口袋里没有多少钱。到达荷兰的第一天可谓是有惊无险，想着自己还挺幸运的，就迷迷糊糊进入了梦乡。

第二天早上，那位好心的荷兰女士帮我打电话到荷兰国家眼科研究所，Aize 正在犯愁呢，他前一天派了一位博士生 Alex 前去机场接我，愣是没接到，他们也很紧张，不知道出了什么事情，正在想如何才能找到我。当他们听说我的消息后，Alex 即马上把我接到所住的地方（离那位女士家约 400 米），安顿好住处后，即带我去超市和露天市场，买了一些日用品和吃的东西，并向我简单介绍了周围的环境，解答了我的有关问题，然后驱车带我到了荷兰国家眼科研究所。

二、Aize Kijlstra 教授

坐在 Alex 的车上，望着窗外蓝天白云和大片大片的草地，心里在想，荷兰人挺傻的，为什么这大片大片的土地不种庄稼呢？多浪费啊！大约 20 分钟后，到了阿姆斯特丹大学医学中心（Academic Medical Center，AMC）。该医学中心位于阿姆斯特丹东南 9 公里，阿姆斯特丹大学是国际著名的大学，成立于 1632 年。1965 年荷兰教育和科学部制定了跨大学研究机构的条例，以协调大学的科研活动和激励多学科合作研究，1969 年，阿姆斯特丹大学同意与鹿特丹伊拉斯姆斯大学、阿姆斯特丹自由大学成立眼科，1972 年成立了荷兰国家眼科研究所（The Netherland Ophthalmic Research Institute），以后有莱顿大学、格罗宁根大学、林堡跨国大学、乌得勒支大学、天主教大学先后参与了荷兰国家眼科研究所的建设。1993 年比利时教育和科学部所属大学也与之进行合作研究。研究所初始有形态学实验室、眼科实验室和视觉分析实验室以及生化实验室，1979 年成立了眼免疫学实验室，后又成立了眼遗传学实验室和角膜库。研究所主编了三份杂志：*Vision Research*、*Ocular Immunology and Inflammation* 和 *Ophthalmic Research*，为荷兰培养了不少的硕士和博士，也是一所著名的国际性眼科研究机构。

我第一次见到 Kijlstra 教授，他 47 岁，1.8 米多的个子，灰色而卷曲的头发，蓄着不算太长的八字胡，高高的鼻梁，深深的眼窝中镶嵌着大大的眼睛，显得炯炯有神。他是一个热情富有活力和激情的荷兰人，精明而又富有幽默感。后来知道他在中午吃饭和喝咖啡休息时间，常常讲一些故事，引爆大家的笑声，是一个非常受欢迎的教授。

我第一次在他办公室见到他，他热情地给我介绍了他们所从事的研究领域和几个主要的研究方向，随后他在研究所的咖啡间（也是免疫室的会议室）给我介绍了眼免疫室的工作人员和博士研究生。在后

来工作和生活中，我发现他们都很有礼貌，在你需要时往往会给予热情的帮助。

在我到荷兰国家眼科研究所上班的第二天，Kijlstra 教授告诉我两件事情：第一是给我提供住宿的费用，第二是帮我买医疗保险。这两件事情都是我没有想到的，在我到荷兰之前，听先前到达荷兰的同学说，荷兰教授不会提供任何生活费用。我非常幸运成为同一批留学荷兰的学生中唯一一个给予解决住宿的留学生。当时中国驻荷兰大使馆已经给我们买了医疗保险，大约每个月花费近 100 荷兰盾（当时 1 个荷兰盾约合人民币 5 元），因此不需要再买医疗保险了，倒是需要买地铁、公共汽车的月票，每个月约 90 个盾，比医疗保险稍便宜一些。当时我给 Aize 说，这样吧，你不用给我买保险了，帮我买月票吧。他听后感到很诧异，为什么要转换成买月票，我说我已经有保险了，但没月票啊。他说那不行，这两个不能互换。从这个事上可以看出他的原则性很强。

大约在我到荷兰 3 周后的一个周末，Aize 邀请我去他家里做客。他家在一个小镇上，有三间房子，是两层结构，有一条小河从房子旁边流过。房子后面有一片大约 3 亩地的草地，养着几只绵羊，他专门领着我到他的草地上看一下他养的羊，其中一头公羊很凶，一见到我就拉开与我开战的架势。好在 Aize 及时挡住了那只羊，没有让我受到伤害。

后来他驱车载着我和他夫人去一家小餐馆吃饭，吃的是 Haring（鲱鱼），他们非常享受用手抓住一条去头剔骨的生鲱鱼往嘴里塞，我有点害怕吃生鱼。他们夫妇就带我到一家小餐馆点了西餐。吃完后问我好吃吗，说实在的真不怎么样，但也不能说不好吃，于是我急中生智对他说了一句：Little better than so so（比一般的好一点点），他一直到现在还记着，每次我们在一起吃饭时，他总是拿出这一句话跟我开玩笑。

荷兰的另外一个名字叫 Netherlands，意思为低洼的土地，荷兰约一半的国土低于海平面，有很多河和湖，因此荷兰人非常喜欢驾船航行。Aize 家就有两只船，一个是现代的快艇，另一个是老式的木船，他特别喜欢驾着老式木船航行。他们有在夏季休假的习惯，他和夫人往往在海上一直漂上两个星期。有一次，周末他请我和免疫室的人乘他的船去航行，在海上漂了一天，大家都有一种受不了的感觉了，不知道他是怎么在海上度过两个星期的。

荷兰是一个博物馆最为密集的国家，据说有 1000 多家，有绘画、玩具、钟表、陶瓷、木屐等，无所不有、包罗万象。Aize 曾几次带我去博物馆参观，还专门为我买了博物馆的年票，让我周末没事多去走走看看。但是我周末要看书、做实验或去露天市场买菜，再加上我本人对博物馆不是太感兴趣，总共也就没去过几次。

Aize 是一个非常睿智的科学家，他有着深厚的生物学和免疫学基础，还有很好的文字功底，他创办了第一份国际上有关眼免疫和炎症的杂志（*Ocular Immunology and Inflammation*），虽然他不是临床医生，但对葡萄膜炎这个疾病却了解得非常清楚。我在那里一年中，在他的指导下，我们发表了 4 篇论文，一篇是发表在国际眼科界实验杂志排名第一的 *Invest Ophthalmol Vis Sci* 上，两篇发表在英国眼科杂志上，一篇发表在中华医学杂志英文版上。在我回国后的 20 多年中，我们一直没有间断合作，他几乎每年都来中国一次，主要是讨论课题、实验结果以及如何进行下一步实验等方面的事宜。他还应邀多次参加全国眼科大会，在免疫学组专题会上或在我们主持和组织的国际葡萄膜炎大会上做专题讲座。到现在我们已共同发表了 200 多篇 SCI 论文，他对我国葡萄膜炎的研究做出了重要贡献，2019 年被中华医学会眼科学分会授予中华眼科国际金奖。

三、荷兰面面观

荷兰位于北纬 51°~54°之间，居欧洲西偏北部，临近海洋，受大西洋暖流的影响，冬温夏凉，冬季阴雨多风，有刺骨的感觉，但下雪较少，或下雪后当日即化，很少有积雪的现象。夏天气温多在 21℃~26℃之间，空气湿度不大，很少有闷热的感觉，一般不需要空调。

荷兰地处海平面以下，地低土潮，木鞋（木屐）相当流行，现在荷兰的农村还有人使用，但在城市仅能在特产店中看到。

荷兰被称为"风车之国"，海陆风常年不息，风车最早从德国引进，主要用于磨粉、榨油、锯木、灌溉等的动力源，现代的风车主要是用来发电的。

荷兰是郁金香的国度。郁金香是荷兰的国花，库肯露天公园的郁金香占地 32 公顷，全球闻名，公园内郁金香的品质、数量堪称世界之最。在三四月之交，来自世界各地的游客争相一睹郁金香的风采，各种颜色的郁金香形成花的海洋，一直蔓延到天边，会让人有一种如痴如醉的感觉。

荷兰人不管男女大多个子高，据说荷兰男子平均身高约为 185 厘米，世界第一，给人以威武强壮的感觉。你与他们相处久了，会发现他们的多面性，甚至是矛盾性。

1. 荷兰是一个高福利国家

荷兰是一个经济发达、富裕的国家，据说仅一个鹿特丹港即可以养活所有荷兰人。荷兰也是社会福利最好的国家之一，全球养老金指数世界第一，欧盟各国医疗体系排名第一，全球儿童福利第一。在失业保险、残疾人补助、医疗保险等方面一直领先于欧洲，其福利政策更是有"从摇篮到坟墓"之称，即从出生到死亡，政府都给福利。我在荷兰时遇到一些没有工作的人，政府每个月发生活费 1200 荷兰盾，一年发 13 个月，多出来一个月的生活费是让你出去旅游的，还有住房减免费用等。在荷兰国家眼科研究所工作的保洁人员，每周工作两天半，工资每月 1800 荷兰盾。

2. 荷兰人的穿着

荷兰人虽然生活富裕，但绝大多数人衣着休闲、朴素。因为风大，很多人喜欢穿风衣，西装革履并不多见，但出租车司机则一年四季都是西装革履，打着漂亮的领带，开着漂亮的车。

3. 荷兰人的性格

荷兰人性格直爽，有点粗犷，大大咧咧的，也挺喜欢八卦的，在喝咖啡的时间，他们经常聚在一起，边喝着咖啡边聊着张三、李四、王二麻子家的事情。

荷兰人喜欢热闹。你时不时会看到在大街的广场上临时搭建一些舞台，一些人留着怪异的发型，头发染成各种颜色，身上文着各种各样的图案，随着狂放的音乐在声嘶力竭地喊着、唱着，随着音乐拼命扭动着身躯，台下的呐喊声、口哨声震耳欲聋、不绝于耳。有足球赛时，你可以看到很多酒吧内人声鼎沸，欢呼声和叫喊声都不会输于比赛的现场。

荷兰人又特别喜欢安静，你可以经常看到，在大街酒吧前的洋伞下不少人面无表情地、懒洋洋地坐在那里，只有在有轨电车来时才惊醒他们，把惺忪的睡眼睁开一下。我住的公寓前是宽阔的阿姆斯特尔河，河水清澈，靠近河岸有一些船，常年停靠在那里，每只船上住着一户人家，船上水、电、厨房、卫生间一应俱全，两岸草坪上隔上 50~100 米就有一把长长的座椅，经常会看到一些人提着一堆啤酒坐在河边的座椅上，面朝河水，若有所思地或是懒洋洋地望着河面上成群的海鸥，时不时地拿起啤酒瓶喝上一口，他们可以从早上一直喝到下午，从中午一直喝到华灯初上，就那样一动不动地待着，好像整个世界都凝固在那里。

4. 荷兰人的善良和宽容

我前面讲到第一天到荷兰遇到那位非常善良的女士，后来我与荷兰人谈到这件事，他们说这个事情很正常啊，很多人都会在你困难时伸出援手的。我在荷兰那一年中，听说一个事情：一个意大利人在瑞士遇到雪崩失踪，报纸和电视报道了很多荷兰人自愿自费前去瑞士寻找那个失踪的人。按我们的说法那叫国际主义精神。

阿姆斯特尔河岸经常会有人在垂钓，我有时会很好奇，看看他们一个上午或一个下午能钓到多少鱼。你会发现他们在钓到鱼后用尺子量一下有多长，然后就把鱼又放回河里了。我问他们为什么把它又放走，他们说这些鱼多可爱呀，也是一条生命啊！我又问他们，那为什么在露天市场有那么多鱼卖呀？他们往往耸耸肩膀说，那不一样啊。他们也拿不出更多的理由让我感觉到有什么不一样。

在荷兰的中国人很多时候都会谈到荷兰人待人友善、宽容。对我印象最深的是一些华侨给我讲的荷兰警察故事。当年，中国经济还比较落后，一些人通过各种渠道偷渡至荷兰，这些人在荷兰一般都是在餐馆打黑工，荷兰警察也会时不时地去中国餐馆抓黑工。这些餐馆一般都留有后门，发现警察来了，黑工往往从后门就溜走了，偶尔来不及溜掉的，会被带到警察局。到那里后，警察会请你坐下，倒上一杯咖啡先让你喝，再问你是怎么回事，为什么要打黑工？那些人往往都可能被抓过几次了，知道按套路应对，说是来这里旅游，护照丢了，回不去了。警察这时就会告诉你，赶快去中国大使馆办一个护照，回去吧，然后这些人就被放了出来。这些人往往是前脚放，后脚又溜到了中餐馆，继续打黑工了。

听了这事，我简直都不敢相信这是真的，可另外一些事情却让我不得不信这是真实的事情。荷兰的地铁、有轨电车都是没有检票员的，一般的地铁站都有售卖地铁票和有轨电车票的，他们的票是长条票，有10个盾、20个盾或更多的，票可以折叠，根据坐的站多少，在进出站口的打票机上自行打票，进站、出站。车上没有一个检票员，乘车买不买票，打多少格全凭自觉。我看到一些摩洛哥人、巴基斯坦人等经常不买票乘车。偶尔工作人员也会查票验票，他们查票一般都是3~5个人一起，在一个车站等着，等地铁或有轨电车到站后，这些查票的人员从一个车厢门上车，很多没买票乘车的人看到查票人从这个门上车，他们就从另外的门下车。查验票人员从来不会说从不同门上，控制每个车门再查。可想而知，这样的查票结果是根本就查不到那些不买票乘车的人。我反复思考这个问题：是他们不想查票，还是走走过场装装样子；是考虑到人人素质高不会有人逃票，还是想着有人穷逃票就逃票吧，直到现在我都没有想明白是怎么回事。

荷兰人特别喜欢小动物，我发现养狗养猫的特别多，一家养几只那是很平常的事情，我曾经开玩笑说，荷兰的狗比人多，荷兰的猫也比人多。

荷兰人对实验动物的关爱也是少见的。荷兰国家眼科研究所有一间动物室，养着大鼠、小鼠和兔子等动物，动物室24小时播放轻音乐。有一次我问动物饲养员，为什么总给动物放轻音乐呢？他告诉我在这样的情况下动物就会很放松，生活得很愉快。如果没有音乐，开门或关门声都可能造成动物紧张，兔子一紧张就可能跳动，有可能把脊柱弄骨折，所以要一直放音乐，避免声响干扰到它们。

有一次我与免疫室一位博士生一起做实验，在麻醉大鼠时，不小心大鼠死了一只，当时这位博士一脸的悲伤，眼泪都快要掉下来了，他告诉我，做动物实验后杀掉动物是它们为科学研究做贡献，如果出现意外而死掉则是我们的过错。

5. 荷兰人的包容性

荷兰是包容性很强的国家，对同性恋的认可度很高。我第一次在荷兰留学时虽然同性恋婚姻尚未得到法律的承认和保护，但大街上你时不时可以看到两个男性或两个女性，手拉着手，肩并肩在大街上行走，还时不时做一些亲密的动作。我曾见到过一次同性恋大游行，吸引了成千上万的人。听说自 1996 年开始，每年 8 月举办阿姆斯特丹同性恋运河大游行，参与的人来自世界各地。2002 年荷兰通过世界上第一部允许同性恋结婚和领养小孩的法律，男男结婚、女女结婚就好像男女结婚一样平常。

荷兰有很多伴侣关系或同居关系的家庭，这些人没有婚姻登记而住在一起，组成一个家庭。在研究所内即有好几个这样的家庭。有一个和我关系很好的荷兰人，已与他的伴侣同住十多年了，我问他你们为什么不结婚，他告诉我结婚不结婚没有什么不同，如果哪一天不适合了就分开，很方便。我又问他，如果有了小孩咋办，他说也没关系啊，没结婚生的孩子与结婚后生的孩子在法律上没有任何差别。不过荷兰的伴侣婚姻还是比较稳定的，有不少是一过就是十多年、二十多年，从一而终的也不少见。

说起荷兰人的包容性，不得不提起安乐死。安乐死是指对无救治希望的病人，停止治疗或使用药物，让其在没有痛苦的情况下"幸福"地死去。自 20 世纪 70 年代以来，哲学界、医学界、伦理学界对此一直争论不休。在 80 年代，荷兰虽然未制定有关法律，但安乐死已在悄然施行。2001 年 4 月 10 日荷兰议会上议院以 46 票赞成、28 票反对通过了安乐死法案。2002 年 4 月 1 日，该法案正式生效，是世界上第一个将安乐死合法化的国家，可以说，安乐死在荷兰已"名正言顺"。但这并不意味着病人不想活了即可以死去。安乐死必须具备三个条件：（1）病人的病情是目前医学不能治愈的；（2）病人遭受的痛苦是难以忍受的；（3）病人必须是在意识完全清醒的状态下，经过深思熟虑后完全自愿做出的决定。据报道，荷兰每年有数千人通过安乐死结束生命。

四、荷兰的 PhD 学生

荷兰的医学哲学博士制度还是非常严格的，一般而言要花 4 年的时间，发表至少三篇第一作者的 SCI 论文，影响力是判断学位论文质量的一个重要指标。博士研究生如果在学习 7 年时仍无足够的论文发表，将会被取消博士研究生资格。我在荷兰国家眼科研究所期间，看到的博士研究生还是比较勤奋和刻苦的，但也有个别显得吊儿郎当的。

荷兰的医学哲学博士论文一般用英文书写，通常不超过 70,000 词（大约在 150~200 页），第一部分为引言，先对研究的方向和领域做一个介绍，随后指出本项研究的目的所在，并列出整个论文章节；第二部分是论文的主体，将已发表的论文逐篇打印出来，有些已投稿的论文或已接收即将发表的论文也要整篇打印出来，这一部分与国内博士论文有所不同，国内论文使用的基本上是原始的结果，不是发表的文章；第三部分是小结和结论，是对前面所发表论文和已投稿的论文做一下梳理和总结，根据这些结果得出结论。顺便说一下，荷兰对研究生涉嫌学术不端的处理是非常严格的。

研究生的答辩特别庄重，博士生汇报论文一般 15 分钟，答辩时有六七位提问的专家（opponents）穿着特别的袍子（不同大学袍子的颜色不同），显得威严和正式。问答时间为 45 分钟。答辩会结束后，通常有一个简单的招待会，供应一些小吃、啤酒和红酒，对参加答辩的教授、同事、同学、亲朋好友表示感谢。当天晚上或另行择日，答辩者邀请其所有家庭成员、朋友和同事聚餐。聚餐时，同事们往往以表演幽默短剧或播放一个 VCD 的方式开答辩者的玩笑，或回忆过去几年一起工作中的点点滴滴，及一些好玩的事情，之后往往随着现场音乐，人们跳舞或狂欢至深夜。

五、荷兰的华人

20 世纪 90 年代，荷兰已有不少华人，主要是从香港过去的，有一部分是从广东、福建、浙江过去的，他们多工作在中餐馆或中国人开的杂货店里。在荷兰出生并长大的华人则与当地人一样，享受着荷兰政府的各种福利待遇，也与荷兰人一样拥有各种各样的工作机会和权利。但总体而言，第一代移民的华侨由于语言沟通的问题过得比较憋屈，特别是在发生疾病时，虽然也买了保险，但还是能拖就拖，直到拖得没办法时，才会去看医生。

我在荷兰期间，晚饭以后经常就会沿着阿姆斯特尔河散步，经常看到一对华人夫妇也在那里散步。后经交谈了解到，他们是在 20 世纪 70 年代从香港移民到荷兰的，男的姓何，他们夫妇原来都在中餐馆工作，后来何叔由于肾脏病而做了费用全免的肾移植手术，何婶也就没有上班在家照料。他们有一个儿子和一个女儿，都已长大成人，都在中餐馆工作。老两口单独居住，他们住的是一个套房，100 平方米左右，上下两层。在熟悉后，他们经常邀请我去他家吃饭，做了什么好吃的也会送到我的住处，给我枯燥的留学生活增添了一些佐料和乐趣。

何叔因做了肾移植，需长期使用免疫抑制剂，抵抗力较低，身体经常出点小毛病，他们知道我是学医的，也就经常要我帮忙为其诊治。我从小学过中医，对中医中药和针灸治疗略通一二，有时为其开中药方（阿姆斯特丹新市场区附近有一家中医馆，有中药可取），有时为其针灸，还真为他们解决了不少问题。

有一天何婶给我说，有一个华人已 70 多岁，腿痛有两个星期了，荷兰医生给他开了西药，没有任何好转，想请我为他治疗一下。我随何婶到那位华侨家，看到老先生很痛苦，躺在床上痛得不能翻身，我就为他针灸治疗，一次后明显减轻，两次后就可以下地行走了，又治疗一周，疼痛彻底消除了。这样一来，在华人圈子里很多人知道我会看病，就在晚上或周末请我为他们治病，有的时候好几个人在排队等我，虽然忙了一点，但也帮我愉快地度过了空闲的时间，冲淡了个人的寂寞。

在为华侨华人治病的过程中，与他们闲聊时也能从一个侧面了解荷兰社会和一些风土人情。他们在那里虽然有车有房，但是文化的差异也时常提醒着他们是外乡人，华人的子女虽然受的是荷兰的教育，但在感情上还是认同东方文化多一些。很多华侨华人也表达了对祖国强盛的期待，看到祖国日益强大，他们都由衷地高兴。

六、我在荷兰的生活和工作

说实在的当年的留学生活还是很艰苦的。我国改革开放时间不久，经济还比较落后，在这样的情况下，能被国家资助前去国外学习和工作自己感到非常荣幸，也深知机会难得，抓住一切机会，拼命地工作。

当时国家资助我们留学荷兰的同学每人每月 960 荷兰盾，除了房租、购买交通月票和日用品基本上就花得差不多了。一般的中国留学生租的房子比较差，最差的也要 300 多荷兰盾，大多在 400 盾左右。后来我听说我住的公寓每个月要 500 多荷兰盾，Aize 给我解决了住房问题，省去了一大笔钱。好在自己从小过惯苦日子了，学会了俭省节约。荷兰的面粉比较便宜，1 千克才 0.59 荷兰盾，鸡腿也很便宜，周末就买上 2 千克鸡腿，在家里炖上一大锅。我喜欢吃面食，会做烩面，每天下班后用鸡汤做上一锅烩面，放点青菜，吃得又干净又可口，冷天时吃得更舒服。晚上蒸上一碗米饭，做一个番茄炒鸡蛋（鸡蛋很便宜），第二天上班时带到研究所，中午热一下就是午餐了。研究所所在的阿姆斯特丹医学中心食堂还是不错的，也比较便宜，每顿午餐五六个荷兰盾就可以了，但一想到每个月要 100 多个盾，还是省了吧。荷兰人看我每天吃番茄炒鸡蛋，都得出一个结论，说中国人喜欢吃鸡蛋，不喜欢吃肉。他们哪里知道，我们不是不想吃肉，是舍不得吃，想着节俭一些，把钱带到国内。我听说一个中国留学生，连鸡腿都舍不得买，在荷兰一年吃了一年的鸡蛋。由此可窥见那个年代留学生生活之艰苦。理发是留学生的一个难题，一般理发一次要花费 20 个荷兰盾，为了省钱留学生们有时就互相理发。记得有一次我给一位同学理发，一下子把头发削去一大块，最后没办法收拾，只有到理发店让师傅帮着修理和"完善"了。留学生多坐地铁到新市场区附近一家便宜的理发店去理发，理一次 9 个荷兰盾，因大多数同学都有地铁的月票，坐车不要钱，这算是最省的了。

打电话也是一个难题，当年国际电话费很贵，电子邮件刚开始，国内很多单位还没有，家里有事或工作上的事都可能需要联系。Aize 破例让我每周用他办公室的电话往国内打一次电话，我这个人比较自觉，每次都是 3~5 分钟完事，不好意思打太长的时间，Aize 倒是十分大度并不会说什么。有时有急事就坐车到中央车站的一家摩洛哥人开的国际长途商店去打，每分钟 2 个盾，算是最便宜的了。

　　我的工作主要是研究内毒素诱导的葡萄膜炎眼组织中特定类型细胞的动态变化。因为文化的差异，语言要适应，我就抓紧时间努力工作，做的眼组织平片达上千张之多，他们都开玩笑说我要创眼组织平片的世界吉尼斯纪录了。

　　在荷兰国家眼科研究所工作期间，我发现研究所有几本与我专业密切相关的书籍，都挺贵的，于是我就把书复印下来。等我回国时带回 6 本书的复印件，为我们在国内进行葡萄膜炎研究提供了宝贵资料。

　　我在荷兰的辛勤工作感动了 Aize，他批准我参加在美国佛罗里达召开的一年一度的 ARVO 会议（全世界眼科基础领域中规模最大的会议）。荷兰人也考虑省钱的问题，要两个博士生或国外的访问学者合住一间。当时他们要我和一个女博士住在一起（在他们看来很正常），我一下就蒙了，跟 Aize 提出了强烈要求，最后让我和另一个男博士生住在了一起。

　　在 ARVO 会议上遇到了不少来自国内的同行，有些人认识，有些人不认识，但一看名字就知道是来自国内的。我发现一个问题，几乎所有的中国人到国外以后写的文章单位署名都是国外的单位，只有我一个人署上了国内的单位"中山眼科中心"。当时我很不理解：有一些可能是自己联系出国的，与单位没有任何关系，不写国内也就罢了，有一些明明是国家资助出去的为什么不写国内工作单位。后来才听说，如写上国内单位可能显得低人一等，所以就干脆不写了。我这个人从农村走出来，知道当时中国的现状，也知道国家培养留学生的不容易，国家资助做的工作理所当然地应把国内的单位写上去，我在国外完成的文章都标有"中山眼科中心"的名字。

　　我学成回国几年后，学校让申报国家杰出青年基金。这个时候我发现，我在国外做的工作署有国内单位名字对获得这个基金帮助很大。1999 年我第一次申报这个基金即获得批准，成为我国眼科界第一位国家杰出青年基金获得者。

七、我的两个邻居

我居住的公寓在一座五层楼上，我住在 5 楼，对面住着一个来自古巴的女孩，她是眼科研究所形态学实验室的访问学者。另外一位邻居住在二楼，是来自意大利的访问学者，与我同在免疫室工作。

住在对面的古巴姑娘叫 Valia，20 多岁，应该是混血儿，宽大的脸庞、厚厚的嘴唇、卷曲的头发，给人一种和蔼可亲的感觉。她特别热情，时不时给我尝一下她做的土豆之类的菜品，我做烩面或油饼时也让她品尝，她常常啧啧称奇。她告诉我，她男朋友在古巴的一家脑研究所工作，还给我讲了很多她的爱情故事。她是先我半年到荷兰的，也是在荷兰留学一年，所以她提前我半年回国。回国前告诉我，她已经给男朋友联系好荷兰阿姆斯特丹医学中心的脑研究所，让他到荷兰工作一年。我还特意向她表示祝贺。当时古巴可能比较穷，她把在荷兰买的自行车，还有所有剩下的日用品包括肥皂和洗衣粉都托运回古巴了。

Valia 回国后几个月的一个下午，眼科研究所的一位荷兰籍的技术员邀请我参加她的婚礼。她的男朋友是混血，我问他是哪里人，他告诉我来自古巴，已在脑研所工作 2 个月了。我问他认识不认识 Valia，他说那是他以前的女朋友。我告诉他，Valia 说她非常爱你。他说是的，我也非常爱她，但是古巴太穷了，我不想回去，想永远留在荷兰。我一下子明白了，Valia 曾经描述的多么坚贞的爱情在不到两个月就被彻底粉碎了，不知道 Valia 有何感想。

我的意大利邻居叫 Robert，是一名眼科医生，个子不高，络腮胡子，蓝色眼睛，穿着随便，有些邋遢的感觉。他总是一脸疲惫的样子，给人一种他从来没有睡醒的感觉。他夫人是荷兰人，没有工作，跟随他在意大利生活已经有好多年了，这次他到荷兰国家眼科研究所工作，听说是他自己出钱来的，也不知道是想做个实验写篇文章还是其他原因。他带着老婆还有 6 只狗来到阿姆斯特丹，租房是自己掏的钱。

Aize 考虑到 Robert 以前没有做过实验，就给了他一个很简单的课题，让他测一下病人血清和房水中的抗弓形虫抗体，标本都已收集好了，让他学一下免联免疫吸附测定法去测就行了。按理说此项工作十天半个月就完成了，但那老兄硬是 6 个月后仍没有结果。他每天大概 10 点多开车到研究所，午饭时在咖啡室胡乱吃点东西，大约两点钟即开着车回家了，天天如此。Aize 还是比较有涵养的，平时也不说他什么，到了 6 个月时竟然没有结果。Robert 对 Aize 说他回意大利一段时间再回来继续这项工作，当时 Aize 教授已失去荷兰人特有的绅士风度了，对他说我这里再也没有这样的机会了。在他回意大利后第二天，Aize 为我举办了欢送宴会，在市中心一家很好的中国餐馆，免疫室的所有同事均到场，让我点了中国菜，他们还专门点了青岛啤酒。当时我说 Robert 昨天才走，要知道提前两天叫上他多好，Aize 说没必要请他吃饭。看来再有绅士风度都受不了那些不干活懒惰的人。

还想说一件有关 Robert 的事情。他老婆有神经官能症，总是心慌发闷睡不着觉，我为她扎针并开了中草药，经治疗后她感觉大为好转，很是高兴。有一天他们说要请我吃饭，我说不用，他们执意要请，我说那好吧。到晚饭时我去他们的房间，饭已做好，桌子上放着一小盘面包，还有一个小锅，锅内有大半锅黄色的黏稠东西，他们两口子与我寒暄一番后开始吃饭，晚饭就是餐桌上那点东西，我胡乱吃了几口，感觉不好吃，就此告辞回到我的公寓，又做我的烩面去了。

过了几天，他太太又让我给她扎针，我去他们家时，他的狗没有拴好，直扑过来，把我的腿给咬伤了。我跟 Robert 说，我要去打狂犬疫苗，他说他的狗没有狂犬病。我说不行，你也不知道你的狗有无狂犬病。但他还是不去。后来我说那就给 Aize 打电话吧，他才很不情愿地跟着我去了当地的防疫机构，打了一针狂犬疫苗。这个事使我很不高兴，我为你太太治病，你们家狗把我咬了，还不想跟我去看一下，不管怎么着都说不过去呀！

在他要回国的前一天，免疫室让他和我汇报一下工作，我讲了约半小时，把一年的工作做了一个详细的汇报，引来一片掌声。待他汇报时，什么都没有，Aize 脸色很不好看。最后我说我给大家讲一个故事吧，大家都说好。我就给大家讲了如下故事：有一天早上我骑着自行车到荷兰国家眼科研究所上班，路上碰到一个小姑娘在哭，我停下来问她，小姑娘你哭什么呀？她告诉我她忘了一件事情，她妈妈给了她两个硬币，一个用来买火柴，一个用来买蜡烛，她在路上走着走着，忘了用哪一个硬币买蜡烛、哪个硬币买火柴，所以就哭了起来。我告诉她，你不要哭了，Robert 马上就要过来了，他是全世界最聪明的人，他会告诉你用哪一个硬币买火柴、哪一个硬币买蜡烛的。小姑娘一听很高兴就不再哭了。后来 Robert 告诉这位小姑娘怎么去做，最后小姑娘买了火柴和蜡烛后高高兴兴地回家了。在场的荷兰人绝大部分明白了我的意思，笑了起来，也有个别人没弄明白，一手比画着说蜡烛，另一手比画着火柴，问这是什么意思？ Robert 的英语不怎么好，但他听到故事中有他的名字和蜡烛、火柴的字眼，也弄不清楚到底是怎么回事，他看到大家笑，也跟着傻傻地笑了起来。

一年的荷兰生活有苦也有乐，遇到了很多好人，也遇到了一些有趣的事，它们都已成为历史，想想会使我感觉温暖，感觉好笑，苦中有乐。谨记于此，与大家分享。

我在荷兰阿姆斯特丹中央车站

我（右一）在荷兰与 Aize 夫妇和同事 Lidy

我（左一）参加荷兰 PhD 答辩时留影

荷兰 PhD 答辩现场

我在荷兰库肯露天公园

我养的羊

可能很多人看了这个题目觉得怪怪的，难道你养的羊与别人养的有什么不一样吗？说一样也一样，说不一样也有点不一样，现记录于此，与大家分享。

我出生于河南省濮阳县城西的一个村庄，叫西郭村。父亲是一位赤脚医生（农村医生），母亲是地地道道的农民，没上过学，连自己的名字都不认识。当年我国经济还比较落后，所以农民的生活还是相当艰苦的，平时吃的都是红薯、玉米之类的食物，仅在过年过节时才能吃上鸡蛋和肉。

农民为了增加收入，唯一的途径是多挣工分，到年底按工分的多少分钱和粮食。工分是大家评的，最高的出一天工给 10 分，那必须是年轻力壮的小伙子，还要踏踏实实做农活，不滑头、不偷懒才行。我所在的生产队，

10 分大约合 3 毛多钱，但是这并不是说，每天出工，一个月就可得到 9 元钱，挣的工分钱还要减去你分的粮食、蔬菜等折合的钱，这样算下来，一个壮劳力，一年能挣上 50 元钱就不错了。

每年生产队会召集一次全体群众大会，给每个人评工分，主要根据每个人的体力、劳动态度、是否在劳动中舍得下力气等。虽然生产队的干部及家属在评分过程中会有点沾光，但总体上而言还算比较公平。工分评过后的一年中，你每出一天工，干一天活，得到的就是评定的工分，这样下来一年能挣多少工分是相对固定的。

如果想多挣工分，那只有靠另外一个途径，即积农家肥。农家肥是将青草或干草、庄稼秆和水混在一起，经过发酵变黑而形成的一种有利于农作物生长的肥料。养羊和猪可以加快农家肥的形成，并能提高农家肥的质量。积的农家肥可以卖给生产队，按质量每立方米换取一定数量的工分。此外，养羊和猪还有一个好处，就是可以卖钱，绵羊的羊毛也可以卖钱，在那个年代，农民只有靠养羊、猪和鸡增加一些微薄的收入。

我记事的时候，我们家就养羊。喂羊的基本饲料是青草、干草、树叶或庄稼秆，刷锅水中含有一些玉米粒等食物用来喂羊算是额外增加的宝贵食粮了。我每天放学都会下地割草或捡一些树叶用来喂羊。

那个年代与现在不同，庄稼地里、路旁很少有草生长。割草时，我很有耐心，大草小草都不放过，总是能割到草。那时刚好是"文化大革命"期间，经常停课，放学后去割草已成了我的一个固定的工作，每天割的草都能满足羊的需求。秋天放假期间，我去一个亲戚家住着割草，他们家离我们那里有十几里路，相对草多一些，我住上十来天即可以割上一垛草，可以满足羊一冬天的需要。由于有草喂并喂得及时和用心，我们家的羊总是长得很快，肥肥的。我每天喂羊，它逐渐成了我的好朋友，它一见我就往我身上蹭，还咩咩地叫，煞是令人开心。

　　随着羊的长大，问题就来了。它将面临三个结局：第一个结局，可以继续养，这指的是母羊，可以让它下崽；第二个结局是卖掉；第三个结局是杀掉。杀掉我养的羊，我肯定不同意，它是我的朋友，也是一条生命；卖掉也不行，因为卖掉后，我知道它肯定也是要被别人杀掉的。所以，每次卖羊我总是哭着闹着不让父母去卖。父亲给我解释说，猪羊一道菜，它长大了我们不能一直养着它啊。但是任凭父母怎么解释，我就是不让卖，最后没办法，父亲就带我去赶集会，然后趁我不在家的时候偷偷把它卖掉，等我回到家里，一看我的羊没有了，便大哭了一场。

　　记得在 9 岁那年，临近春节，我们家养的小羊已经"长大成羊"了，父亲想着过年把羊杀了，让全家过个好年。但他知道如果我在家就没有办法杀，父亲就又带着我去赶集，说要给我买一些过年的新衣服。等我回来后，发现我们家的羊没有了，听说是一个邻居帮着把羊杀了，我很难过，就去那个人家里闹了很久，春节期间坚决不吃我们家的羊肉。

　　我记得我们家只养过一次猪，养猪与养羊不一样，养羊可以以剪羊毛卖钱为理由继续养下去，而养猪要么杀掉，要么卖掉，没有继续养的可能性，由于卖猪同样会引起我的哭闹，所以以后也就干脆不养猪了。

　　在我七八岁时，有一只流浪猫跑到我们家生了一窝小猫，有四五只。据说母猫年龄大了，生过小猫后它就不管了，一窝小猫可使我犯了愁，老猫不管我来管吧。可是当年家里穷，没有牛奶、羊奶，就连白面都很少能吃得上，我就每天用玉米糊喂小猫，可能是缺乏营养的关系，没过几天就都死掉了，看着死去的小猫，我很是伤心，这种伤心还持续了很长时间。

　　在读博士期间，我从牛眼中提取出了视网膜可溶性抗原和光感受器间维生素 A 类结合蛋白，用这两种抗原在动物身上诱导实验性自身免疫性葡萄膜炎动物模型，使用的动物有两种，一种是豚鼠，另一种是 Lewis 大鼠。实验的过程是将抗原免疫豚鼠、大鼠后，十多天就会发生葡萄膜炎，此时要杀死动物，取出眼球和脾脏，进行葡萄膜炎的病理和免疫学研究。每次杀死老鼠都使我犯难，要杀确实不忍心，不杀又无法完成实验，最后只能"痛下狠心"，而我也会对着老鼠默默地念道：亲爱的豚鼠、大鼠们，你们不要怪我心狠，我是不得已而为之。你们这也是为科学而死，死得光荣、死得其所，你们也就瞑目吧。

后来，我到荷兰国家眼科研究所进行内毒素诱导的葡萄膜炎研究用的也是大鼠，到美国 Casey 眼科研究所进行内毒素诱导葡萄膜炎的活体研究，用的是小鼠，每次杀死它们之前，我都会心中默默感谢它们为人类葡萄膜炎研究所做出的贡献。

俗话说从小看大，三岁看老，对生命那种爱惜、不舍和怜悯一直延续到现在。这种对动物生命怜惜的情感可能是我以后学医、爱苍生、爱病人的一种基础和先天基因吧，对生命怜悯和热爱之心，促使我不断学习、提高自己的诊断治疗水平，虽然谈不上想病人所想，急病人所急，但悬壶济世、治病救人却是永远地记在了心上，不但用技术为病人治病，还用心、用智慧为病人祛除病痛。

第五部分

诗心文梦

莫言培增不识谱　一片冰心在玉壶

由我作词，数位作曲家、歌唱家共同演绎的专辑《我是你的眼》由广州太平洋影音公司出版了，包括 12 首歌，分别是《我是你的眼》《那个秋天早上》《盼归》《实验室之歌》《我是一个女汉子》《小米粥》《情人节叹息》《有点烦》《护士之歌》《发呆》《白塞人你并不孤单》《重医眼科人之歌》。出版之际，心里不免有点小激动，于是提笔写下了这篇文章，以表纪念。

说到这张专辑的名字《我是你的眼》，不得不简要介绍一下 2013 年由我撰写、中国青年出版社出版的一本小书《我是你的眼》。其中有一篇以我的病人为原型创作的中篇小说，说的是山区农村青年晓雷和春儿的故事。主人公晓雷和春儿青梅竹马，两小无猜，后因生活所迫，晓雷不得不外出到南方城市打工，在临走的前一个晚上，两人山盟海誓、情定终身。晓雷到南方城市打工初期，接连受到意外打击，特别是在一次工地施工中，他不幸从高空跌落，造成全身多发性骨折。医生判断他不可能再站立起来了。此时，晓雷为了不连累春儿，给春儿写了一封绝笔信，说春儿收到这封信时他已不在这个世界上了，劝她找个好人嫁了。然而，世事难料，峰回路转，晓雷在好心人的资助下做了多次手术，最终竟奇迹般地站立起来。那一刻他发誓要奋发图强，报答社会，报答所有帮助过他的人，给春儿一个幸福的生活！当他功成名就返回家乡找春儿时，发现春儿已结婚生子，春儿哭天喊地追问晓雷为什么要欺骗她！看到眼前这一切，晓雷心生愧疚，无言以对，无奈地退出了春儿的生活。但他心中对春儿的眷恋并没有随着时间推移而减少。在后来的生活中，尽管很多善良美丽的姑娘向晓雷表达爱慕之情，但他都一一回绝了，因为他心中只有春儿。为了弥补对春儿的愧疚，晓雷以资助贫困生的名义多年来一直在默默地资助着春儿的女儿。春儿的女儿考上大学后，她的老公却不幸意外去世，此时她悲痛欲绝，巨大的精神打击使得春儿双眼突然患上了葡萄膜炎，眼前一片黑暗。此时晓雷第一时间赶到春儿身边，拉着她的手，轻轻地说：春儿，我是你的眼，让你感受天高地宽；我是你的眼，为你丈量岁月长短；我是你的眼，地老天荒只为那一世情缘。在体验地老天荒、亘古未变的美好爱情中，《我是你的眼》这首歌就轻轻来到你的身边，那悠扬的旋律，甜美的声音，流淌着人间真情和爱情，引起你美好的遐想和向往。

　　《白塞人你并不孤单》这首歌的创作源于白塞病联盟的一次活动。2013 年 5 月份，白塞病联盟的发起者和负责人老骏马先生给我寄来了《我要怒放的生命》一书的清样，该书记录了白塞病友与白塞病这个顽固和残酷的疾病抗争的一个个动人故事，读起来不禁令人肃然起敬！老骏马先生邀请我为这本书写一个序，并希望我参与第一届全国白塞病联盟病友会的筹备工作。我当即决定，为该书写一篇序，为这个群体写一首歌，参与筹备重庆第一届全国白塞病联盟和葡萄膜炎之家病友联谊会，并个人捐款一万元支持此次活动。在大家的共同努力下，《我要怒放的生命》如期出版，全国白塞病和葡萄膜炎之家病友联谊会按期在重庆举办，并获得巨大成功（在我那本《我是你的眼》一书中对此有专门介绍），《白塞人你并不孤单》这首歌也应运而生。

白塞病是一种全身多系统多器官受累的疾病，最常见的表现有葡萄膜炎、反复发作的口腔溃疡、多形性皮肤病变和阴部溃疡，还可引起神经系统病变、关节炎、附睾炎、血栓性静脉炎、肛门周围脓肿、心血管病变、肺部病变等，神经系统、心血管及肺部血管病变可导致死亡。葡萄膜炎也是非常严重的病变，易于反复发作，治疗非常棘手，不少患者最后双眼失明，给患者、家庭及社会带来严重的危害及沉重的经济负担。此病患者多是青壮年，疾病每一次复发，对患者及家庭来说都是一次沉重的打击。美国有一著名专家曾说过，此类疾病通过旷日持久的炎症进展，不但可造成患者视力丧失，还可引起患者及其家庭经济上和精神上的浩劫！从这段话足以看出此病对病人及其家庭成员躯体和心灵的吞噬作用和巨大的摧残作用！

门诊遇到的一些白塞病患者，患病后彷徨、孤独、意志消沉，有些病人因患此病而自杀，在葡萄膜炎门诊，大有谈"白"色变的感觉。但是也有不少患者与家庭成员一起与疾病顽强抗争，使我深受感动。在广大病友的支持、鼓励和积极配合下，我们努力探索该病发生、发展规律，不断探索和完善其治疗方案，三十年如一日，攻克了一个又一个难题，已经使大多数患者恢复了有用视力，一些患者还恢复了很好的视力，并创造出他们辉煌精彩的人生。我们也因在白塞病和其他葡萄膜炎的诊治和研究方面所做的贡献，先后三次获得国家科技进步奖，六次获省部级一等奖。但是白塞病领域还有许多难题需要我们继续努力予以攻克，还有很多患者等待着我们救治，正所谓革命尚未成功，同志仍须努力！

白塞病患者这个不幸的群体与疾病抗争的一个个故事，使我们感到欣慰和感动。作为从事此病诊断、治疗和研究的一名医生，也深感自己责任重大，更深切体会到他们需要精神鼓励和医疗救助，在此背景下我写出了《白塞人你并不孤单》这首歌。歌曲由国家二级演员李德永老师作曲并演唱，她有着精益求精、雷厉风行的性格和作风，整首歌曲调优美、流畅、舒展，她那富有魅力的女中音将歌曲的主题思想表达得深情而又富有力量，动人而又婉转悠扬，很多人听后赞不绝口。这首歌与《盼归》《我是你的眼》被一些好心人制作成 MV，在网络及 KTV 广为流传。

目前在歌坛上有很多歌颂父爱、母爱的歌，在我的人生道路上，父爱、母爱也如影相随陪伴着我成长。我小时候，正是处于国家经济相对困难时期，父母亲生我时年纪都比较大，为了供我上学，可谓是含辛茹苦，土里刨食，一分钱恨不得掰成几瓣花。当年生活虽然非常艰苦、清贫，但我却因父爱、母爱而感到特别幸福和快乐。恢复高考后，我有幸在第一年就考上大学。父母特别高兴，把家里所有能拿出来的东西都放在我出门的行装里。在我准备去郑州上学的那个早上，母亲一早就为我做好早饭，一家三口围坐在小桌旁，母亲对我说，二小（在我家乡，排行第二的儿子通常被称为二小）吃饭吧，好好吃，免得路上挨饿。我对父母说，你们也吃吧。但他们迟迟未动筷子，此时父亲叹了一口气说，二小长大了，飞走了。小屋的气氛顿时凝固了下来，沉默了好一阵子，父亲眼圈红着，起身走到院子里，母亲在一旁暗自抹泪。那一刻我深深体会到了父母亲既盼望儿子外出上学有出息，又不想儿子离家的那种纠结、难舍难分的离别之痛。

以后每次临近放假，母亲都会掰着手指数着，二小还有几天就回来了。送我走时，总是送了一程又一程。我说，娘，您回去吧。她总是说，再送送，再送送，不知道你下次什么时候再回家。望着母亲那布满皱纹和沧桑的脸庞，我突然有一种愧疚的感觉，一种从心底里涌出的无言的痛。当汽车启动时，我看到母亲用她那生硬的手向我挥动着，直到变得越来越模糊，一种像天空中断了线的风筝，像航海中失去了航标的小船那样的孤独感、失落感，弥漫了我的全身、我大脑的每一个细胞……我望着母亲站立的地方，望着渐行渐远的小村庄，我突然明白，那就是我的家，是我永远的精神寄托和心灵的家园。

母亲去世后，多少次梦中看到母亲在村口站着等我，多少次梦到母亲送我到小村口旁，母亲伫立在风中，那瘦弱的身躯微微颤抖着，那个场面已深深固化在我的血液里、骨髓中，《盼归》即是表达了此种情感。《那个秋天的早上》描述两个时间节点，母亲对儿女的恋恋不舍、期许和牵挂之情。一个是在孩子第一次上小学的路上，妈妈拉着孩子的小手；另外一个是孩子17岁时外出打工或上学时，母亲送到村口旁的情景。从"母亲温柔双手再次抚摸脸庞、干瘦双手再次整理衣裳"这些细节，将母爱表达得淋漓尽致。"小小背影上永远洒满了妈妈温柔目光，儿行千万里永远走不出妈妈那牵挂的目光"，则艺术地再现了天下母亲对儿女无私的爱，那种人间至爱和大爱！

《小米粥》这一歌曲实际上是从侧面展现了笔者对母亲的深切怀念和浓浓的乡愁。在我小的时候，小米粥可不是一般人能喝得到的，那是孕妇产后坐月子时才能喝到的。据说小米粥特别有营养，对母子都有益。可以想象，外边冰天雪地，北风呼呼地刮着，母亲熬了一锅小米粥，儿女们在妈妈营造的小窝中，围着灶台欢呼雀跃，妈妈给我们改善生活了！那种兴高采烈和急不可耐的情景一下跃至眼前，此时不顾小米粥热烫，捧着饭碗一连喝了三大碗，小嘴烫得红红的肿肿的，那种幸福感和温暖感给人留下了永生难忘的回忆。第一段末用"小米粥的味道日日夜夜醉了我的小肚兜"，夸张而又不失实地再现了孩提时期沐浴在母爱之中那种幸福、天真、烂漫之情景。第二段则主要表现的是对母亲的思念、对故乡的眷恋和浓浓的乡愁。日月穿梭，斗转星移，北风又送来了寒流，远在他乡的人们总是不由自主地想起远方那个家，想起老家门前那棵弯腰的老枣树，那口哺育他长大的老井，更想起妈妈做的饭菜的味道。虽然走南闯北遍尝全国各地的饭菜，但孩提时期母亲做的饭菜的味道已深深地烙印至舌尖的每一个味蕾之中，正所谓天下最美的莫过于妈妈，天下最好吃的莫过于妈妈做的家常便饭。寒风夹着细雨敲打着窗户，点点滴滴都敲打在远走他乡人们的心上，点点滴滴汇成回忆的小河，朝着家乡方向缓缓流去；窗外缓缓飘落的树叶，像是在诉说着经历了初春的抽芽、夏日的灿烂和秋风的肃杀那一次草木一秋的旅行之后的归宿——悄悄地飘落下来，飘向一个叫根的地方。"小米粥的香味，年年月月钻进我的梦里头"，则画龙点睛地道出了人们乡愁的缘由：那是缘于根的所在，儿时的记忆，永远的精神家园，那是母亲的怀抱！

《有点烦》的创意来自小儿子杨墨，他在中学读书，经常听到有关他同学的一些故事，多集中在家长望子成龙，逼孩子写作业、补习功课，参加很多琴棋书画之类的学习班，爷爷、奶奶、外公、外婆包办一切，硬塞给孩子他们所谓的爱，父母单纯追求考试分数，孩子考试成绩不好时，责怪和打骂孩子的现象。这些来自家庭的无形压力，使孩子们失去了童真童趣，也失去了发展自己爱好、长处的机会，对他们的身心发育、是非观的形成、健全的人格形成都造成了不良的影响。他给我讲了他们班上一个真实的故事：大概在小学5年级时，班里来了一位在美国出生并在美国读小学的同学，该学生中文水平有点差，对理解老师的讲课内容有一定难度，老师讲完课总会问，大家听懂了吗？有什么不明白的地方请举手，那个同学总是举手说不明白，请老师再讲一遍，这时他们小组的同学总是会特别讨厌他。我问儿子为什么讨厌这位同学，他不懂举手问是理所当然的啊！儿子的回答使我大吃一惊："他总是举手，把他们小组的成绩都拉下来了。"我有点明白了，那个小组的同学举手就说明他们的成绩差，是要挨批评的。我说人家不懂就问那才是诚实的态度啊，他说组里的同学们都说，他就算不懂也可以不举手，老师也不会再提问这位同学，也不会知道这位同学不懂啊，他老是举手，同学们总是感觉他在丢人现眼啊。

听着儿子的解释，我陷入了沉思，为什么现在社会上诚信少了一点，不能不说这与我们的教育有关系。对人一生影响至关重要的小学阶段，我们的学生片面追求学习成绩，却失去一些做人最基本的东西，长大后他们如何能正确理解人生？如何能诚实待人、诚信做事？这些问题确实应该引起我们思考和警觉了。

另外，在孩子成长过程中，一家几口人像众星捧月一样都围着孩子转，从而养成了他们衣来伸手、饭来张口的习惯，也形成了唯我独尊、任性、骄横的性格，对孩子健全人格的形成和培养带来不利的影响。有一次我从南京坐飞机回重庆，在我后面坐的是一位七八岁的男孩，飞机起飞后，他用脚一直踢我座椅的背面，我扭头对那位小朋友说，小朋友不要踢了。谁知道没过两分钟他又啪啪地用脚踢了起来，我对孩子的妈妈说："请你说一下你的孩子，不要再踢了，这样会影响我休息。"谁知道这位母亲大为光火："怎么啦？这是你家吗？他踢踢椅子怎么啦？又没有踢你，他踢是他的自由！"他的父亲在一旁也声嘶力竭地喊叫："你有什么了不起，你有权利管我们的孩子吗？"后来我叫来乘务员，乘务员好说歹说才把他们夫妻平息下来。我看着这一对夫妻扭曲的面孔，着实为他们感到悲哀！在公共场所你有你的自由，但前提是不能干扰别人，不能把你的自由建立在别人的痛苦之上。你的孩子影响了别人，你不去管自己的孩子，反而声嘶力竭地和别人

258

吵架，这样去护短，你可知道给你的孩子会带来什么样的影响吗？你会把孩子引向歧途，你知道吗？孩子的健康成长需要家庭和社会联动，需要有正常健康的社会氛围。正是基于这种思考和出发点，我创作了《有点烦》这首歌，表面上看是以学生的口吻表述了他们对父母、爷爷奶奶、外公外婆唯成绩、唯分数论的不满和抗议，实际上反映了我们现在的教育体制所映射出的深层次问题，我们培养的是身心健全的人，大写的人，有理想、有道德的未来社会建设者，而不是考试机器、答卷子的专家！

《重医眼科人之歌》的创作源于对重庆医科大学附属第一医院眼科同事的感激和热爱。我是2008年4月份从广州中山大学中山眼科中心被引进至重庆医科大学第一附属医院眼科的。到重庆后，重庆医科大学党政领导包括任国胜院长、许平书记、傅仲学书记、吕富荣副院长、肖明朝副院长、罗天友副院长、胡侦明副院长、汪艳纪委书记、高永良副院长、张巨霞纪委书记等均给予了大力支持、帮助和关照。学校和医院的各处室领导及同事们也给予了积极的支持、配合和协助。眼科当时可用一穷二白来形容，病人少，技术和科研上均无优势。我来到这里后，大家群策群力，共图发展，力争要改变这种落后的局面。在后来的日子里，大家奋发向上，不畏艰难，积极补短板、抓临床、搞科研，请专家前来指导，派医生、护士外出学习。经过同事们及硕、博研究生10年来不懈的努力和奋斗，在全国眼科同道的大力支持和帮助下，可以说重医一附院眼科发生了深刻变化，面貌焕然一新！我们服务患者的总量增加了20倍之多，服务的病人从原来的重庆地区扩大至全国31个省市自治区直辖市，一些患者来自美国、加拿大、澳大利亚、法国等地。我们建立起全世界葡萄膜炎患者数量最多、病人来源最广的葡萄膜炎诊治中心。此外，我们在科研和人才队伍建设方面也得到了全面提升，我们科室近10年获国家自然科学基金55项，全科发表 SCI 论文 260 余篇。我有幸被选为中华医学会眼科学分会副主任委员，我的博士研究生留到眼科学实验室后，获国家自然科学基金优秀青年基金，并入选百千万人才工程，科室成员在中华医学会眼科学分会、中国医师及其他协会任委员 20 多位，涉及的专科有葡萄膜炎、白内障、青光眼、角膜病、眼外伤、眼底病、小儿眼科、神经眼科等。

回想起 10 年来的每个日日夜夜，回想起领导和眼科同事们的大力支持和帮助，回想起全国葡萄膜炎患者对我们的信任和支持，甚是慰藉和感激，于是在一次外出参加学术会议的飞机上就写下了这首《重医眼科人之歌》，以表达对重庆医科大学附属第一医院的热爱，对我们眼科全体同事的热爱，以及我们作为白衣天使为病人祛除病魔、带来光明那种豪迈和骄傲。歌词两段，一阴一阳，一柔一刚，刚柔并济，相得益彰。"迎着和煦春风，脚踏巫山云彩，两江交汇的山城，重医眼科人向你走来"，展示出重医眼科人的不俗精神风貌，特别是"踏着巫山云彩"几个字形象地展现了我们眼科人那种飘逸洒脱、风度非凡的气质。"阳光承载着我们的豪迈，大医精诚为你驱散雾霾，朝气蓬勃与你携手未来"表达了我们眼科人热情豪迈、进取、真诚等阳刚之气；"月光流淌着我们的关爱，静静病房为你抚平创伤，仁心仁术为你人生添彩"则充分展示了我们眼科人细心温柔、关爱友善、体贴入微的细腻情感。

《实验室之歌》创作的灵感来自我的学生及实验室工作的同事们。他们为了探索自然界的规律、疾病发生发展的规律，探索疾病治疗的新方法，每天工作在实验室里，与瓶瓶罐罐打交道，与实验动物日日夜夜相伴，将美好的青春年华奉献给了科学事业，奉献给了这个看不到硝烟但又非常残酷的与病魔斗争的战场，无怨无悔。我总是想给他们苦闷的生活带来点什么，《实验室之歌》正是基于这种情愫而创作的，该歌曲展示了硕士、博士研究生献身于科学事业，为了实现中国梦的那种博大情怀，展示了年轻人青春、朝气、律动、奔放的豪情和雄心壮志。"唱一曲高原红心情多豪迈，舞一曲民族风你我都帅呆"，我们的青春绽放在实验台，绽放在为之奋斗的伟大事业中！希望这首歌能为大学生、硕士生、博士生及工作在科研战线的老师们枯燥的生活带来一点欢乐和激励，给他们带来力量，带来一丝慰藉。

《我是一个女汉子》这首歌的创作源于我科的女同志。眼科是女同志比较集中且数量占优势的科室，我科有一批既貌美如花，又风风火火、泼辣能干的女医生和护士，她们每天奋斗在治病救人的第一线，工作中果断干练、雷厉风行，又细心入微，对病人关爱有加，深得病人的好评。在得知我写了几首歌要准备出版专辑时，她们强烈要求我写一首女汉子之歌。她们的要求正合我意，在一次去北京出差的飞机上，竟灵光乍现、文思泉涌，歌词一气呵成。在征求我科女同志意见时，竟获一致赞同，实属意外。有关歌名，有人提议，叫《我是一个女汉子》更为直接明了。言之有理，遂改之。歌词总体而言气势恢宏，"举起手扯起朵朵白云，抬起腿群山尽在脚下"，"歌一曲唱响中国声音，吼一声声威壮我中华"，这些句子夸张但又很有画面感地表现了女汉子那种气吞山河的气魄，"雷厉风行不让须眉，大刀阔斧噼里啪啦"则使女汉子那种果断、干练的形象猛然跃在眼前，令人赞不绝口、心生仰慕！

《发呆》《情人节叹息》的创作，源于我的一位病友，他在夜场唱歌，很受观众欢迎，特别是他那富有磁性的声音和略带女性柔美的腔调，还有那种比女人还要妩媚的动作及眼神，着实令人陶醉。他非常热心公益事业，在我们前5届全国葡萄膜炎病友会上他都悉数到场，每次均获大家点赞和热烈掌声。有一次他让我给他创作一两首歌，我欣然答应。《发呆》和《情人节叹息》即是为他创作的。《发呆》这首歌借咖啡馆这个场景，展现了一位男子先是郁郁寡欢的神情，紧接着因遇到一位心仪女子而转为欣喜和欢快的表情和神态。第二段虽是在同一地点，反映的却是该男子在非常糟糕的心境下呆呆地望着窗外，阴雨缠绵，用"湖里鸳鸯成双成对""美丽姑娘为何迟迟不来"这样形成鲜明对比的句子表达了曲中人心烦意乱的缘由。在此话锋一转，"猛然发现墙上时钟停摆，我生命节律没有与你合拍"，道出了失恋的真正原因，"桃花依旧佳人不在"一句则一下子将人的失落、心情的沉重、肝肠寸断、整个人跌入冰冷大海的神情表现得活灵活现。

《情人节叹息》则是以情人节的背景叙述了一位失恋男子对先前恋人的眷恋和痛彻心扉的怀念之情。作曲家和歌唱演员赋予了这首歌词以沉重、落寞和无望的旋律和情调，将人失恋的这种心境渲染得一览无余。

最后值得补充的是原计划出版的专辑中有《再唱东方红》这首歌，但因曲调和歌词尚未达到天衣无缝的融合，仍感有提升的空间，因此最后未被收录进去。《护士之歌》是源于一次与我院肖明朝副院长和护理部赵庆华主任的一次谈话，那是在 2018 年 2 月 8 日，我去北京领取 2018 年度国家科技进步奖（二等奖），晚上回到重庆时，我与肖院长、赵主任同乘一车返回医院，与他们聊起最近在乘机时作的几首歌词，他们两人强烈要求我为护士写一首歌，当时没考虑就随口答应了。几天后，我科杜芳护士长告诉我，赵庆华主任在全院护士大会上说，杨培增教授答应为我们护士写一首歌，我们都在期待着这首歌尽早问世。护士长的话一下子使我想起来这件事，在随后一个周末出差乘飞机的时候就完成了这首《护士之歌》。在医疗活动中，医生在疾病诊断、治疗方案的确定中起着主导作用，而护士则在治疗方案的实施，对患者心理辅导、人文关爱、交流沟通中起着不可或缺的作用。因此歌曲既要把护士那种细心、细腻、春风化雨润物无声的品质充分表达出来，还应把她们那种敬畏生命、呵护健康、救死扶伤、大爱无疆的人道主义精神和品质呈现出来。因此就有了"救死扶伤是我们的承诺，人道主义在我们心中飘扬，春风化雨滋润你心房，大爱无疆抚平众生创伤"的情怀，就有了"你的满意是我们的追求，你的微笑是对我们最高奖赏，祛除病魔让生命重新远航，我们是白衣天使，为你守护生命守护安康"的庄严承诺，就有了"怀着圣洁菩萨般心肠，带着南丁格尔的嘱托轻轻来到你的身旁"的动人画面。

最后值得一提的是，我的一位好朋友李俊东先生，在得知我有意向出版个人作词专辑时，他马上联系朋友和制作人，给予了极大的支持和帮助，蔡文正先生在制作过程中给予了全力的支持和帮助，在此，我对他们表示衷心的感谢和崇高的敬意！李德永老师、肖新泉老师、谢丽娜老师为专辑的出版和完善提出了许多宝贵的意见，并给予了大力支持和帮助；周春江、杜芳、计岩、王瑶、吴琼、崔晓晓、吕濛、徐菁、谭笑、秦扬、杜子玉、朱颖等同事和研究生在歌曲制作的多个环节给予了大力协助，使专辑得以顺利问世，在此也一并致以衷心的谢意！

我是一位音乐盲，不识五线谱，自诩为中央音乐学院"跑调系"的高材生，但音乐那种细腻的描述、曼妙的旋律、真实情感的展现，时而让我忧伤，时而让我陶醉，时而让我沉思，时而让我癫狂。多年来一直有一个出版个人专辑的梦想，但由于工作繁忙、杂务缠身，一直未能如愿。近年来出差开会、做学术报告的机会较多，每当坐在飞机上，手机一关，便苦思冥想，偶有福至心灵，拾得佳句，便记录下来，最后竟成今日出版之歌词。由于多数未有细心推敲，加之出版匆忙，难免有许多不妥之处，尚需完善和改进。恳请各界朋友赐予指示和教导，以便日后不断提高和完善，以感为谢！

《我是你的眼》专辑歌词

我是你的眼

亲爱的你可否看见

白云飘在蓝天

马儿奔腾在草原

幸福微笑在人间绽放

春风送来春意暖暖

亲爱的我是你的眼

让你看到世界的五彩缤纷

让你感受生活的苦辣酸甜

我是你的眼

为你丈量岁月长短

我是你的眼

地老天荒只为那一世情缘

亲爱的你可否看见

阳光照亮黑暗

月光洒满山川

小河流水在日夜欢唱

花前月下情意暖暖

亲爱的我是你的眼

让你阅尽人间的悲欢离合

为你传递对未来美好企盼

我是你的眼

让你感受天高地宽

我是你的眼

地老天荒只为那一世情缘

那个秋天早上

七岁时那个秋天早上

东方升起火红太阳

我第一次背起崭新的书包

妈妈陪我走在上学路上

学校门前妈妈轻轻蹲下

温柔双手再次抚摸我的脸庞

好好读书学习

老师的话要记心上

忘不了回首时

妈妈恋恋不舍的目光

一步一挥手 一步一泪淌

小小背影上

永远洒满了妈妈那温暖目光

十七岁那个秋天早上

艳阳初升秋风送爽

我第一次背起远走的行装

妈妈送我到村口山坡上

秋风吹乱妈妈花白头发

干瘦双手再次为我整理衣裳

好好照顾自己

寒风来要添加衣裳

忘不了回首时

妈妈双眼里泛着泪光

一步一挥手 一步一彷徨

儿行千万里

永远走不出妈妈那牵挂目光

盼归

时光把你的黑发染白

风雨把你的背影吹歪

曾经温暖我的柔软双手

而今已是干瘦如柴

寒风中你在村口向远方眺望

盼望着儿女平安归来

一年中最开心团圆日子

你从花谢等到花儿又开

莫让爸妈再流泪

莫让爸妈再等待

现在就启程回到爸妈身边来

岁月使你的双眸无彩

辛劳使你的青春不在

曾经叮嘱我的柔声细语

如今变得嘶哑苍白

睡梦中你一再呼喊儿女乳名

衣食冷暖都挂在心怀

一年中儿女回家的日子

你从日出等到月亮西歪

莫让爸妈再流泪

莫让爸妈再等待

现在就启程回到爸妈身边来

实验室之歌

小小实验室

人生大舞台

瓶瓶罐罐是乐器

每个音符都精彩

你是博士哥

我是硕士妹

为了实现中国梦

大家走到一起来

谁说博士傻

谁说硕士怪

唱一首高原红心情多豪迈

舞一曲民族风你我都帅呆

哎呀呀青春飞扬实验台

小小实验室

人生大舞台

日日夜夜在寻觅

科学报国抒情怀

你为科学痴

我为实验狂

为了探索自然界

你我激情都澎湃

都说博士好

都说硕士乖

唱一首高原红心情多豪迈

舞一曲民族风你我都帅呆

哎呀呀青春飞扬实验台

我是一个女汉子

人们都说我貌美如花
温柔中带着火辣
美丽裙装舞动青春旋律
飘逸长发美过天边云霞
举起手扯起朵朵白云
抬起腿群山尽在脚下
雷厉风行不让须眉
大刀阔斧噼里啪啦
我是一个女汉子
风风火火闯天下

人们都说我妙语生花
笑语中带着潇洒
昂首挺胸践行中国梦想
沐浴春风踏起时代步伐
歌一曲唱响中国声音
吼一声声威壮我中华
雷厉风行不让须眉
大刀阔斧噼里啪啦
我是一个女汉子
风风火火闯天下

小米粥

寒冬腊月北风骤

妈妈熬了一锅小米粥

热气满小屋

米香绕炕头

一连喝了三大碗

小嘴烫得像那个红绣球

头上冒热汗

心里涌暖流

小米粥的味道

日日夜夜醉了我的小肚兜

北风乍起送寒流

难忘妈妈熬的小米粥

春夏又秋冬

天南地北走

八大菜系都尝过

比不上妈妈熬的小米粥

细雨寄思念

落叶飘乡愁

小米粥的香味

年年月月钻进我的梦里头

情人节叹息

无聊的寒风撩起我的风衣

阴冷的小雨落在我的发际

伤心的泪模糊了所有背影

孤独的脚步带我走进情人节里

卖花姑娘是那样笑容可掬

玫瑰花开绽放火样绚丽

想买一束送给

送给我心中的那个你

只可惜不知道你的踪迹

远去的风儿请你告诉我

你在哪里

我心仪的姑娘

远去的小河请你告诉我

你在哪里

我心中的那个你

嘈杂的声音拥堵在血管里

无名的烦恼弥漫周围空气

伤透的心缓慢跳动着孤寂

冰冷的日历带我走进情人节里

售货姑娘是那样彬彬有礼

闪光钻戒静静躺在那里

想买一颗送给

送给我心中的那个你

只可惜不知道你的踪迹

远去的风儿请你告诉我

你在哪里

我心仪的姑娘

远去的小河请你告诉我

你在哪里

我心中的那个你

有点烦

最近心里有点烦

我的生活很茫然

作业布置一大堆

周末补课没个完

爷爷不让玩电脑

奶奶叫我多吃饭

外公叫我不吃亏

外婆叫我考前三

妈说出门不要与陌生人说话

爸说考不好小心被揍扁

窗外已是春风暖

我的世界没有艳阳天

哎哟哟我的心里有点烦

最近心里有点烦

我的生活很茫然

作业布置一大堆

周末补课没个完

爷爷不让玩电脑

奶奶叫我多吃饭

外公叫我不吃亏

外婆叫我考前三

妈说出门不要与陌生人说话

爸说考不好小心被揍扁

窗外已是春风暖

我的世界没有艳阳天

哎哟哟我的心里有点烦

护士之歌

身着洁白的衣裳

头顶燕尾的荣光

带着南丁格尔的嘱托

轻轻来到你的身旁

春风化雨滋润你的心房

大爱无疆抚平众生的创伤

风雨日子我们一起走过

祛除病魔让生命重新远航

我们是白衣天使

是你给我们最美的名字

我们是白衣天使

为你守护生命

守护安康

情系苍生的希望

梦牵万家的吉祥

怀着圣洁菩萨般心肠

轻轻来到你的身旁

救死扶伤是我们的承诺

人道主义在我们心中飘扬

你的满意是我们的追求

你的微笑是我们最高奖赏

我们是白衣天使

是你给我们最美的名字

我们是白衣天使

为你守护生命

守护安康

发呆

去年今天我坐在这里发呆

咖啡的香味阵阵袭来

孑然一身我暗自伤怀

冰冷的手托着双腮

窗外已是百花盛开

我的春天为何迟迟不来

迟迟不来

猛然发现阿妹款款而来

红色裙装舞动着青春风采

满面桃花唇红齿白

我的心一下坠入爱的大海

今年今天我又在这里发呆

咖啡的香味依然袭来

毛毛细雨敲打着窗台

心烦意乱望着窗外

湖里鸳鸯成双成对

美丽姑娘为何迟迟不来

迟迟不来

猛然发现墙上时钟停摆

我生命节律没有与你合拍

桃花依旧佳人不在

我的心一下坠入冰冷大海

白塞人，你并不孤单

白塞人你并不孤单

因为有我们相伴

白塞人你并不孤单

因为有爱的奉献

白塞人你是风中的白荷

虽然风雨曾吹落你的花瓣

白塞人你是春日的牡丹

历经风霜你怒放得更加娇艳

白塞人请记住

白衣天使为你日夜守护

雾霾散去是明媚的春天

风雨过后会有美丽的彩虹

因为那是我们不变的诺言

白塞人你并不孤单

因为你我心手相牵

白塞人你并不孤单

因为那阳光灿烂

白塞人你是放飞的风筝

虽然翅折仍画出美丽弧线

白塞人你是苍穹的雄鹰

穿云破雾你勇敢地飞向蓝天

白塞人请记住

白衣天使为你日夜守护

雾霾散去是明媚的春天

风雨过后会有美丽的彩虹

因为那是我们不变的诺言

重医眼科人之歌

迎着和煦的春风
脚踏巫山云彩
两江交汇的山城
重医眼科人向你走来
轻轻来到你身旁
阳光承载着我们的豪迈
显微镜下为你祛除痛苦
大医精诚为你驱散雾霾
我们是重医眼科人
守护光明是我们的承诺
我们是重医眼科人
朝气蓬勃与你携手未来

心系光荣使命
梦牵慈悲情怀
两江交汇的山城
重医眼科人向你走来
轻轻打开你眼睛
月光流淌着我们的关爱
静静病房为你抚平创伤
仁心仁术为你人生添彩
我们是重医眼科人
守护光明是我们的承诺
我们是重医眼科人
朝气蓬勃与你携手未来

《致敬！白衣天使》和《这就是你》创作的前后

2020 年的春节前几天人们开始议论起武汉新型冠状病毒疫情的事情。1 月 24 日（除夕）那天开始放假了，一些消息骤然使人们紧张起来。我科小周（周春江）和护士长与我商量着为大家买口罩一事，我让她们去联系，没多久她们回话说现在已买不到口罩了。后来小周说通过熟人关系可以买到口罩，我告诉她，赶快买。最后说已无口罩可买，这个消息把我吓了一跳，立刻警觉起来：感觉事情不妙。除夕夜大家都在看电视，有关武汉抗疫的诗歌朗诵使我感到问题的严重性，随后又收到医院通知：重庆市启动重大突发公共卫生事件一级响应，从明天起我院全体员工回院正常上班。新冠病毒肆虐，为人民群众佑护健康是我们医护人员义不容辞的责任和义务！公共卫生事件一级响应那已是非常严重的事情了。我已无心思再看晚会节目就早早睡下。

第二天（大年初一）一大早赶到病房，发现已有不少医生、护士都聚集在那里了。待人到齐后，我向大家提出了几点要求：（1）大家保持通信畅通，随时待命；（2）大家一定要做好个人防护，尽量避免外出和聚会；（3）有途经湖北或在湖北有停留的一定要上报。随后大家学习了新冠病毒肺炎的有关知识。会开完后我即回到办公室，此时网上有关新冠病毒肺炎的消息已是铺天盖地，除夕夜已有医护人员奔赴武汉，那时人们已经知道这个病毒感染凶险，但医护人员不惧生死、不计名利，毅然决然冲向疫区。一位92岁的老医生主动请战，一个个红色的手印展示了医务人员坚强的决心和信念，一句句并非华丽辞藻但又特别实在的话语表达了医务人员救死扶伤履行誓言的决心。为医护人员送行时，亲人、朋友、同事一个个不舍和企盼早日归来的画面，医护人员脸被口罩磨破，还有他们累得坐在或睡在走廊里的照片着实令我深受感动和鼓舞。我作为一名医生，虽然没有被批准前去武汉，但武汉的疫情时时牵动着我的心，我要与他们一起战斗，为他们加油，为武汉加油，为祖国加油，我花了整整一天多的时间含泪写下了《致敬！白衣天使》这首长诗。小周在打印时几度哽咽，不能自已，我科的计岩将这首诗拿给她电视台的朋友，最后由十位主持人共同完成了诗歌朗诵并发表在汇声（重庆广播电视集团主持人官微）上。当时中华医学会蔡丽枫老师在第12届眼科委员会群中发布消息，让大家将新冠病毒阻击战中的一些故事、消息、经验介绍等发给中华医学会的黄莉老师，经审核后，将在中华医学会网站和导报上同步推出。当时我不揣浅陋就把诗歌稿发给了黄老师，她看后立即发给姚克主委，姚主委当即拍板发在中华医学会眼科委员会群中，随后又发在几个杂志群中，收到大家的点赞，随后很快刊于《中华医学导报》和《中国眼科手机报》上。

　　在完成《致敬！白衣天使》这首长诗后，我想应该用歌声鼓舞前去湖北的医护人员，就构思写下了《这就是你》这首歌词。写这首歌时，我在反复思考是把武汉疫情前线的医务人员救治病人的场景写得具体一些还是更为写意一些，经过反复推敲，最后还是决定以写意的手法为好，把医护人员不惧危险、不计生命的形象显得更加完满和高大。歌词开头就有这样的画面，当乌云笼罩大地，疫情非常凶险的时候，医护人员挺身而出，穿上征战的战袍，逆向走进风雨，紧接着描述了他们履行自己曾经许下的诺言，用血肉之躯、自己的辛勤汗水、赤子之心在敬畏生命、守护人民群众健康，践行着不忘初心、牢记使命、救死扶伤、大爱无疆的人生理想，白衣天使踏着匆匆而又矫健的步伐，伴着那优美的旋律、激情而又动感的歌声，一幅幅感人肺腑的画面向你走来……

　　谱曲的胡老师是通过于先明主任认识的。当我把歌词写完之后，于主任找到胡浩老师，他是从事企业管理工作的，现任南昌市企业联合会副秘书长，是自学成才的著名作曲家，为多部电影、电视剧写了主题曲、插曲，所创作的歌曲多次在全国原创歌曲比赛中获奖、多次被省市级电视台播放，多首作品在《歌曲》《中国乐坛》等杂志发表并由中国音乐家音像出版社出版，代表作有《西江第一楼》《南昌的老街小巷》《宝贝亲吻你》《潇湘山水都是歌》等。

　　胡老师拿到歌词后连连说歌词写得好，他决定免费为这首歌作曲，以表达对医护人员的支持，为医护人员加油，为祖国加油！他连夜谱曲，第一个版本出来后，于先明主任按曲子进行了清唱。我又让郑州大学第一附属医院万光明教授（他具有浑厚的声音，对歌曲有独到的见解）也跟着试唱，当时他在新加坡，我们通过微信反复演练。我把万教授试唱的最后版本发给了胡浩老师，胡老师听后相当满意，略做修改即开始录制。录制工作是在九江刘乐先生的工作室进行的，他毕业于武汉音乐学院，有着一丝不苟的工作态度，他听说是为武汉疫情前线医护人员所做的歌，即欣然应允。于主任住在庐山，到九江尚有几十公里路程，当时城市已基本上封闭，在这种情况下，于主任找到主管的领导说明情况，专门为他批了通行证。在九江录制歌曲的过程中，胡浩先生在南昌通过电话、微信与刘乐先生、于主任反复沟通和磋商一些细节，录制完后刘乐先生连夜进行编曲和后期制作，使作品很快得以问世。在 MV 中，于主任声情并茂、激情满满，完美地演绎了对疫情前线医护工作者那种赞扬、鼓励以及企盼早日凯旋的心情，小周、护士长还有很多人听后无不感动得流下热泪。MV 制好后，胡浩先生在原创歌曲平台、优酷、腾讯等近 60 个音乐网播放。我也立即向重庆市文旅委主任刘旗先生推介这首歌，他看后非常高兴，立即做出决定，马上在重庆制作另一个 MV 版本，在重庆卫视等平台进行播放，以弘扬医护工作者不惧生死、大爱无疆的精神，向白衣天使致敬，为他们加油！随后重庆广播电视集团（总台）纪实传媒公司张钦老师立即与我联系制作一事，张老师是重庆广播电视集团（总台）科教频道纪录片制作运营中心的副主任，制作和编导的《中国影像方志》（重庆篇系列）、《成长的秘密》《成长的秘密——小学时》在中央电视台播出，还以制片人身份制作了《重庆城市形象片——行千里致广大》《重庆旅游宣传片》等多部宣传片，是一位充满睿智、非常优秀的制片人。她详细传达了刘主任的指示，表示全力做好这一工作。随后我向许平书记做了详细的汇报，许书记高度重视、坚决支持，委托党办主任帮着收集素材，全面配合。张钦老师及其团队日夜加班，对工作一丝不苟、精益求精，最终这首歌以高清的画面、优美的旋律、感动性的演绎在重庆卫视播出，同时被央视新闻移动、人民日报、央视频等热门平台和微博播出，基本上实现了全网传播，使这首歌得以在全国范围内迅速传播。

值得提出的是，我歌词写好后，发给了张黎老师，张老师是我硕士导师张效房教授的女儿，她目前已退休，是音乐爱好者，自学谱曲，有较深的造诣。去年我曾写了一首《祝福老师》的歌词请她谱曲，最后经北京一合唱团演绎，相当完美。这次我把写的歌词发给她，她看后非常激动，说要为疫情前线的医护人员献上自己的一份爱心！她第二天即从郑州赶往深圳（她定居在深圳），连夜谱曲，并自费请人演唱和制作。其间我们经历了数十次的沟通，反复推敲、反复比较每个细节，经过 3 天时间，最后制作出一高水平的 MV。王红老师那富有磁性的声音把这首歌所表达的真情演绎得淋漓尽致，在优酷等平台上播出，受到大家一致好评。

目前在一些媒体上还有另外一个《这就是你》的版本。刘乐先生制作的 MV 在多家媒体上播出后，著名歌唱家、国家一级演员贺筠筠女士看到后被这首歌的歌词和优美的旋律所打动，她主动与胡浩先生联系，表达了想唱这首歌的意愿，胡老师与我商议后，表示同意和感谢。贺老师自费联系制作公司，自己演唱，她那浑厚而又细腻、动情而又富有感染力的歌声，把人们对白衣天使的崇敬、热爱之情完美地表达出来。

其他歌词

这就是你

当寒风吹起

乌云笼罩大地

你穿起圣洁的白衣

匆匆走进风雨

为了那曾经的誓言

为了那山河壮丽

你用血肉之躯

筑起铜墙铁壁

你用赤子之心

温暖这片古老土地

这就是你

最美的白衣天使

这就是你

我的姐妹兄弟

当寒风吹起

乌云笼罩大地

你穿起圣洁的白衣

匆匆走进风雨

为了那万家的灯火

为了那春回大地

你用辛勤汗水

写下美丽诗句

你用矫健脚步

踏出时代最美旋律

这就是你

最美的白衣天使

这就是你

我的姐妹兄弟

江湖是个什么湖

江湖　江湖

江湖是个什么湖

看无形　听无声

江湖的微风熏得你迷迷糊糊

千年的等待

百年前的回眸

注定今生一世的痛苦

远去的背影

留下今日无尽残酷

昨晚的月光

无法照亮今夜归途

江湖是个什么湖

是个什么湖

为何你我相忘于江湖

江湖　　江湖

江湖是个什么湖

看无形　　听无声

江湖的巨浪打得你晕晕乎乎

刀光与剑影

带血泪的脚步

两败俱伤究竟为何苦

飘落的树叶

终究化作脚下泥土

昨日的恩怨

相逢一笑阿弥陀佛

江湖是个什么湖

是个什么湖

为何你我都陷于江湖

我们永远与你相伴

飞翔在蓝天

才知道你志存高远

走过了万水千山

才知道你的辛苦艰难

经历无数狂风暴雨

见证了你力挽狂澜

握住你的手

感受到人间温暖

七十年跟着你乘风破浪

绿水青山筑起金山银山

新时代我们爱着你

同舟共济忠心赤胆

中华民族复兴路上

我们永远与你相伴

航行在大海

才知道你从容坦然

望着飘扬的旗帜

我们坚定了必胜信念

和着你的铿锵脚步

历史车轮滚滚向前

走着你的路

感受到天高地宽

七十年跟着你无怨无悔

一穷二白描绘最美画卷

新时代我们爱着你

同舟共济忠心赤胆

中华民族复兴路上
我们永远与你相伴

妈妈那一席话

30 年前每当夜幕降临
山村沉睡　一片寂静
萤火般的煤油灯光
照亮妈妈美丽面容
飞针走线为我缝补衣裳
轻声细语启迪我的人生
岳母刺字成就精忠报国
诗书孝道传承中华文明
妈妈那一席话
点燃我心中激情
妈妈那一席话
像那温暖春风
温暖我的心头　伴我一生

30 年后每当夜幕降临
万家灯火　车水马龙
静静坐在妈妈身旁
聆听妈妈诉说家风
世事变迁莫忘你的来路
风云变幻莫忘你的初衷

诚实守信是做人的根本

勤俭节约是我们的传统

妈妈那一席话

激励我永远前行

妈妈那一席话

像那一盏明灯

照亮前行道路　伴我一生

白衣天使赞歌

又见旭日东升

又见人潮涌动

又是一个不眠之夜

又见你双眼熬得通红

是你用双手迎接一个个生命

是你让千万个生命起死回生

当万家团圆的时候

病房里是你忙碌的身影

当夜深人静的时候

著书立说为了天下苍生

啊　白衣天使

大爱无疆你承载众生希望

啊　白衣天使

风雨过后你托起最美彩虹

又见冰雪消融

又是十里春风

又见两鬓白发增多

又见你写下大医精诚

是你用汗水浇灌幸福的花朵

是你妙手回春给人带来光明

当春风吹来的时候

杏林中你默默耕耘播种

当秋天收获的时候

万家灯火是你灿烂笑容

啊　白衣天使

大爱无疆你承载众生希望

啊　白衣天使

风雨过后你托起最美彩虹

最美的是你

初春的夜晚　月明星稀

遥望着家乡　我喃喃自语

老家的枣树是否已经发芽

风中麦苗是否摇曳着新绿

你头上的白发是否又见增多

皱纹里是否又刻下新的风雨

妈妈　亲爱的妈妈

是你含辛茹苦把我养大
是你在风雨中将我高高举起
天南地北　儿行千里
最牵挂的是你
日月穿梭　斗转星移
天下最美的是你

中秋的夜晚　月光如洗
遥望着家乡　我喃喃自语
金秋的果实是否四处飘香
丰收的美酒是否醉了大地
故乡的云是否还是那样美丽
天气转冷你是否添加了新衣
妈妈　亲爱的妈妈
是你扶我踏上人生征程
是你用生命将我的明天托起
天南地北　儿行千里
最牵挂的是你
日月穿梭　斗转星移
天下最美的是你

祝福老师

人到中年回到家中
最幸福的是能叫爹娘一声

毕业三十年回到母校

最开心的是看到您那熟悉身影

当年您案前灯光彻夜通明

送走漫漫长夜春夏秋冬

当年您循循善诱谆谆教导

点燃青春岁月火样激情

都说您燃烧自己照亮他人

都说您春蚕吐丝舞动春风

都说您春天里默默耕耘播种

都说您秋天里收获人间真情

老师　我们敬爱的老师

南山青松为您送来祝福

东海浪花向您欢呼致敬

人到中年回到家中

最幸福的是能叫爹娘一声

毕业三十年回到母校

最开心的是看到您那熟悉身影

当年您神采飞扬健步如飞

带领莘莘学子一路攀登

当年您孜孜不倦无私奉献

传递不忘初心赤胆忠诚

都说您辛勤汗水浇灌桃李

都说您春风化雨润物无声

都说您风雨中一直砥砺前行

都说您皱纹里绽放精彩人生

老师　我们敬爱的老师
南山青松为您送来祝福
东海浪花向您欢呼致敬

诗《宝贝，你不知道我有多爱你》

太阳对地球说
宝贝，你不知道我有多爱你
我用阳光照耀你
驱寒融冰唤醒你

月亮对地球说
宝贝，你不知道我有多爱你
我把月光洒向你
千娇百媚包绕你

春雨对万物说
宝贝，你不知道我有多爱你
我用甘霖滋润你
百花盛开装扮你

江河对大地说

宝贝，你不知道我有多爱你
我用血脉滋养你
涓涓细流舒缓你

大海对沙滩说
宝贝，你不知道我有多爱你
千遍万遍亲吻你
朵朵浪花记着你

蓝天对白云说
宝贝，你不知道我有多爱你
我用双臂拥抱你
云卷云舒随意你

风儿对银铃说
宝贝，你不知道我有多爱你
我用柔情拨弄你
天籁之音醉了你

老师对学生说
宝贝，你不知道我有多爱你
烛光徐徐燃自己
百年树人成就你

老公对老婆说
宝贝，你不知道我有多爱你

我用生命保护你
地老天荒只为你

爸妈对儿女说
宝贝，你不知道我有多爱你
含辛茹苦培养你
我用生命托起你

长诗《致敬！白衣天使》

这是一个特殊的冬天

疫情在大地蔓延

这是一个令人难忘的冬天

在没有硝烟的战场

白衣天使谱写着一曲曲壮丽诗篇

正当人们喜迎新春佳节的时候

新冠病毒这个恶魔

露出它那狰狞的面目

扑向美丽的武汉

武汉告急！

疫情向周边扩散！

突发的疫情打乱了人们的脚步

凶险的病毒再次向我们宣战

疫情牵动着总书记的心

疫情就是命令

防控就是责任

人民生命重于泰山

党中央国务院作出正确部署

全国上下一心

众志成城 共赴时艰

军民携手 医护并肩

筑起一道道驱魔防线

钟南山这位抗非典的老英雄

临危受命再度出山

也许你看到了他列车上小憩的照片

皱纹里露出刚毅、智慧和果断

令天地动容 高山惊叹！

也许你看到了救治现场他那目光

炯炯有神传递必胜的信念

是他

告诫人们不要前去疫区

可他却第一个冲到武汉

是他

明确了新冠病毒人传人的传播方式

是他

提出战略前移

隔离——将病毒传播途径切断

是他

发出我们一定胜利的誓言

当年建设小汤山的英雄来了

以最快的速度建成两所医院

应对那凶险的新冠肺炎
一位叫敖忠芳的老医生
92 岁还主动请缨参战
请战书上那一个个闪亮的名字
一个个红色的手印
闪耀着白衣天使赤心一片

一位男护士临时取消婚礼
立即返回疫情第一线
一位白发苍苍的老医生说
我去
死在救治现场是死得其所
我心坦然
一位年轻医生说
我去
我没结婚
我没有负担
一位护士说
我去
我的孩子大了
不需要我照看
一位医生说
我去
我的爸爸妈妈
生活能自理行动还算方便
一位医生说

我去

我来自重症科

处理疫情我有经验

一位护士说

我去

我参加过抗击非典

有能力战胜新冠肺炎

一位护士说

我去

疫情当前人命关天

我是一名共产党员

医生们说

我们去

救死扶伤是我们的承诺

奔赴前线是责任的召唤

护士们说

我们去

带着南丁格尔的嘱托

送去兄弟姐妹的关怀和温暖

医护人员说

我们去

不计生死 不惧艰难

人民生命重于泰山

女儿对爸爸说

爸，你要早点回来

你答应过我带我去看美好河山

丈夫对妻子说

亲爱的，你去吧

别忘了每天报一下平安

妈妈对儿子说

孩子，你放心去吧

你爸的身体由我来照看

未婚妻对男朋友说

亲爱的，你去吧

凯旋时我们再洞房花烛花好月圆

朋友对医护人员说

兄弟，你去吧

家中有事我们为你承担

大家对医护人员说

你们去吧

归来时，我们把酒杯斟满！

除夕前夜你们来了

救死扶伤的旗帜在寒风中招展

除夕你们来了

今夜注定全城无眠

大年初一你们来了

带着 600 多万医务人员的忠心赤胆

那是看不见硝烟的战场

那是生与死的较量

那是你用血肉之躯向死神开战

病魔无情地吞噬着生命

你全力将生命时针重新拨转
在万家欢聚的时候
你在与死神赛跑
饼干泡面是你的年夜饭
你却说很香、很甜!
里三层外三层的防护衣下
汗流浃背吁吁气喘
你却说没事
一切都是为了万家团圆

你累了却不敢回家休息
你说要分秒必争抢夺时间
你渴了却不敢喝水
因为你没有时间上卫生间
你把秀发剪掉
那是为了穿戴防护衣方便
你脸上的皮肤被口罩磨破
你说不痛
风雨过后依然灿烂
你那张穿防护衣端坐走廊的照片
谁看后不为之心疼
鼻子发酸？

有人说
救人一命胜造七级浮屠
可你救人无数

却说是责任使然

有人说

你积的德可使儿孙享用百年

可你却说

万家灯火是你最大心愿

有人说

你是白衣天使

你却说只是穿上白大衣

履行自己的誓言

多么朴实的言语

却可以惊天地泣鬼神

在中华大地上流芳万年

逆行者的背影

竖起了一座座丰碑

高大伟岸

白衣天使的矫健步伐

正践行着不忘初心牢记使命

中国共产党人永恒的信念

我们相信

不管病毒如何猖狂

不管遇到多少急流险滩

在以习近平同志为核心的党中央领导下

有白衣天使冲锋在前

有全国人民的全力支援

就没有过不去的坎

就没有闯不过去的关!

感恩白衣天使

你们是时代的英雄

你们是中华民族的英雄

国家的栋梁

共和国的荣光里有你们的奉献

你们是当代最可爱的人

滔滔江河 巍巍群山

向你们致敬!

美丽的白衣天使

时代的楷模、典范

初中毕业照

初中毕业时，我（右一）与刘国相同学合影

高中毕业时我（前排左一）与谢启朋、周笃钦、孙泽海同学合影

濮阳卫校毕业时我（前排左二）与部分同学合照

濮阳卫校领导、老师和班干部毕业合照

（京）新登字083号

图书在版编目（CIP）数据

点点滴滴都是爱 / 二小著. — 北京：中国青年出版社，2021.2
ISBN 978-7-5153-6298-4

Ⅰ．①点… Ⅱ．①二… Ⅲ．①散文集－中国－当代 Ⅳ．①I267

中国版本图书馆CIP数据核字（2021）第012249号

责任编辑：王飞宁　王小洁
书籍设计：瞿中华

出版发行：中国青年出版社
社　　　址：北京东四12条21号
邮政编码：100708
网　　　址：www.cyp.com.cn
门 市 部：010－57350370
编 辑 部：010－57350501
印　　　刷：三河市君旺印务有限公司
经　　　销：新华书店
开　　　本：710×1000　1/16
印　　　张：19.5
字　　　数：250千字
册　　　数：6001－9000册
版　　　次：2021年7月北京第1版
印　　　次：2022年1月河北第2次印刷
定　　　价：45.00元

本图书如有印装质量问题，请凭购书发票与质检部联系调换
联系电话：（010）57350337